Robert B. Parker

Schutzlos

Roman

W0410714

Aus dem Englischen
von Tatjana Kruse

Ullstein

Besuchen Sie uns im Internet:
www.ullstein-taschenbuch.de

Umwelthinweis:
Dieses Buch wurde auf chlor- und säurefreiem Papier gedruckt.

Ullstein Verlag
Ullstein ist ein Verlag des Verlagshauses
Ullstein Heyne List GmbH & Co. KG.
Deutsche Erstausgabe
1. Auflage Dezember 2003
© 2003 für die deutsche Ausgabe by
Ullstein Heyne List GmbH & Co. KG
© 2002 by Robert B. Parker
Titel der amerikanischen Originalausgabe:
Shrink Rap (Penguin Putnam Inc., New York)
Übersetzung: Tatjana Kruse
Redaktion: Julia Riesz
Umschlaggestaltung: Thomas Jarzina, Köln
Titelabbildung: Mauritius, Mittenwald
Gesetzt aus der Janson Text
Satz: Buch-Werkstatt GmbH, Bad Aibling
Druck und Bindearbeiten: Ebner & Spiegel, Ulm
Printed in Germany
ISBN 3-548-25807-7

Joan, Dave, Dan …
Ich werde ihnen sagen, dass ich mich an euch erinnere.

1

Richies Hände habe ich immer schon geliebt. Es sind richtige Männerhände. Mir war klar, dass ich mich damit grober Geschlechtervorurteile schuldig machte, aber da ich kein Wort darüber verlauten ließ, wusste es auch niemand. Seine Hände lagen zwischen uns auf der Tischplatte, die rechte auf der linken. Reglos. Richie schien immer reglos. Das war eines der Dinge, die es mir schwer gemacht hatten, mit ihm verheiratet zu sein. Vom Kopf her wusste ich, dass er mich liebte, aber er verhielt sich stets dermaßen zurückhaltend und introvertiert, dass ich mich manchmal nach den unziemlichsten Zurschaustellungen von Gefühlen sehnte. Auch jetzt saß er mir reglos am Tisch gegenüber und erzählte mir, dass er jemand Besonderes kennen gelernt hatte. Wir waren geschieden. Es war völlig in Ordnung, wenn er sich mit anderen traf. Ich traf mich ja auch mit anderen. Aber nun hatte er also jemand Besonderes kennen gelernt. Das war mehr, als nur mit jemand anderem auszugehen. Ich hatte plötzlich das Gefühl, meine Mitte sei kollabiert.

»Eine Frau, mit der du in den Sonnenuntergang spazieren willst?«, fragte ich.

»Sie möchte heiraten«, sagte Richie. »Und das ist ihr gutes Recht.«

»Und du?«

Richie zuckte mit den Schultern. »Ich denke darüber nach.«

»Drei Kinder und ein Reihenhaus im Vorort?«

»Darüber haben wir noch nicht gesprochen«, meinte Richie.

»Und was ist mit Rosie?«, hakte ich nach.

»Sie liebt Hunde.«

Ich betrachtete den Hamburger, den ich bestellt hatte. Jetzt wollte ich ihn nicht mehr.

»Rosie würde zu Besuch kommen wollen«, sagte ich.

»Ich liebe Rosie«, erklärte Richie.

»Hat deine Traumfrau Rosie schon getroffen?«, wollte ich wissen.

»Ja.«

»Kommen sie miteinander aus?«

»Tja«, meinte Richie, »Rosie liebt sie.«

Tut sie nicht.

»Rosie bleibt mein Hund«, verkündete ich.

Richie lächelte mich an. »Wir werden doch wohl keinen Sorgerechtsstreit um einen gottverdammten Bullterrier ausfechten, oder?«

»Nicht solange uns beiden klar ist, dass sie mir gehört.«

»Sie gehört uns«, widersprach Richie.

»Aber nicht ihr.«

»Nein. Dir und mir. Rosie lebt bei dir und besucht mich ab und an.«

Ich nickte. Richie schwieg.

»Wie lange triffst du dich schon mit deiner Traumfrau?«

»Etwa drei Monate.«

»Drei Monate.«

Richie nickte.

»Und du schläfst mit ihr«, konstatierte ich.

»Natürlich.«

»Liebst du deine Traumfrau?«

»Ihr Name ist Carrie.«

»Liebst du Carrie?«

»Ich weiß es nicht.«

»Wie willst du es herausfinden?«

»Ich weiß es nicht.«

Richie hatte sich ein Clubsandwich bestellt, aus getoastetem Vollkornbrot. Er hatte es nicht angerührt. Die Kellnerin blieb an unserem Tisch stehen.

»Alles in Ordnung?«, erkundigte sie sich.

»Ja, danke«, sagte Richie.

»Kann ich Ihnen sonst noch etwas bringen?«

»Nein«, erwiderte Richie. »Nur die Rechnung.«

»Soll ich Ihnen das Essen einpacken lassen?«, fragte die Kellnerin.

»Danke, nein«, wimmelte Richie sie ab.

Die Kellnerin sah mich an. Ich schüttelte den Kopf. Sie legte die Rechnung auf den Tisch und entfernte sich mit kummervollem Blick. Richie und ich sahen uns an.

»Was denkst du?«, wollte er wissen.

Ich schüttelte den Kopf.

»Ich weiß«, meinte Richie.

Er warf einen Blick auf die Rechnung, zog einige Scheine aus seiner Geldbörse und legte sie auf den Tisch.

»Die Sache ist die«, sagte er. »Ich komme nicht über dich hinweg.«

»Ach.«

»Unsere Lebenspfade sind irgendwie miteinander verschlungen.«

»Könnte man so sagen«, stimmte ich zu.

»Sie ist eine nette Frau. Und sie akzeptiert mich so, wie ich bin.«

Ich nickte.

»Aber ich komme einfach nicht über dich hinweg«, erklärte Richie.

»Mir geht es irgendwie genauso.«

»Wir müssen eine Lösung finden, Sunny.«

»Ich dachte, die Scheidung wäre die Lösung gewesen.«

Richie lächelte in sich hinein. »Das habe ich auch gedacht.«

»Aber dem war nicht so«, sagte ich.

»Nein.«

»Was sollen wir jetzt tun?«

»Mit dieser Frau ist es mir ernst.«

Ich nickte. Es fiel mir schwer, etwas zu sagen. Der Raum um mich herum schien unwirklich, als ob ich in der Schwerelosigkeit schwebte.

»Aber ich kann mir kein Leben vorstellen, in dem du nicht vorkommst«, sagte er.

»Was bezweckst du damit? Ist das eine Warnung, dass du es trotzdem versuchen wirst?«

»Vermutlich ja«, räumte Richie ein.

Das Restaurant war fast leer. Nur ein einziger Tisch war noch belegt, von drei Leuten, die in aller Ruhe zu

Mittag aßen. Die Kellnerin hielt sich von uns fern. Diskret. Ich sah das Geld an, das Richie ordentlich auf die Rechnung gehäuft hatte.

»Ich vermisse Rosie«, sagte Richie.

»Sie vermisst dich auch.«

Ich schwieg. Richie saß vollkommen reglos da, die Hände auf dem Tisch gefaltet. Wir waren so still, dass ich seinen Atem auf der anderen Tischseite hörte.

»Sprechen wir hier wirklich vom Hund?«, wollte Richie wissen.

»Nein«, erwiderte ich, »das tun wir ganz und gar nicht.«

2

Melanie Joan Hall saß mir mit ihrem beachtlichen Hut beim Frühstück im Speisesaal des Four Seasons Hotel gegenüber. Neben ihr thronte die Vizepräsidentin für Public Relations von Scepter Books, dem Verlag, der mit großem Erfolg Melanie Joans Bücher veröffentlichte. Neben mir hatte Upton Lake Platz genommen, der Firmenanwalt des Verlages.

»Wenn ich auf den Punkt kommen dürfte«, sagte Lake. »Wir hatten Ms Hall gebeten, für ihr neues Buch eine Signierreise anzutreten.«

Ich nickte.

»Ursprünglich sollte sie fünfzehn Städte besuchen, aber aufgrund der tragischen Ereignisse in New York und Washington …«

»Und Pennsylvania«, ergänzte ich.

»Und Pennsylvania … soll sie jetzt nur noch jene Städte besuchen, die sie mit dem Auto erreichen kann.«

»Sehr umsichtig«, meinte ich.

»Und wir benötigen eine kompetente Begleitung, die sie chauffiert.«

»Ich bin zugegebenermaßen eine exzellente Fahrerin«, sagte ich. »Aber warum gerade ich?«

»Mein Exmann lässt mich einfach nicht in Ruhe«, warf Melanie Joan ein.

Zu schade, dass ich nicht dasselbe sagen kann.

»Melanie Joan hat um Schutz gebeten«, erklärte die Vizepräsidentin für Public Relations.

Die beiden Frauen waren vollkommen gegensätzlich. Melanie Joan war mollig und blond und trug ein geblümtes Kleid, das weit über dem Knie endete. Die Vizepräsidentin Allison Birmingham dagegen war eine große, hagere Frau im schwarzen Hosenanzug und mit einer Brille mit grünem Gestell. Lake stellte den derzeit in New York angesagten Businesslook zur Schau: krauses weißes Haar, gesunde Gesichtsfarbe, marineblauer Anzug, rote Krawatte, Hemd mit blauen Streifen und weißem Kragen. Ich hegte keinerlei Zweifel daran, dass breite, rote Hosenträger zum Vorschein kommen würden, sollte er sein Jackett ausziehen.

»Kennen Sie Melanie Joans Bücher?«, fragte Allison.

Ich nickte. Ich hatte mal eines während eines Fluges gelesen und mich seinerzeit außerstande gesehen, es zu beenden, aber es schien keinen Anlass zu geben, das hier kundzutun.

»Ihr neues Buch ist soeben erschienen«, erklärte Allison. »Es wird ihr bislang auflagenstärkstes. Wir drucken 750 000 Exemplare. Und wir bitten Melanie Joan, für das Buch in zehn Städten Werbung zu machen.«

»Das sind vielleicht nicht so viele wie bei Steve King, aber dennoch eine beträchtliche Zahl.«

Steve.

»Dann spielt Melanie Joan also in der Oberliga.«

»Absolut«, bekräftigte Allison.

Melanie Joan lächelte bescheiden. Sie hatte sich einen getoasteten Bagel bestellt. Ebenso wie Allison.

Ebenso wie ich. Wir achteten nicht einfach nur auf unser Gewicht. Mir war bewusst, dass wir drei etwas bestellt hatten, was man, ohne zu kleckern, verspeisen konnte. Upton aß Eier mit Speck, Pommes frites und gebutterten Toast. *Männer!*

»Ist Ihr Exmann gefährlich?«, wollte ich wissen.

»Das lässt sich nicht mit Sicherheit sagen«, antwortete Melanie Joan. »Aber er ist auf jeden Fall überaus lästig.«

»Bei dem gefährlichen Teil kann ich Ihnen wahrscheinlich helfen«, bot ich an. »Ich weiß allerdings nicht, ob ich ihn dazu bringen kann, weniger lästig zu sein.«

»Und wären Sie bereit, mit Ms Hall von Stadt zu Stadt zu fahren?«, erkundigte sich Upton.

»Das hängt davon ab, wie viel Sie mir dafür bezahlen wollen.«

»Wir bezahlen Ihren üblichen Satz zuzüglich Spesen«, antwortete Upton. »Natürlich reist Ms Hall erster Klasse. Sie würden das dann auch.«

»Und wohin führt die Reise?«, erkundigte ich mich.

Melanie Joan ratterte die Städte in fast ausdruckslosem Tonfall herunter: »Pittsburgh, Cleveland, Cincinnati, Dayton, Louisville, New York, Philadelphia, Baltimore und Washington.«

»Meine Güte!«, entfuhr es mir.

»Die Tour ist auf zwei Wochen ausgelegt«, erklärte Allison. »Sie soll am 30. Oktober enden.«

»Vier Städte pro Woche.«

»Ja.«

»Und Sie glauben, dass Ihr Exmann da Schritt halten kann?«

»Das steht zu befürchten«, antwortete Melanie Joan.

»Sie kommen alle aus New York. Warum reisen Sie extra hierher nach Boston und bieten gerade mir diesen Job an?«

»Melanie Joan wohnt immer noch hier«, sagte Allison.

»Und vielleicht brauche ich Sie auch noch nach der Signierreise«, warf Melanie Joan ein. »Falls wir uns gut verstehen.«

»Also ein Probelauf. Auf Kosten des Verlages.«

Melanie Joan lächelte. »Möglich.«

Wir Mädels redeten zu viel, Lake musste sich wieder Gehör verschaffen. »Ich habe mich bei Ihrem Polizeichef nach Ihnen erkundigt«, sagte er.

»Ach?«, erwiderte ich.

»Ach?«, sagte auch Melanie Joan.

»Pat Reagan war mal der Partner meines Vaters.«

»Ihr Vater war Polizist?«, fragte Melanie Joan.

»Ja. Als er pensioniert wurde, war er Captain.«

»Wir haben Sie gründlich überprüft«, meinte Upton. »Trotz eines möglichen Verdachts auf Vetternwirtschaft sind wir bereit, Ihnen den Job anzubieten.«

»Sie wären mindestens zwei Wochen unterwegs«, warnte Allison.

»Haben Sie Kinder?«, erkundigte sich Melanie Joan.

»Nein«, erwiderte ich. »Aber ich habe einen Hund.«

»Wird das ein Problem?«

»Ich werde sie zwar vermissen, aber sie kann bei ihrem Vater bleiben.«

»Ihrem Ehemann?«

»Nein.«

Offenbar hatte ich mit mehr Schwung »Nein« gesagt, als ich es beabsichtigt hatte. Alle schwiegen einen Augenblick.

»Dann können wir also auf Sie zählen?«, fragte Allison.

»Aber sicher doch«, erwiderte ich.

3

Dieser Hurensohn hat eine andere«, sagte ich zu Spike.

»Er überlegt sich, ob er eine andere nehmen soll«, erwiderte Spike und warf Rosie unter dem Tisch ein Pomme frite zu. Sie schlang es sofort hinunter und wandte ihren lasergleichen Blick wieder nach oben zu Spike. Rosie war ein English Bullterrier, eine Miniaturzüchtung, und wenn sie auf diese Weise dasaß, ähnelte sie ein wenig einer kleinen Pyramide in Schwarz und Weiß – wenn auch einer wunderhübschen Pyramide.

»Es ist einfach nicht richtig«, nörgelte ich. »Und gib ihr bitte keine Pommes frites.«

»Seid ihr beide nicht geschieden?«, fragte Spike.

Er gab Rosie noch ein Pomme frite.

»Schon, aber wir hatten ein Arrangement.«

»Aha.«

»Ja, verdammt und zugenäht, das hatten wir!«

»Handelt es sich hierbei um dasselbe Arrangement, das du mit Brian Kelly hattest?«

Rosie schwang sich ohne sichtbare Anstrengung auf Spikes Schoß und leckte ihn am Ohr.

»Das war etwas anderes«, entgegnete ich.

Spike lächelte. Er nahm noch ein Pomme frite von seinem Teller und reichte es Rosie.

»Das war wirklich etwas anderes«, erklärte ich. »Ich hatte nie vor, mit ihm in den Sonnenuntergang zu spazieren.«

»Du hast nie auch nur für eine Sekunde darüber nachgedacht?«, hakte Spike nach.

»Tja, also, schon. Natürlich denkt man darüber nach.«

Spike war groß und kräftig, auf eine bärenhafte Art und Weise. Noch war er nicht kahl, aber sein Haar zog sich sichtbar zurück. Wenn Rosie nicht bei mir oder Richie sein konnte, dann wollte sie bei Spike sein. Sie war jetzt wieder beschäftigt. Mit schlecken. Spike drehte den Kopf zur Seite, um nicht in Speichel zu ertrinken. Er lächelte mich neuerlich an und sagte nichts. Wir saßen in seinem Restaurant, das eigentlich nicht ihm gehörte, über das er aber frei herrschen durfte. Ich hatte einen Salat bestellt, den ich nicht aß. Spike hatte einen herrlichen Cheeseburger mit Pommes frites geordert, den er mit Rosie teilte.

»Na gut«, gab ich zu.

»Na gut?«

»Na gut, er tut nichts, was ich nicht auch schon getan habe.«

Spike nickte.

»Aber ich habe ihm wenigstens nichts davon erzählt.«

Spike nickte erneut und lächelte wieder. Ich hätte ihn am liebsten erwürgt. Rosie stützte sich mittlerweile mit beiden Vorderpfoten auf der Tischplatte ab, die ovalen schwarzen Augen auf die restlichen Pommes frites geheftet.

»Dann bin ich eben wütend, weil Richie mich nicht so hintergeht, wie ich ihn hintergangen habe«, gab ich zu.

»Meinst du?«, fragte Spike.

»Ach, fick dich!«

»Guter Vorschlag«, erwiderte Spike.

»Mein Gott, Spike, was ist, wenn er dieses verdammte Flittchen heiratet?«

»Willst *du* ihn denn noch einmal heiraten?«

Ich schwieg lange Zeit. Spike nahm einen großen Bissen von seinem Cheeseburger.

Schließlich sagte ich: »Keine Ahnung.«

»Will *er* dich noch einmal heiraten?«, wollte Spike wissen.

»Keine Ahnung.«

Ein Mann und eine Frau traten an unseren Tisch. Mr und Mrs Wichtig: dunkle Anzüge, Aktenkoffer, Föhnfrisur, runde Brillengläser. Die Föhntolle des Mannes war grau. Die Föhntolle der Frau war blond. Abgesehen davon, und wenn man die Anatomie einmal unberücksichtigt ließ, waren sie austauschbar.

»Sind Sie der Geschäftsführer?«, erkundigte sich der Mann bei Spike.

»Manchmal«, erwiderte Spike. »Aber momentan nicht. Momentan bin ich Psychotherapeut.«

Der Mann blickte verwirrt.

»Wir haben ein Problem mit unserer Kellnerin«, warf die Frau ein.

»Geben Sie ihr ein dickes Trinkgeld und rufen Sie mich morgen früh an«, riet Spike.

»Ist das Ihre Antwort?«, fragte der Mann.

»Genau.« Spike hielt Rosie noch ein Pomme frite hin.

»Das ist ja ekelhaft!«, rief die Frau. »In einem Restaurant einen Hund am Tisch zu füttern!«

»Sie hat jedenfalls kein Problem mit ihrer Kellnerin«, meinte Spike.

»Ich will Ihnen mal etwas sagen«, erklärte der Mann. »Wir kommen hier nie wieder her.«

»Immer diese leeren Versprechungen.« Spike lächelte die beiden an. Aber es war ein ganz spezielles Lächeln. Der Mann wäre beinahe zusammengezuckt. Die Frau nahm ihren Begleiter am Arm.

»Komm, Brett«, sagte sie. »Das ist unter unserem Niveau.«

Spike nahm Rosie von seinem Schoß und setzte sie auf seinen Stuhl.

Als er sich aufrichtete, hatte er immer noch dieses besondere Lächeln im Gesicht. Er wies auf die beiden und dann auf die Tür.

»Raus mit euch«, sagte er.

Der Mann wollte etwas sagen, hielt dann aber inne. Die Frau zog am Arm des Mannes, bis er sich umdrehte und mit ihr hinausmarschierte. Spike nahm Rosie wieder auf den Arm, setzte sich und legte sie auf seinem Schoß ab.

»Ich nehme an, der Gast hat nicht immer Recht«, sagte ich.

Spike grinste. Seine Augen waren blassblau. Sie wirkten amüsiert. Sie wirkten immer amüsiert. Fast immer.

»Wirst du Rosie bei Richie lassen, wenn du mit dieser Schriftstellerin losziehst?«, wollte Spike wissen.

»Ja.«

»Auf die Gefahr hin, dass seine Freundin Rosie knuddelt?«

»Dieser Gedanke macht mich wahnsinnig, aber … ja.«

Wir saßen stumm beieinander, während Spike den Cheeseburger verputzte. Die Pommes frites waren auch schon weg. Er schob Rosie den leeren Teller vor die Schnauze, damit sie ihn abschlecken konnte.

»Ich sage dir, was ich denke«, meinte Spike. »Ich denke, Richie wird sich auch nicht *mehr* auf diese Frau einlassen, als du dich auf Brian Kelly eingelassen hast.«

»Und warum denkst du das?«

»Ich denke das, weil ihr beide auf eine Art und Weise miteinander verbunden seid, die ihr noch gar nicht begriffen habt.«

»Glaubst du, dass wir es je begreifen werden?«

»Wäre echt besser für euch«, erwiderte Spike.

4

Wir fuhren auf der Mass Pike durch Lenox. Ich saß am Steuer. Es ging nach Westen, der Tempometer auf siebzig Meilen die Stunde gestellt. Zwei gut aussehende Mädels, plaudernd, in einem gemieteten Mercedes.

»Manchmal kommt es mir so inkonsequent vor«, sagte Melanie Joan. »Was bedeuten angesichts terroristischer Bedrohung schon meine Bücher, meine dummen Eheprobleme, überhaupt alles?«

»Wahrscheinlich ist es nur inkonsequent für Sie«, erwiderte ich.

»Aber wie wichtig kann es angesichts des 11. September schon sein?«

»Ich kann mir nicht vorstellen, dass angesichts der Ewigkeit überhaupt etwas wichtig wäre«, meinte ich. »Wahrscheinlich ist es am besten, wenn Sie einfach weiterhin das machen, was Sie gut können.«

»Fühlen Sie sich denn gar nicht verletzlich?«, fragte Melanie Joan.

»Klar«, bestätigte ich, »und wütend. Rachsüchtig und ängstlich. Und abgestoßen.«

»Und was tun Sie mit all diesen Gefühlen?«

»Ich durchlebe sie.«

»Und machen dann einfach weiter?«, wollte Melanie Joan wissen.

»Genau.«

Wir blieben vor der West-Stockbridge-Mautstelle stehen. Ich zahlte und klemmte die Quittung hinter die Sonnenblende. Wir befanden uns jetzt im Bundesstaat New York.

»Als wir uns zum ersten Mal trafen, hat jemand eine Frage über Ihren Ehemann gestellt und Sie haben darauf sehr brüsk reagiert«, sagte Melanie Joan.

»Stimmt.«

»Haben Sie Eheprobleme?«

»Ich bin geschieden«, antwortete ich.

»Wollen Sie darüber reden?«, fragte Melanie Joan.

»Sie zuerst.«

Melanie Joan starrte durch die Scheibe auf die ländliche Idylle des Bundesstaates New York. Auf einem kleinen Hügel kündigte eine Schrifttafel ein Motel mit Pool und Entertainmentbereich nur fünfzig Meilen von hier an.

»Es schien alles so einfach«, fing sie an. »Ich war klug, ich war Cheerleader, ich sollte aufs College gehen, meinem Traummann begegnen – in meinen Kreisen war das der einzige Grund, warum Mädchen aufs College gingen – und dann bis in alle Ewigkeit glücklich sein.«

Ich lächelte aufmunternd.

»Und das tat ich dann auch alles«, fuhr Melanie Joan fort. »Genauer gesagt begegnete ich meinem Traummann gleich mehrmals.«

»Und Sie haben alle geheiratet?«

»Ja, alle. Es sind Mistkerle, nicht wahr?«

»Nicht immer«, erwiderte ich. »Richie ist kein Mistkerl … das glaube ich nicht.«

»Sehen Sie sich noch?«

»Ja. Einmal die Woche, immer mittwochabends, wenn wir können.«

»Wie zivilisiert«, meinte Melanie Joan.

»Wir teilen uns das Sorgerecht für einen Hund. Rosie.«

»Kinder?«, wollte Melanie Joan wissen.

»Nein. Nur Rosie.«

»Was für eine Rasse?«

»Ein English Bullterrier, Zwergzüchtung.«

»Ich glaube, das sagt mir jetzt nichts.«

»Spuds McKenzie?«, fragte ich. »Die Bierwerbung.«

Melanie Joan schüttelte den Kopf.

»Tja«, meinte ich, »es sind außergewöhnlich hübsche Hunde.«

»Mein erster Ehemann war gar nicht so übel«, erklärte Melanie Joan. »Eigentlich war er richtig nett. Er hat sich nur nie über den Collegestudenten hinausentwickelt. Er trank auch später noch Bier, liebte Ballspiele und jagte den Mädchen hinterher.«

»Sie haben also die Scheidung eingereicht?«

»Ja. Ich war es müde, mich ständig wie sein Date für ein Frühlingswochenende zu fühlen.«

Ich nickte. Melanie Joan war eine umwerfende Frau, trotz der Haarfülle und dem kurzen Rock. Sie war älter als ich, mit ausgeprägten Wangenknochen und wunderbarer Haut. Die Männer drehten sich nach ihr um, aber Männer drehen sich ja nach allen um.

»Nummer zwei war ein Schriftsteller mit extrem schwach ausgeprägter Libido.«

»Ist es nicht furchtbar, wenn einem so was passiert?«, fragte ich, nur um etwas gesagt zu haben. »Kenne ich ihn?«

»Das bezweifle ich. Das war auch Teil unseres Problems.«

»Sie waren als Schriftstellerin erfolgreicher?«, mutmaßte ich.

Melanie Joan nickte. »Und er hielt meinen Erfolg für Verrat.«

»Wahrscheinlich brauchte er das«, meinte ich.

»Wahrscheinlich.«

Melanie Joan sah einen Moment lang aus dem Fenster.

»Aus seiner Sicht bin ich wahrscheinlich wirklich eine Verräterin. Ich schreibe seichte Unterhaltung, Nackenbeißer, genauer gesagt.«

» Nackenbeißer?«, hakte ich nach.

»Schwülstige Liebesromane«, erläuterte Melanie Joan.

»Kann das nicht auch gute Literatur sein?«

»Möglicherweise, keine Ahnung. Meine sind es jedenfalls nicht.«

»Warum nicht?«

»Weil ich sie nicht gut hinkriege. Ich habe das Talent, eine Geschichte so zu erzählen, dass Millionen von Menschen sie lesen wollen. Aber ich bin keine tolle Schriftstellerin.«

»Dann schreiben Sie also einfach so gut, wie Sie eben können.«

»Ja, vermutlich tue ich das.«

»Das bedeutet, dass Sie nichts und niemanden verraten. Sie schreiben einfach für die Masse.«

Melanie Joan lachte. »So habe ich das noch gar nicht gesehen«, sagte sie. »Sie sind ziemlich schlau.«

»Ich bin ausgebildete Detektivin.«

»Von da an ging es dann immer mehr bergab«, erzählte Melanie Joan weiter. »Mit jeder neuen Ehe suchte ich mir einen schlimmeren Mann als zuvor.«

»Und welcher von denen ist der Stalker?«, wollte ich wissen.

»Der dritte.« Sie lächelte freudlos. »Und letzte.«

»Es ist noch zu früh, um schon aufzugeben«, sagte ich.

Melanie Joan schüttelte den Kopf und erwiderte nichts.

»Glauben Sie wirklich, dass Sie mich vor ihm beschützen können?«, wollte sie schließlich wissen.

»Klar.«

»Aber Sie sind so zierlich.«

»Ich bin wendig«, sagte ich.

»Wie sind Sie eigentlich Detektivin geworden?«, erkundigte sich Melanie Joan.

»Mein Vater war Polizist«, erläuterte ich. »Mir gefiel die Arbeit bei der Polizei, aber es gab zu viel Hierarchie. Also habe ich gekündigt und … voilà!«

»Es fällt schwer, sich vorzustellen, dass eine so hübsche Frau wie Sie …« Melanie Joan schüttelte verwirrt den Kopf.

»Ja, das ist es«, stimmte ich ihr zu. »Nicht wahr?«

5

Sehen Sie sich selbst auch als Melanie Joan?«, fragte ich.

Wir saßen in der Bar neben der Lobby des Stouffer Tower Plaza am Public Square in Cleveland.

»Melanie Joan gehört zu meiner öffentlichen Persona«, erklärte Melanie Joan. »Wie die toupierten Haare und das eng anliegende Kleid.«

Es war Viertel vor zehn am Abend. Wir tranken Cosmopolitans. In der Bar war es leise. Sie war zwar fast bis auf den letzten Platz gefüllt, jedoch offen zur Lobby, deren gewaltige Kuppeldecke den Lärm schluckte.

»Wenn mein erster Ehemann zusah, wie ich mich für eine Signierstunde oder etwas in der Art zurechtmachte, dann nannte er es ›Melanie Joan Hall auflegen‹. Vermutlich bin ich, wenn ich allein bin, immer noch das kleine Mädchen namens Joanie.«

Ich lächelte und nippte an meinem Cosmopolitan. Durch den Drink schimmerte das Licht von der Bar. In erster Linie trinke ich Cosmopolitans, weil sie so hübsch aussehen.

»Und was tun Sie, wenn Sie einfach nur Joanie sind?«, wollte ich wissen.

»Heutzutage bin ich kaum noch einfach nur Joanie. Manchmal, in Momenten der Reife, bin ich Joan. Wenn ich lange genug Joan bin, dann kleide ich mich so ähnlich wie Sie.«

»So gut also«, scherzte ich.

»Sie kleiden sich wirklich gut, Sunny, und das wissen Sie auch. Alles hat Stil, ist gut geschnitten und Sie haben eine wunderbare Figur. Ihnen steht einfach alles, und Sie vermitteln den Anschein, als ob Sie sich in Ihren Kleidern und in Ihrer Haut wohl fühlen.«

»Das sehe ich anders«, meinte ich.

»Ist es Ihr Exmann?«, fragte Melanie Joan.

»Ja. Nein. Eigentlich nicht. Ich nehme an, es liegt wohl eher an mir.«

»Und Sie möchten nicht darüber reden?«

»Nein. Verzeihen Sie mir.«

»Aber natürlich«, sagte Melanie Joan.

Ein großer, etwas unbeholfen wirkender junger Mann kam auf uns zu. Er hatte blasse Haut, kleine Augen und dunkle Haare, die ihm ganz entzückend in die Stirn fielen.

»Die Damen sind aber weit von zu Hause weg«, fing er an.

Melanie Joans Gesicht erstarrte und sie schien zusammenzuschrumpfen. Sie sagte nur: »Sunny.«

Ich sah ihn an, nahm meine Handtasche von der Theke, legte sie auf meinen Schoß und öffnete sie. Melanie Joan wandte sich ihm langsam zu.

»Ich komme aus Indianapolis«, sagte er.

Ich sah, wie sich Melanie Joans Schultern entspannten.

»Hallo, ich bin Melanie Joan. Das ist meine Freundin Sunny.«

Wieder in ihrer Rolle.

»Was ist Sunny denn für ein Name?«, spottete er.

»Ein honigsüßer.«

Er lächelte mich breit an.

»He, das ist gut«, sagte er. »Ich mag selbstbewusste Frauen.«

»Ja, da wette ich drauf.«

Einen Augenblick lang sah er mich verständnislos an, dann setzte er sein Lächeln wieder auf.

»Ich heiße Marc.«

»Hi, Marc«, sagte Melanie Joan.

»Darf ich den Damen einen Drink spendieren?«

»Aber sicher«, meinte Melanie Joan.

Marc sah mich an. Ich schüttelte den Kopf.

»He, sollten Sie nicht eigentlich honigsüß sein?« Marc lachte zufrieden über seinen schlauen Scherz. »Ihr Name ist doch Sunny.«

»Sunny ist ein Spitzname. Eigentlich heiße ich Sonya. Und im Moment bin ich Sonya.«

Marc hatte keine Ahnung, wovon ich sprach, aber ich sah, wie ihm klar wurde, dass er mich heute Nacht nicht in sein Bett kriegen würde. Woraufhin er sich ganz auf Melanie Joan einschoss.

»Was möchten Sie trinken?«

»Ich hätte gern noch einen von diesen wunderbaren Cosmopolitans«, sagte sie.

»Sollen Sie haben.« Marc winkte dem Barkeeper. »Noch einen für die Lady und ein Crown and Coke für mich.«

Der Barkeeper sah zu mir. Ich schüttelte den Kopf. Der Barkeeper zog los, mixte die Drinks und brachte sie zu uns.

»Was machen Sie denn so?«, fragte Marc.

»Melanie Joan.«

»Melanie Joan«, wiederholte Marc, »was machen Sie denn so?«

»Nichts.«

Marc runzelte die Stirn, seine kleinen Augen schoben sich nach oben. Er nahm einen großen Schluck Crown and Coke.

»Nichts?«

»Nein«, erwiderte Melanie Joan. »Absolut nichts.«

»Sind Sie verheiratet?«

»Im Augenblick nicht.«

»Ich lebe getrennt«, erzählte Marc.

Er trank noch mehr Crown and Coke, und seine Augen prüften bereits, ob der Barkeeper auch in Habtachtstellung stand. Mir fiel auf, wie schlecht sein Anzug saß.

»Waren Sie lange verheiratet?«, fragte Melanie Joan.

»Ich war nie verheiratet«, erwiderte Marc. »Meine Alte betrachtete sich als verheiratet, aber ich nicht, wenn Sie wissen, was ich meine.«

»Nein, weiß ich nicht«, sagte Melanie Joan.

»Nun, tja, ich war gewissermaßen frei und ungebunden, könnte man sagen.«

»Soso«, erwiderte Melanie Joan.

Marc bestellte sich noch einen Drink. Melanie Joan lehnte einen weiteren ab.

»Und?«, fragte Marc. »Wie kommt's, dass Ihre Freundin so ein Sauertopf ist?«

»Vielleicht weil sie Sie für einen langweiligen Trottel hält«, schlug Melanie Joan vor.

»He«, meinte Marc, »so was sagt man aber nicht.«

»Sie haben danach gefragt«, erwiderte Melanie Joan.

»Meine Güte, ich habe Sie gerade zu einem Drink eingeladen!«

»Das haben Sie«, bestätigte Melanie Joan.

Sie öffnete ihre Handtasche, nahm fünf Dollar heraus und reichte Marc den Schein.

»Verdufte!«, sagte sie.

Er hielt den Geldschein einen Moment in der Hand, dann ließ er ihn auf den Boden fallen.

»Leck mich«, sagte er, drehte sich um und ging zu seinem Tisch.

»Die Freuden des Singlelebens«, spottete ich.

Melanie Joan nickte und sah zu, wie Marc unbeholfen davonwankte.

»Es scheint, dass Sie als Melanie Joan anfingen und mitten im Satz zu Joan wurden.«

»Er war ja auch kein Fan«, erklärte sie und lächelte mich an.

6

Melanie Joan saß in vollem *Melanie-Joan-Hall*-Ornat an einem frei stehenden Tisch nahe der Kasse im vorderen Teil des Regal Bookstore in Shaker Heights. Eine geduldige Schlange von Menschen, überwiegend Frauen, zog sich durch die Gänge der Buchhandlung.

»Hi«, begrüßte Melanie Joan die dreiundfünfzigste Frau, die an ihren Tisch trat. »Wie geht es Ihnen? Schön, Sie zu sehen.«

»Es ist für meine Mutter«, sagte die Frau.

»Und wie ist ihr Name?«, wollte Melanie Joan wissen. Ihr Lächeln war breit und freundlich und wirkte ehrlich.

»Gertrude«, erwiderte die Frau.

Melanie Joan signierte das Buch auf der Titelseite, die eine der Buchhändlerinnen für sie aufgeschlagen hatte, und unterhielt sich dabei mit der Frau.

»Gertrude? Ich hatte eine alte Tante namens Gertrude, obwohl sie das ›alt‹ sicher nicht gern gehört hätte.«

Die Frau lächelte, sah auf ihr Buch, bedankte sich und ging weiter. Ich stand mit verschränkten Armen hinter Melanie Joan in der Nähe der Tür. Bücher wurden signiert. Melanie Joan plauderte mit jedem Einzelnen. Die Gespräche ließen es gemütlich und persönlich erscheinen, aber Melanie Joan signierte überaus schnell.

»Würden Sie sich mit uns fotografieren lassen?«, bat eine junge Frau Melanie Joan.

»Aber sicher. Sunny, mach ein Foto von uns.«

Eine der jungen Frauen reichte mir eine Einmalkamera aus gelber Pappe.

»Drücken Sie einfach auf diesen Knopf, und wenn es im Sichtfeld rot aufleuchtet, dann drücken Sie den anderen Knopf.«

»Schon verstanden«, sagte ich.

Die jungen Frauen stellten sich zu beiden Seiten von Melanie Joan hinter den Tisch. Ich baute mich davor auf und nahm sie mit der Kamera ins Visier.

»Ich stehe besser auf«, meinte Melanie Joan.

Sie erhob sich und legte die Arme um die beiden jungen Frauen neben ihr, wahrscheinlich Schwestern.

»Cheese«, sagte sie mit einem breiten Grinsen.

Ich drückte auf den Knopf für das Blitzlicht und im Sichtfeld leuchtete es rot auf. Melanie Joan sah über mich hinweg in die Ferne, wie es Menschen tun, die häufig fotografiert werden. Plötzlich bekam sie große Augen und ihr Lächeln gefror. Ich schoss das Foto, drehte mich um und sah hinter mich, in Richtung ihres Blicks. Zwischen all den Frauen, ungefähr in der Mitte des Ganges, stand ein Mann, der wie Clark Kent aussah. Er trug eine Brille mit dunklem Gestell. Sein Gesicht war angenehm normal, sein Kiefer kräftig. Die schwarzen Haare waren etwas länger, aber der Schnitt sah teuer aus. Er trug ein rostfarbenes Jackett aus Harristweed über einem schwarzen Rollkragenpulli aus Wolle, dazu braune Cordhosen und derbe braune Wanderschuhe von der Art, die niemand trägt, der wirklich wandern will. Er hielt Melanie Joans neuestes Buch in der Hand und wirkte sehr zufrieden mit sich.

Ich gab den jungen Damen den Fotoapparat zurück. Sie bedankten sich bei mir und Melanie Joan, dann wieder bei mir und noch zweimal bei Melanie Joan, bevor sie weiterzogen. Melanie Joan schien wie erstarrt.

»Ist er das?«, fragte ich mit dem Rücken zu Clark Kent. »Der mit der Brille?«

Melanie Joan nickte steif.

»Setzen Sie sich«, befahl ich. »Und seien Sie noch etwas länger Melanie Joan. Ich bin bei Ihnen.«

Melanie Joan rührte sich nicht.

»Lassen Sie sich von diesem Mistkerl nicht in dem behindern, was Sie tun«, flüsterte ich.

Das Personal der Buchhandlung sah Melanie Joan an.

»Setzen«, wiederholte ich.

Sie ging zu ihrem Stuhl, setzte sich und eine rothaarige Frau mit einem Baby in einem Tragetuch vor dem Bauch trat an den Tisch und hielt ihr ein Buch hin. Ich ging wieder an meinen Platz und betrachtete Clark. Er achtete nicht auf mich. Zweifelsohne nahm er mich nicht einmal wahr. Seine ganze Aufmerksamkeit galt Melanie Joan, und seine Augen blieben fest auf sie gerichtet, während die Schlange sich immer weiter verkürzte.

»Können Sie das Buch Alice widmen?«, bat die Rothaarige. »Mit Datum bitte.«

»Natürlich«, sagte Melanie Joan.

Sie zeigte auf das Baby.

»Ist das Alice?«

»Ja«, erwiderte die Rothaarige mit einem fröhlichen Lächeln.

Melanie Joan schrieb: *Für Alice, die ich früh traf und von der ich hoffe, sie bald einmal wiederzutreffen. In Liebe, Melanie Joan Hall.*

Melanie Joan reichte der rothaarigen Frau das signierte Buch, die darauf mit ihrem Baby weiterging. Clark Kent rückte einen Schritt auf.

»Ich kann nicht«, flüsterte Melanie Joan mir verstohlen zu.

»Natürlich können Sie«, erklärte ich. »Ich bin direkt hinter Ihnen.«

Melanie Joan signierte ein weiteres Buch für einen kleinen Mann, dessen Hosengürtel bis über seine Brust reichte.

»Meine Frau liest all Ihre Bücher«, sagte er.

Melanie Joan lächelte warm und reichte ihm sein Buch zurück. Die Frau direkt vor Clark Kent trug einen entsetzlich pinkfarbenen Hosenanzug. Sie nahm ein Buch von dem Stapel auf dem Signiertisch.

»Muss ich das bei Ihnen zahlen?«, fragte sie Melanie Joan.

Melanie Joan lächelte und schüttelte den Kopf. Das Lächeln war etwas steifer als zuvor. Die stellvertretende Geschäftsführerin der Buchhandlung überwachte alle Aktionen am Signiertisch.

»Sie zahlen vorn an der Kasse«, erklärte sie der Frau. »Möchten Sie, dass Miss Hall das Buch für Sie signiert?«

»Nein, danke«, sagte diese, nahm das Buch und ging zur Kasse.

Ich hätte mich gefragt, warum sie sich überhaupt in die Schlange eingereiht hatte, wäre ich nicht so sehr an Clark Kent interessiert gewesen. Er stand jetzt direkt vor Melanie Joan und lächelte ihr von oben zu. Hinter seiner großen Brille mit dem dunklen Gestell sah man bezaubernde Fältchen um seine Augen.

»Könnten Sie mein Buch für mich signieren, Mrs Melvin?«

Ich trat näher an Melanie Joan heran, versuchte, beruhigend zu wirken. Er würdigte mich keines Blickes. Melanie Joan nahm das Buch, ohne ihn anzusehen, und signierte mit geübter Hand. *Melanie Joan Hall*. Er nahm das Buch und starrte die Unterschrift an.

»Könnten Sie es etwas persönlicher gestalten?«, bat er.

Sein Blick ruhte fest auf Melanie Joan. Sie sah nicht auf. Ich trat neben ihn.

»Es gibt eine lange Schlange, Sir«, sagte ich. »Es tut mir Leid, aber Ms Hall kann nur signieren.«

Er sah mich gar nicht an.

»Bei den anderen hat sie es auch persönlich gestaltet.« Er sah auf Melanie Joan hinab.

Seine Stimme klang sanft, aber das Fehlen jeglichen Gefühls ließ mich frösteln.

»Es tut mir Leid, Sir«, erklärte ich. »Nur das Signum.«

»Wer sind Sie denn?«, fragte er.

»Nur eine gesichtslose Bürokratin, die das Signieren überwacht«, erwiderte ich.

Er sah mich nachdenklich an. Die Beschäftigten des Ladens wussten, wer ich war. Sie wurden allmählich nervös.

»Es tut mir Leid, Sir, aber es stehen noch sehr viele Leute an«, sagte die stellvertretende Geschäftsführerin. »Ich muss Sie bitten weiterzugehen.«

Clark Kent sah die stellvertretende Geschäftsführerin einen Augenblick mit ausdruckslosem Gesicht an, dann betrachtete er mich mit demselben leeren Blick. Es war, als ob ich gar nicht existierte. Ich hatte nicht das Gefühl, dass ich bei ihm ankam. Schließlich sah er wieder auf Melanie Joan herab.

»Tja, Melanie Joan«, sagte er. »Vielleicht beim nächsten Mal.«

Melanie Joan, die immer noch auf die Tischplatte starrte, schüttelte den Kopf. Er lächelte ihren Scheitel an, dann sprach er zu mir, ohne mich dabei anzusehen.

»Werden wir uns wiedersehen?«

»Schwer zu sagen, wohin das Leben uns führt«, antwortete ich.

»Sind Sie die Begleiterin von Mrs Melvin?«

»Ich begleite Miss Hall«, sagte ich.

»Die ehemalige Miss Hall, mit vielen Zwischenstationen.« Er sah Melanie Joan an, die noch immer auf die Tischplatte starrte. »Sind Sie der Geleitschutz für die Signierreise?«

»Momentan ja.«

»Dann werden Sie also Mrs Melvin auf der gesamten Tour begleiten?«

Ich sagte nichts. Dieses ganze Nicht-angesehen-Werden wurde langsam anstrengend. Sie sah ihn nicht an. Er sah mich nicht an. Am liebsten hätte ich ihm einen Tritt versetzt.

»Sir«, sagte die stellvertretende Geschäftsführerin. »Bitte!«

Clark Kent erwiderte nichts. Er starrte noch einen weiteren Augenblick auf Melanie Joans gesenkten Kopf, dann warf er – mich ignorierend – das Buch auf den Fußboden, drehte sich um und marschierte aus dem Laden. Niemand sagte etwas. Alle starrten das Buch an, das aufgeschlagen und mit der Vorderseite nach unten auf dem Boden gelandet war. Eine Hälfte des Schutzumschlags hatte sich gelöst.

Melanie Joans Schultern zuckten, ihre Hände zitterten. Ich legte ihr die Hand auf die Schulter und wandte mich an die stellvertretende Geschäftsführerin.

»Von nun an wird Miss Hall nur noch signieren«, sagte ich.

»Natürlich«, erwiderte die stellvertretende Geschäftsführerin und informierte die Leute, die in der immer noch beträchtlichen Schlange anstanden.

7

Es regnete. Kein steter Regen, so dass ich die Scheibenwischer hätte anlassen und ihn vergessen können, sondern Schauer, die eine Weile anhielten und dann abrupt aufhörten, um kurz darauf wieder so plötzlich anzufangen, wie sie aufgehört hatten.

»Vielleicht regnet es ja ununterbrochen, nur wir bewegen uns immer wieder hinein und hinaus«, sinnierte ich.

Wir fuhren auf der Route 71 südwärts auf Kentucky zu. Melanie Joan sah durch die Windschutzscheibe auf den wankelmütigen Platzregen. Sie nickte, jedoch ohne ein Anzeichen dafür, dass sie meine Worte tatsächlich aufgenommen hatte.

»Mag sein«, meinte sie.

»Deprimiert?«, fragte ich.

Sie antwortete nicht gleich. Wir steckten mitten in einem Schauer. Dann sah sie mich an und sagte: »Was?«

»Sind Sie wegen Ihres Ehemannes deprimiert?«

»Deprimiert? Ja. Und ich habe Angst.«

»Warum?«

»Warum ich Angst habe?«

»Hm.«

Sie sah einen Augenblick auf die Regenmassen, die

über die Windschutzscheibe fluteten, von den Scheibenwischern nur spärlich in Schach gehalten.

»Ich weiß nicht«, meinte sie. »Er jagt einem Angst ein. Vermutlich weil er so von sich eingenommen ist, dass er zu allem fähig wäre, solange es ihm selbst dient.«

»Hatten Sie auch Angst vor ihm, als Sie mit ihm verheiratet waren?«, wollte ich wissen.

»Nein. Doch. Nein, anfangs nicht. Zuerst habe ich nur das wahrgenommen, was Sie wahrscheinlich auch wahrgenommen haben. Einen gut aussehenden Mann. Schicke Kleidung. Brille. Kultiviert, charmant.«

»Er hat Ihnen nie wehgetan?«, fragte ich.

»Niemals wirklich, aber schon lange vor der Scheidung hatte ich die Befürchtung, er könnte es tun.«

»Hat er Sie bedroht?«

»Eigentlich nicht.«

»Was hat Ihnen dann Angst gemacht?«

»Keine Ahnung. Vielleicht liegt es ja an mir.«

»Nein«, erklärte ich, »es liegt nicht an Ihnen.«

»Wie können Sie sich da so sicher sein?«, fragte Melanie Joan.

»Er hat mich angeschaut«, erwiderte ich. »Ich habe seine Augen gesehen.«

»Ja.«

»In seinen Augen lag nichts Menschliches«, erklärte ich.

Auf dem Highway war es dunkel und der Regen ging mit starkem Wind einher.

»Nein«, flüsterte Melanie Joan so leise, dass ich sie kaum hören konnte, »gar nichts.«

Der Highway breitete sich schwarz und glatt und funkelnd vor uns aus. Melanie Joan starrte ihn schweigend an. Wir waren die Einzigen weit und breit. Gleichmäßig kämpften die Scheibenwischer gegen die Regenschauer an.

»Erzählen Sie mir von ihm«, bat ich.

»Ich möchte nicht über ihn reden.«

»Sie *müssen* mir von ihm erzählen«, insistierte ich. »Ich muss wissen, mit wem ich es zu tun habe.«

»Vermutlich schäme ich mich, dass ich ihn geheiratet habe. Es ist mir peinlich, über ihn zu reden. Ich weiß gar nicht, wo ich anfangen soll.«

»Was ist er von Beruf?«, fragte ich.

»Er ist Psychiater«, antwortete Melanie Joan.

»In Boston?«

»Ja.«

»Mit Privatpraxis?«

»Er ist Mitglied der medizinischen Fakultät an der Taft Medical School. Daneben führt er eine private Praxis in Chestnut Hill.«

Melanie Joan sah auf den nassen Asphalt und deutete ein Lächeln an.

»Seine Patientenliste besteht hauptsächlich aus Frauen«, sagte sie.

»Wie kommt's?«

»Ich glaube, er zieht weibliche Patienten vor.«

»Und auf seinem Praxisschild steht ›Frauenpower!‹?«

Melanie Joan brachte immer noch kein richtiges Lächeln zustande.

»Nein. Ich denke, er nimmt einfach mehr Frauen als Männer als Patienten an.«

»Ist er erfolgreich?«

»Meinen Sie, ob er eine große Praxis hat? Ja.«

»Ist er ein guter Psychiater?«

»Er versteht menschliches Verhalten«, wich Melanie Joan aus.

»Das heißt?«

»Das heißt, dass er es versteht, Menschen zu manipulieren.«

»Und das tut er auch?«

»Ja.«

»Sie mit eingeschlossen?«, fragte ich.

»Mich ganz besonders«, erwiderte sie.

»Auf welche Weise manipuliert er Sie?«

Es hatte aufgehört zu regnen, und in den dunklen Wolken klaffte ein Spalt auf, durch den das Sonnenlicht schien. Der Wind schien abgeflaut zu sein. Ich konnte jetzt sogar die Reifen auf dem Asphalt hören.

»Durch Liebe«, sagte Melanie Joan.

»Die er gibt und zurückhält?«

»Ja.«

»Meine Mutter hat das auch getan. Tut es immer noch«, sagte ich.

»Mein Vater auch.«

»Ach?«, entfuhr es mir.

»Genau«, sagte Melanie Joan. »Ach.«

»Ich werde das Offensichtliche nicht aussprechen.«

»Danke.«

Ich warf ihr einen Blick zu. Sie saß im vollen *Melanie-Joan-Hall*-Ornat auf dem Beifahrersitz. Ihr Erscheinungsbild passte irgendwie nicht zu unserer Unterhaltung.

»John scheint kein Interesse an Frauen zu haben, die er nicht manipulieren kann«, konstatierte sie.

»Warum ist das wohl so?«, fragte ich.

»Ich glaube, die Manipulation trägt ihre eigene Belohnung schon in sich«, spekulierte sie.

»Und er heißt John?«

»John Melvin.« Melanie Joans Stimme klang hart. »Dr. John Melvin.«

Es fing wieder an zu regnen und diesmal blies der neu aufgefrischte Wind die Regenmassen direkt auf uns zu, während wir durch die unvertraute Landschaft von Ohio kurvten. Ich fühlte mich plötzlich weit weg von zu Hause. Ich vermisste Rosie. Ich musste an sie denken. Wahrscheinlich schlief sie gerade glücklich in ihrem kleinen Korb hinter der Bar in der Kneipe, die Richies Familie gehörte. Am Abend würde Richie mit ihr Gassi gehen, die beiden würden Ball spielen und sie würde neben ihm in seinem Bett schlafen, in dem Zimmer mit Blick über den Hafen, das bei Sonnenaufgang immer von Licht durchflutet wurde.

8

Wir befanden uns in unserer Suite im Hotel in Louisville. Die Tür des Hauptzimmers war verschlossen, die Kette vorgelegt. Melanie Joan war in ihrem Zimmer, ich in meinem. Ich hatte mich abgeschminkt, gebadet, mir die Haare gewaschen und lag nun in meinem Pyjama auf dem Bett, die Pistole auf dem Nachttisch. Ich rief Richie an.

»Passt es gerade?«, fragte ich.

»Klar.«

»Bist du allein?«

»Nein, Rosie ist hier«, sagte er.

Ich hörte das Lächeln in Richies Stimme.

»Wie geht es meinem Baby?«, wollte ich wissen.

»Es geht mir gut«, erwiderte er.

»Du weißt genau, wen ich meine.«

»Ja«, sagte Richie, »weiß ich. Sie schläft neben mir auf dem Bett. Sie lehnt sich gegen eines der Kissen, streckt die Beine in die Luft und die Zunge hängt ihr aus dem Mundwinkel.«

»Wie hübsch sieht sie aus?«

»So hübsch wie immer«, erklärte Richie.

»Vermisst sie ihre Mommy?«

»Wahrscheinlich. Aber trotzdem ist sie gut drauf.«

»Gehst du mit ihr Gassi?«

»Ja.«

»Darf sie dich auch tagsüber begleiten?«

»Überallhin«, versicherte Richie, »in die Bar, wenn ich Kunden besuche, überall.«

»Was für Kunden besuchst du denn?«, wollte ich wissen.

»Kunden eben.«

»Kunden eures Familienunternehmens?«

»Ja.«

»Richie, euer Familienunternehmen ist das organisierte Verbrechen.«

»Mein Teil nicht«, erklärte Richie.

»Ich verstehe nicht, wie du das so genau trennen kannst«, sagte ich.

»Ich schon.«

Wir schwiegen und lauschten der Geräuschlosigkeit in der Leitung.

»Wie ist deine Reise?«, fragte Richie nach einer Weile.

»Gut.«

»Wo bist du jetzt?«

»In Louisville. War die künftige Ms Burke bei dir?«

»Carrie«, korrigierte Richie sanft, »ja, sie war hier.«

»War sie lieb zu Rosie?«

»Sie mag Rosie sehr«, erklärte Richie.

Wieder die Geräuschlosigkeit des Telefons.

»Ich vertraue dir«, sagte ich schließlich. »Ich weiß, du wirst dafür sorgen, dass es Rosie gut geht.«

»Natürlich«, versicherte Richie, »du erinnerst dich ja wohl, wie sehr ich Rosie liebe.«

»Ich erinnere mich, wie sehr du mich einmal geliebt hast.«

Warum zum Teufel hatte ich das jetzt gesagt?

»Das tue ich immer noch«, meinte Richie.

»Und Miss Traumfrau?«

»Carrie«, korrigierte er. »Wahrscheinlich auch.«

»Dann kannst du also zwei Frauen gleichzeitig lieben?«

»Es hat ganz den Anschein«, sagte Richie.

»Und was machen wir zwei nun?«

Verdammt und zugenäht!

»Carrie ist mir wichtig«, erklärte Richie. »Und du und ich scheinen ja nicht miteinander leben zu können.«

»Trotzdem«, sagte ich.

»Bis jetzt«, meinte Richie.

»Vielleicht sollte ich einfach mein Leben weiterleben«, sagte ich.

»Ich dachte, das würden wir beide schon tun«, erwiderte Richie. »Ich dachte, aus diesem Grund hätten wir uns scheiden lassen.«

»Willst du es so haben?«

»Willst *du* es denn so haben?«

»Du spazierst mit Miss Wie-war-der-Name-doch-gleich in den Sonnenuntergang und wir beide gehen getrennte Wege?«

»Du weißt genau, dass sie Carrie heißt.«

»Wie auch immer.«

Wir schwiegen erneut. Ich sah auf meine Pistole, die neben mir auf dem Nachttisch lag. Draußen vor dem Fenster goss es immer noch, manchmal mehr, manchmal weniger stark.

»Nein«, sagte Richie. »So will ich es nicht haben.«

Ich spürte, wie sich etwas in meiner Brust regte.

»Vermutlich weiß keiner von uns beiden ganz genau, was er will«, schloss ich.

»Nicht genau«, sagte Richie. »Noch nicht.«

9

Wir befanden uns in einer kleinen Vorortbuchhandlung von Cincinnati. Melanie Joan stand mit dem Gesicht zur Vorderseite des Ladens an einem Rednerpult, umgeben von einem großen Kreis Bewunderern auf Klappstühlen. Sie beantwortete Fragen.

Eine schlanke Frau mit kurzem schwarzem Haar in einem rosafarbenen Kaschmir-Twinset hob die Hand.

»Ihre Figuren sind zwar ein wenig sexbesessen«, sagte sie, »aber sie scheinen überaus real. Basieren sie auf Menschen, die Sie persönlich kennen?«

Melanie Joan lächelte. »Meine Liebe«, erwiderte sie und ließ die Worte einen Augenblick im Raum stehen, »sie basieren alle auf mir.«

Das Publikum lachte. Nach nur drei Städten auf meiner ersten Buchtour hatte ich schon begriffen, dass die meisten Fans voller Wohlwollen kamen.

Eine kleine alte Frau mit großen Augen und einer kurzen Spitznase in der erste Reihe rief: »Ist das auch wahr?«

»Ich gebe all meine Liebesgeheimnisse preis.« Melanie Joan lächelte wieder. Es war ein beeindruckendes Lächeln: breit, warmherzig und offensichtlich spontan. »Nein, das stimmt nicht ganz. Ich glaube, wenn man mit dem Schreiben anfängt, verwendet man tatsächlich

Menschen, die man kennt, und schreibt kluge Dinge auf, die andere gesagt haben. Aber dann stößt man schnell an seine Grenzen und ist gezwungen, sich den Rest selbst auszudenken.«

»Wie arbeiten Sie?«, wollte ein Mann wissen. »Sind Sie ein Morgenmensch? Schreiben Sie am Computer?«

»Ich schreibe am Computer«, erwiderte Melanie Joan, »und normalerweise stehe ich ...«

Ich hatte direkt hinter dem Stuhlkreis aus Fans Position bezogen. Melanie Joan sah an mir vorbei zur Vorderseite des Ladens. Ich drehte mich um. John Melvin stand vor dem großen Schaufenster der Buchhandlung, das Gesicht gegen die Scheibe gepresst und die Arme hoch über den Kopf gestreckt. Langsam senkte er sie herab und verschmierte dabei zwei leuchtende Streifen aus Blut über das Glas. Ich sah wieder zu Melanie Joan. Ohne einen Ton von sich zu geben oder ihren Gesichtsausdruck zu ändern, legte sie die Hände einen Augenblick auf das Rednerpult, als ob sie Halt suchte. Dann rutschten ihre Hände vom Pult. Melanie Joan glitt zu Boden und blieb liegen.

»Die Cops!«, rief ich der Buchhändlerin zu. »Und einen Notarzt!«

Ich drängte mich zu der Stelle durch, an der Melanie Joan lag, und kniete mich neben sie. Ihre Augäpfel waren nach oben gerollt. Keine Zuckungen. Sie hatte ihre Zunge nicht verschluckt. Ihr Atem ging flach und sehr schnell, aber ansonsten regelmäßig. Auch ihr Puls raste. Während ich den Puls fühlte, kam sie zu sich. Sie sah mich an, ohne mich zu sehen. Ihre Lider flatterten.

»Melanie Joan«, sagte ich.

Ihre Augen nahmen mich immer noch nicht wahr. Ich ergriff ihre Hand.

»Melanie Joan.«

Eine hübsche Blondine kniete neben mir nieder.

»Ich bin Krankenschwester«, sagte sie. »Ist ihr das schon zuvor passiert?«

»Nicht dass ich wüsste«, antwortete ich. »Sie hat durch die Scheibe etwas gesehen, was ihr einen Schock versetzt hat.«

Die Krankenschwester sah zum Schaufenster mit den beiden dunklen Blutstreifen.

»Verdammt, was ist das denn?«

»Ich glaube, sie ist in Ohnmacht gefallen, als sie es sah«, meinte ich.

Die Krankenschwester nickte. Melanie Joan kam langsam wieder zu Bewusstsein.

»Können Sie meine Hand sehen?«, wollte die Krankenschwester von Melanie Joan wissen.

»Natürlich kann ich das.«

Melanie Joan sprach mit dem erzwungen beiläufigen Tonfall von jemandem, der plötzlich geweckt wird und nicht zugeben will, dass er geschlafen hat.

»Wie viele Finger?«

»Drei.«

»Wie fühlen Sie sich?«, fragte die Krankenschwester.

»Es geht mir gut«, erklärte Melanie Joan. »Es geht mir absolut gut.«

Das Publikum saß reglos da, als wäre es mit dem Rücken an den Stuhllehnen festgeleimt. Niemand wusste, was er sonst tun sollte. In der Ferne hörte ich die erste Sirene.

»Können Sie sich aufsetzen?«, fragte die Krankenschwester.

Melanie Joan nickte. Ich legte eine Hand unter ihren Rücken, die Krankenschwester nahm sie bei der Hand und gemeinsam hoben wir sie in eine sitzende Position. Ihr kurzer Rock war hochgerutscht. Melanie Joan zog ihn nach unten und strich ihn glatt.

»Möchten Sie sich auf einen Stuhl setzen?«, fragte ich.

Melanie Joan nickte. Ich drehte den Kopf zur ersten Reihe und mehrere Leute gaben ihren Platz frei. Wir zogen Melanie Joan hoch und setzten sie auf einen der leeren Stühle. Die Sirenen waren jetzt ganz nah. Durch die blutverschmierte Schaufensterscheibe sah ich das Blaulicht auf dem Parkplatz.

»Wo ist er?«, wollte Melanie Joan von mir wissen.

»Er ist nicht hier«, beruhigte ich sie. »Ich bin sicher, er hat sich aus dem Staub gemacht.«

Dabei war ich mir dessen gar nicht so sicher. Es käme darauf an, wie sehr er blutete. Wenn es sich wirklich um sein eigenes Blut handelte, lag er möglicherweise als bleicher Haufen vor der Ladentür. Aber dem war nicht so. Er hatte sich in der Tat aus dem Staub gemacht.

10

Als ich von Cincinnati nach Hause zurückkehrte, setzte ich Melanie Joan zu Hause ab und holte dann Rosie. Rosie war so froh, mich zu sehen, dass sie ihr Hinterteil einzog und durch Richies Apartment düste, von den Wänden abprallte, auf die Sofas sprang und wieder herunter und nur manchmal kurze Pausen einlegte, in denen sie ihren eigenen Schwanz jagte. Als das endlich vorüber war, brachte ich sie dazu, sich neben mich auf Richies Couch im Wohnzimmer zu legen, wo ich ihr den Bauch kraulen und einen Martini nippen konnte.

Richie trug Slipper ohne Socken, eine ausgewaschene Jeans ohne Gürtel und ein kurzärmeliges schwarzes Polohemd. Seine Arme waren muskulös.

»Dann war es also wirklich das Blut von diesem Kerl?«, wollte Richie wissen. »Auf der Schaufensterscheibe?«

»Ich weiß nicht, ob es Melvin gehörte. Aber das Polizeilabor in Cincinnati meinte, es sei menschliches Blut. Blutgruppe A.«

»Ist das Melvins Blutgruppe?«

»Das wusste Melanie Joan nicht.«

»Wessen Blut könnte es sonst gewesen sein?«

»Lässt sich schwer sagen«, antwortete ich.

»Und er ist Psychiater?«

»Ja.«

»Das heißt, er hat eine Ausbildung als Arzt.«

»Ja.«

»Dann ist er wahrscheinlich in der Lage, an menschliches Blut zu kommen.«

»Stimmt«, sagte ich. »Und wahrscheinlich kann er sich selbst auch einen oberflächlichen Schnitt setzen, der ihn genug Blut verlieren lässt.«

»Warum sollte er das tun?«, wollte Richie wissen.

»Möglicherweise um genau die Wirkung zu erzielen, die er erzielt hat.«

»Dass seine Exfrau in Ohnmacht fällt?«

»Das hat mit Kontrolle zu tun«, erwiderte ich.

Richie nickte. »Woher wusste er, wo er euch finden kann? Er hat euch erst in Cleveland aufgespürt und dann in Cincinnati.«

»Die Frage habe ich auch gestellt. Melanie Joans Verlag hat die Tourdaten auf seiner Website veröffentlicht. Das machen die meisten Verlage.«

»Ist die Signierreise jetzt vorbei?«

»Nein. Sie hat noch ein paar Termine hier in der Nähe. Dann fahren wir an die Westküste.«

Rosie hatte den schäbig aussehenden Teddybär geholt, den sie immer mit sich herumtrug, wenn ihr danach war. Jetzt ließ sie ihn in meinen Schoß fallen und sah mich mit wedelndem Schwanz an. Sie wollte, dass ich ihn warf, damit sie ihn zurückholen konnte. Dann musste ich ihn packen und sie würde am anderen Ende zerren und furchteinflößend knurren. Egal wie lange ich dieses Spiel mit ihr spielte, sie hielt immer länger durch und irgendwann würde ich *nein* sagen müssen. Die Logik gebot daher, dass ich gleich *nein* sagte und mir das ersparte. Rosie bedachte mich mit ihrem undurchdringlichen schwarzäugigen Starren. Ich warf den Teddybär. Sie schoss quer durch den Raum, schnappte den Teddy, trug ihn zurück, ließ ihn in meinen Schoß fallen, wedelte mit dem Schwanz und sah mich wieder mit diesem undurchdringlichen Blick aus ihren schwarzen Äuglein an.

»Wirst du in ihrer Nähe bleiben, solange sie hier ist?«, erkundigte sich Richie.

»Ich begleite sie zu den Signierstunden und bringe sie wieder zurück. Wenn sie sonst wohin möchte, gibt sie mir Bescheid.«

Ich nahm den Teddybär zur Hand und sofort hängte sich Rosie ans andere Ende. Für einen dreißig Pfund schweren Hund war sie ganz schön stark – und bei der Sache. Sie zerrte und schüttelte den Kopf, bis ich schließlich den Teddybär losließ. Sofort warf Rosie ihn wieder in meinen Schoß.

»Dann sitzt du also herum und wartest darauf, dass sie dich anruft?«, fragte Richie.

»Klingt sehr nach dem üblichen Schema meiner Verabredungen«, erwiderte ich. »Nein, ich dachte mir, dass ich mir in meiner Freizeit John Melvin ein wenig näher ansehen könnte.«

»Warum?«

»Weil ich eine Möglichkeit finden will, wie ich ihn von Melanie Joan fern halten kann.«

»Hast du schon einen Plan?«

Rosie zerrte erneut an dem Teddybär, alle viere steif von sich gestreckt, den Kopf gesenkt, den Hals gereckt und laut knurrend. Ich ließ los. Sie behielt ihr Gleichgewicht, sprang auf, legte die Vorderpfoten auf meine Schenkel und ließ den Bären wieder in meinen Schoß fallen.

»Rosie«, bat ich, »könntest du mir bitte mal eine Pause gönnen?«

Rosie wedelte mit dem Schwanz und grinste mich an.

»Ich könnte Felix bitten, sich mit ihm zu unterhalten«, schlug Richie vor.

Ich schwieg einen Moment, in dem ich versuchte, Rosie länger anzustarren als sie mich. Dann schüttelte ich den Kopf.

»Ich weiß, daran habe ich auch schon gedacht«, sagte ich.

»Aber?«

»Ich kann mir von deinem Onkel nicht meine Probleme lösen lassen.«

»Eigentlich würde er ja Melanie Joans Probleme lösen«, meinte Richie.

»Dauerhaft?«

»Könntest du das genauer formulieren?«

»Ob ich ihn tot will oder nur verkrüppelt.«

»So drastisch muss es vielleicht nicht enden«, sagte Richie. »Vielleicht lässt er sich leicht einschüchtern.«

»Das kann ich nicht, Richie.«

»Soll *ich* mit ihm reden?«

»Ich dachte, du hast nichts damit zu tun.«

»Habe ich auch nicht. Aber ich kann dir doch einen Gefallen tun, oder etwa nicht?«

Ich schüttelte den Kopf.

»Wie wäre es mit Spike?«, schlug Richie vor. »Er könnte doch in deinem Auftrag mit Melvin reden.«

Erneut schüttelte ich den Kopf.

»Ich will nicht abgedroschen klingen, aber ich muss das allein durchziehen«, wehrte ich ab.

Verärgert knurrte Rosie mich an und schüttelte den Teddybär in meinem Schoß. Ich streichelte sie. Plötzlich drehte sie sich mitsamt Teddy um, lief zu Richie und ließ den Bären in seinen Schoß plumpsen. Richie nahm ein Ende des Bären und Rosie zerrte glücklich an ihrem Ende.

»Du klingst nicht abgedroschen«, meinte Richie. »Ich verstehe schon, warum du es allein machen musst.«

Wir schwiegen eine Weile und beobachteten Rosie, die an dem Teddybär zerrte.

»Es war sehr nett von dir, mir anzubieten, dass dein Onkel jemand für mich verprügeln könnte.«

»Wir Burkes sind nun mal ein netter Haufen«, erklärte Richie.

»Hast du deine Traumfrau schon deiner Familie vorgestellt?«

»Carrie hat meinen Vater getroffen«, erzählte Richie. »Onkel Felix habe ich sie bislang noch nicht ausgesetzt.«

»Und?«

»Sie findet ihn nett.«

»Was ist mit ihm?«

»Er findet sie auch nett.«

»Wir sind alle nett, oder etwa nicht? Du, ich, deine Traumfrau, deine Ganovenfamilie – alle sind wir so gottverdammt nett.«

Richie sagte nichts. Ich stand abrupter auf, als ich es

geplant hatte, befestigte Rosies Leine an ihrem Halsband und ging zur Tür. Rosie schien ein wenig verwirrt.

»Danke, dass du mir angeboten hast, Melvin umbringen zu lassen«, sagte ich.

»Oder zu verletzen oder einzuschüchtern«, ergänzte Richie.

»Was auch immer. Jedenfalls vielen Dank.«

»Gern geschehen«, sagte Richie.

Ich ging hinaus und knallte die Tür zu.

11

Nach der Scheidung war Julie aus der Bruchbude ausgezogen, die sie gemietet hatte, als sie Michael verließ. Sie hatte sich eine Einzimmereigentumswohnung im zweiten Stock eines ehemaligen Fabrikgebäudes abseits der Prospect Street in Cambridge gekauft. Von dort aus konnte sie zu Fuß zu ihrem Büro am Harvard Square laufen, um dort ihre psychologischen Beratungen durchzuführen. Ich traf mich mit ihr zum Mittagessen in einem neuen Restaurant namens Cuchi Cuchi an der Main Street.

»Wie geht es den Kindern?«, fragte ich, nachdem wir uns gesetzt hatten.

Julie zuckte mit den Schultern.

»Es ist mir unangenehm, aber ich muss zugeben, dass es ihnen besser zu gehen scheint als damals, als ich noch bei ihnen wohnte.«

»Das ist deprimierend«, meinte ich.

»Ja. Nur … na ja, ich bin froh, dass es ihnen besser geht, egal aus welchem Grund.«

»Stimmt auch wieder.«

Die Kellnerin brachte uns die Speisekarten und nahm unsere Getränkebestellung auf.

»Arbeitest du noch für diese Schriftstellertante?«, fragte Julie.

»Melanie Joan Hall«, sagte ich. »Ja.«

»Gab es Schwierigkeiten?«

»Ein paar.« Ich erzählte ihr von den beiden Begegnungen mit John Melvin.

Die Kellnerin brachte unsere Getränke. Einen Grapefruit-Gimlet für mich, einen Brombeer-Cosmopolitan für Julie. Wir nahmen beide einen Schluck.

»Wow, der schmeckt echt lecker«, lobte Julie.

»Meiner ist auch köstlich.«

»Lass mich mal probieren«, bat Julie.

Wir tauschten die Gläser.

»Ich denke, davon brauche ich mehr als ein Glas«, meinte Julie.

»Wäre auch dumm, sich zurückzuhalten«, bestätigte ich. »Hast du je von einem Psychiater namens John Melvin gehört?«

»Melanie Joan Halls Ehemann?«

»Ja.«

»Er ist Psychiater?«

»Ja.«

Julie dramatisierte immer alles. Jetzt ging sie theatralisch ihre Gedächtnisdatenbanken durch, auf der Suche nach John Melvin. Julie war nicht unehrlich, sie war einfach nur demonstrativ. Zu guter Letzt schüttelte sie den Kopf.

»Hat er hier vor Ort eine Praxis?«, wollte sie wissen.

»Ich glaube, in Chestnut Hill.«

»Und er macht Psychotherapie?«

»Ja.«

»Nein«, meinte Julie, »ich kann nicht behaupten, dass ich ihn kenne. Aber das will nichts heißen. Es gibt viele gute Therapeuten, die ich nicht kenne.«

»Ich dachte, du seist der Dreh- und Angelpunkt für den Bereich Psychiatrie im gesamten Nordosten«, scherzte ich.

»Ich bin nur eine schlichte, psychologisch geschulte Sozialarbeiterin«, stellte Julie richtig, »Psychiater geben sich mit mir nicht ab.«

»Sollten sie aber.«

Im Cuchi Cuchi gab es eine Reihe von kleinen tapasartigen Gerichten. Ich bestellte für den Anfang Shrimps am Spieß. Julie nahm einen Salat aus Bostoner Anbau. Sie sah gut aus. Seit ihrer Scheidung hatte sie abgenommen. Sie trug ihre dunklen Haare länger und hatte auch ihr Make-up verändert.

»Wo könnte ich weitere Informationen herbekommen?«

»Weißt du, ob er auch Psychoanalysen durchführt?«

»Keine Ahnung.«

»Wenn ja, dann könntest du es mit der BPSI versuchen.«

»Bepsi?«

»Boston Psychoanalytic Society and Institute«, erläuterte Julie. »Mit Sitz in Boston. Dann gibt es noch die Massachusetts Psychiatric Society. Ich glaube, die sitzt in Waltham.«

»Was ist mit der Ärztekammer?«, hakte ich nach.

»Klar. In der West Street. Und das Massachusetts Mental Health Institute in der Staniford Street.«

»Genug Geschäftliches«, erklärte ich. »Was macht dein Sexualleben?«

»Erst erzählst du mir von deinem«, erpresste mich Julie.

»Da gibt es nichts zu erzählen«, sagte ich.

»Ach, bei dir also auch nicht.«

Ich zuckte mit den Schultern.

»Die netten Jungs sind schwul«, klagte Julie. »Und die Heterojungs sind verheiratet ... oder haben einen an der Waffel.«

»Wie geht es Michael?«, erkundigte ich mich.

»Glücklich in seiner neuen Ehe.«

»Tja«, meinte ich, »das wäre dann wohl erledigt.«

»Irgendwie schon«, gab Julie mir Recht.

»Hast du sie mal getroffen?«

»Nein.«

»Was erzählen die Kinder über sie?«

»Sie scheinen sie zu mögen.«

»Ach herrje!«, meinte ich.

»Tja, es ist das Beste für sie«, sagte Julie.

»Ich weiß, aber es nimmt dir die heimliche Befriedigung, die du empfinden könntest, wenn sie sie hassen würden.«

»Ja, das ist allerdings wahr«, bestätigte Julie.

Wir bestellten noch zwei Drinks.

»Sie ist Börsenmaklerin«, erzählte Julie.

Ich nickte. Meine Shrimps ließen sich nur schwer vom Spieß lösen. Ich überlegte, ob ich den Spieß einfach wie einen Hähnchenschlegel essen sollte.

»Michael hat sie bei der Arbeit kennen gelernt«, fuhr Julie fort.

Ich beschloss, auf kultivierte Weise ein mundgerechtes Stück abzuschneiden.

»Einen Monat nachdem ich ihn verlassen hatte, hatten sie schon ihre erste Verabredung.«

Ich legte Messer und Gabel beiseite, nahm den Spieß in die Hand und biss ab. Hervorragend!

»Ich frage mich, wie gut sie sich schon kannten, als wir noch verheiratet waren.«

»Das kannst du nicht wissen«, meinte ich.

»Aber fragen kann ich mich das schon.«

»Triffst du dich noch mit Robert?«, fragte ich.

Julie sah mich einen Augenblick lang an. »Du willst mich daran erinnern, dass ich lange bevor ich Michael verlassen habe, schon mit anderen Männern geschlafen habe«, konstatierte sie.

Ich zuckte mit den Schultern.

»Na gut«, sagte Julie, »jetzt erinnere ich mich.«

»Und? Triffst du dich noch mit Robert?«

»Nein.«

Julie aß ihren Salat auf und leerte ihren zweiten Drink.

»Hast du dich in letzter Zeit mit Richie getroffen?«, erkundigte sie sich.

»Ich habe ihn gestern Abend gesehen.«

»Und wie läuft es so?«

»Er hat eine Freundin.«

»Wie der Cop, mit dem du dich eine Zeit lang getroffen hast. Brian ... wie war doch gleich sein Name?«

»Brian Kelly«, sagte ich.

»Triffst du dich noch mit dem?«

»Nein.«

Wir sahen uns eine Weile an, dann lachten wir beide.

»Tja«, meinte Julie, »lassen wir uns nicht unterkriegen.«

»Darauf erhebe ich mein Glas!«

12

Ich sprach mit einer großen, hageren Frau mit stahlgrauen Haaren, die aussahen, als würden sie scheppern, wenn sie sie kämmte. Laut dem Namensschild auf dem Schreibtisch hieß sie Dr. Elsa Earhardt und sie war die geschäftsführende Direktorin.

»Dr. Melvin ist ein Mitglied unserer Organisation«, sagte sie. »Ich kann Ihnen seine Telefonnummer und seine Adresse geben.«

»Können Sie mir auch etwas über ihn erzählen?«, fragte ich.

»Ich kenne ihn nicht persönlich«, antwortete sie.

Ihr Ton war absolut neutral und hatte etwas Beruhigendes. Ihre Kleidung war ordentlich und blau. Sie trug keinen Schmuck. Es hingen mehrere Abschlussdiplome diverser Universitäten an den Wänden, doch keines von ihnen konnte ich von meinem Platz aus entziffern.

»Wissen Sie, ob es in seinem Berufsleben irgendwelche Vorfälle gegeben hat?«

»Ich weiß von keinen Vorfällen.«

»Würden Sie es denn wissen, wenn es welche gegeben hätte?«

»Wahrscheinlich nicht. Wir sind kein Kontrollorgan, und wenn ich dennoch von einem … äh … Vorfall gehört hätte, wäre es höchstwahrscheinlich nicht angemessen, mit Ihnen darüber zu sprechen.«

»Wow«, meinte ich.

Sie hob die Augenbrauen. »Wow?«

»Ja, Sie haben gerade mit einem einzigen Satz jede mögliche Richtung dieses Gespräches verbaut.«

Sie lächelte auf freundliche, zustimmende Art und Weise. »Sicher nicht jede.«

»Wenn ich mich über ihn beschweren wollte, an wen würde ich mich wenden?«

»An die Patientenbeschwerdestelle der Ärztekammer.«

»An der West Street?«

»Soviel ich weiß.«

»Aber Sie können mir seine Adresse geben«, sagte ich.

»Sicher. Meine Sekretärin wird Ihnen helfen.«

»Vielen Dank für alles«, meinte ich.

»Wir treten nicht für die Rechte der Patienten ein«, erläuterte Dr. Earhardt. »Wir konzentrieren uns auf den Arzt.«

»Nun, vielleicht sollten Sie sich etwas mehr auf Dr. Melvin konzentrieren.«

Sie nickte leicht und legte den Kopf schräg. Eine Aufforderung an mich, deutlicher zu werden.

»Er ist ein Stalker, er verfolgt seine Exfrau obsessiv.«

»Wenn dem so wäre, bliebe das eine Angelegenheit für die Patientenbeschwerdestelle«, erklärte Dr. Earhardt.

Ich zog eine Visitenkarte aus meiner Handtasche und reichte sie über den Schreibtisch. Sie nahm sie entgegen und betrachtete sie interessiert.

»Sonya Randall«, las sie vor. »Ermittlungen, Personenschutz.«

»Das bin ich«, bestätigte ich. »Falls Ihnen etwas zu Ohren kommt, rufen Sie mich an.«

Sie steckte meine Visitenkarte sorgfältig in eine der Ecken ihrer braunen Schreibtischauflage.

»Ich werde an Sie denken, Sonya.«

Ich stand auf.

»Danke, Elsa.« Ich öffnete die Bürotür und ging hinaus.

13

Am frühen Abend begleitete ich Melanie Joan zu einer Signierstunde in der riesigen Barnes & Noble-Buchhandlung in Burlington. Eine Szene, an die ich mich mittlerweile schon gewöhnt hatte: ein Tisch mit mehreren Bücherstapeln und eine Staffelei mit Melanie Joans Porträt in Postergröße. Dazu eine Schlange von Menschen, von denen die meisten eines von Melanie Joans Büchern in der Hand hielten, sowie ein paar Angestellte der Buchhandlung, die in der Nähe des Tisches herumstanden und alles im Auge behielten. Als wir eintraten, merkte ich, wie sich Melanie Joan in Melanie Joan verwandelte. Sie schien etwas aufrechter zu gehen. Ihre Augen leuchteten stärker. Ohne den Gesichtsausdruck zu verändern, wirkte sie doch eher zu einem Lächeln bereit. Ihr Schritt wurde schneller. Ich konnte beinahe hören, wie die Titelmelodie einsetzte.

Eine junge Schwarze in hoch taillierter grauer Hose koordinierte den Abend. Melanie Joan stellte mich als ihre Begleitung vor. Die Koordinatorin lächelte mich einmal an und ignorierte mich dann. Wollte Melanie Joan sich frisch machen? Brauchte Melanie Joan irgendetwas? Wasser? Kaffee? Einen Saft? Würde sie Fragen beantworten? Sollte das Mikro für sie am Rednerpult befestigt werden oder wollte sie es in der Hand halten? Hatte sie eine Vorliebe für einen bestimmten Stift? Füllfederhalter? Kugelschreiber? Auf welcher Seite würde sie ihre Bücher signieren? Melanie Joan kannte die Antworten auf alle Fragen und warf zwei kleine Scherze ein. Ich hatte dieselben zwei kleinen Scherze in Cleveland und Cincinnati und Louisville und Dayton gehört, aber jedes Mal wenn Melanie Joan sie erzählte, wirkten sie so frisch und neu, als sei es das allererste Mal.

Ein deutliches Murmeln erhob sich, als Melanie Joan an der Schlange vorbei in Richtung Tisch ging. Einige Leute klatschten. Melanie Joan lächelte sie strahlend an. Sie trug schwarze Stiefel mit breiten, hohen Absätzen, dazu einen grauen Minirock mit winzigem schwarzem Muster und ein hautenges schwarzes Top unter einer silberfarbenen Lederjacke. Sie sah wie die mehrfache Millionärin aus, die sie ja auch war.

Die Helferinnen der Buchhandlung sahen mich an, als ob ich sie bei der Signierstunde unterstützen würde, aber ich trat zur Seite und lehnte mich gegen ein Regal mit Sachbüchern direkt links hinter Melanie Joan.

»Ich brauche jemand, der mir die Bücher aufschlägt«, sagte Melanie Joan zu einer der Helferinnen. Daraufhin lächelte sie die erste Person in der Schlange an, streckte ihre Hand nach dem Buch aus und sagte: »Dann wollen wir mal anfangen.«

Wir befanden uns im ersten Stock, in einiger Entfernung von den Aufzügen, an einem Platz, der wahrscheinlich extra für diese Veranstaltung frei geräumt worden war. Ich betrachtete die Schlange der Fans. John Melvin war nicht unter ihnen. Dann sah ich an der

Schlange vorbei zu den Leuten, die neben den Aufzügen standen oder zielgerichtet in eine andere Abteilung der Buchhandlung marschierten, wo sie ein Buch über die toskanische Küche, über Fitnesstraining oder einen Ratgeber zur Belebung ihrer Beziehungen bekommen konnten.

Dort stand John Melvin, die Hüfte gegen das Geländer vor den Aufzügen gelehnt, die Arme über der Brust verschränkt. An diesem Abend trug er Bügelfaltenjeans und ein schwarzes Lederjackett mit hochgestelltem Kragen. Auch der Kragen seines schwarzen Polohemdes war nach oben geschlagen. Dazu schwarze Slipper im Mokassinstil, ohne Socken. Ich sah Melanie Joan an. Sie ließ nicht erkennen, ob sie ihn entdeckt hatte.

An diesem Abend trug ich meine Pistole unter einem leichten, herbstlichen Regenmantel am Gürtel. Es war eher eine modische Entscheidung als eine Frage der Sicherheit. Wenn es mein Outfit nicht störte, trug ich meine Pistole immer am Gürtel. Wenn es störte, dann kam sie in meine Handtasche. Ich war mir des angenehmen Gewichts der Waffe bewusst, als ich auf Melvin zuging.

Er starrte Melanie Joan an. Ich sah die Verbände an seinen Handgelenken, die unter den Ärmeln seines Jacketts hervorlugten. Er beachtete mich gar nicht. Ich lehnte mich mit der Hüfte gegen die Aufzugswand neben ihm, verschränkte wie er die Arme und sagte: »Wie geht's, wie steht's?«

Langsam wandte er mir den Kopf zu und sah mich aus seinen verträumten Augen an.

»Entschuldigen Sie?«, meinte er.

»Wie geht's, wie steht's?«, wiederholte ich.

Seine Augen konzentrierten sich jetzt auf mich. »Ach, die gesichtslose Bürokratin. Hallo!«

»Wie geht es Ihren Handgelenken?«

Er lächelte tapfer. »Es ist nichts, wirklich nicht. Nur kleine Kratzer.«

»Gut zu wissen«, erwiderte ich. »Wie ist das denn geschehen?«

»Offen gesagt möchte ich nicht darüber reden«, meinte er leise.

»Aber klar. Und was wollen Sie hier?«

»Dasselbe wie alle anderen, vermute ich.«

»Ganz genau dasselbe?«, fragte ich.

»Tja.« Er lächelte. »Ich habe mehr mit Melanie Joan getan, als nur ihre Bücher zu lesen.«

»Als da wäre?«

»Ich habe sie gevögelt«, erklärte Melvin.

»Wie schön für Sie«, sagte ich.

»Sie fand es auch schön.«

»Jetzt aber nicht mehr.«

Melvin sah mich aufmerksam an, schätzte mich ab, wie es die Leute bei Pferden tun. »Vielleicht würden Sie es auch schön finden.«

»Ach, Sie Süßholz raspelnder Teufel, Sie«, spottete ich.

Es gefiel ihm nicht, wenn man ihn auf den Arm nahm.

»Möglicherweise klären wir das eines Tages«, sagte er.

»Möglicherweise lernen Schweine eines Tages, zu

fliegen«, entgegnete ich, »und dabei eine Melodie zu pfeifen.«

Etwas, ich weiß nicht genau, was, nennen Sie es einen Schatten, huschte für einen Augenblick hinter seinen Augen vorbei. Es war, als würde man die rasche Bewegung einer Schlange in einer dunklen Ecke wahrnehmen. Ohne es zu wollen, stellte ich sicher, dass mein Mantel offen stand.

»Und vielleicht werden Sie eines Tages weniger leichtfertig sein«, meinte er.

Ich fürchtete, meine Stimme könnte rau klingen, wenn ich sprach, aber das tat sie nicht.

»In der Zwischenzeit sollten Sie endlich begreifen, dass Melanie Joan Hall nicht länger Ihre Frau ist und Sie auch nicht mehr sehen möchte.«

»Sie wird mich sehen«, sagte er.

»Sie wissen, dass Sie krankhaft reagieren.«

»Solche Urteile stehen mir zu, nicht Ihnen.«

»Sie wissen es«, sagte ich. »Und ich weiß es auch.«

»Da gibt es nichts zu diskutieren«, erklärte er. »Ich werde sie sehen, wann immer ich es wünsche.«

»Mich werden Sie dann auch sehen.«

Er lachte und in diesem Lachen lag keine Spur von Humor oder Fröhlichkeit und auch nichts Menschliches. Er richtete sich auf und überragte mich nun um fünfzehn Zentimeter.

»Und was genau wollen Sie dann tun?«, fragte er.

»Ich könnte Sie erschießen.«

Er starrte mich an. »Meine Güte, Sie sind also nicht nur ihre Begleiterin, Sie sind ihre Leibwächterin!«

»Das bin ich«, bestätigte ich.

Ich öffnete meinen Mantel ein wenig und ließ ihn die Waffe sehen. Er starrte sie reglos an. Dann lachte er wieder dieses gefühllose Lachen.

»Das macht es nur umso erregender.« Wieder lächelte er gefühllos, dann drehte er sich um und ging.

14

Da ich von Dr. Elsa Earhardt nicht viel erfahren hatte, kam mir der Gedanke, es mit etwas normaler Detektivarbeit zu versuchen, um zu sehen, ob ich das noch draufhatte. Ich setzte Rosie in den Wagen, fuhr nach Chestnut Hill und parkte vor dem großen viktorianischen Gebäude, in dem Dr. John Melvin wohnte und praktizierte. Es war ein herrliches, stattliches Haus mit weißer Fassade, grünen Fensterläden und fliederfarbenen Büschen im Vorgarten. Eine gepflasterte Auffahrt führte um das Haus, und ein kleines, adrettes Schild mit einem diskreten Pfeil wies mir den Weg, der zur Praxis führte.

Ich zog zwei Hilfsmittel meines Gewerbes heraus: ein Notizbuch und einen Kugelschreiber.

»Möge das Abenteuer beginnen!«, sagte ich zu Rosie.

Sie starrte aus ihrer Seite des Wagens und wartete auf verdeckte Eichhörnchenaktivitäten. Eine silbergraue Infiniti-Limousine parkte vor dem Haus, eine gut angezogene Frau stieg aus und ging über die gepflasterte Auffahrt. Ich schrieb mir das Kennzeichen auf. Zwei Spatzen suchten auf dem kleinen grünen Vorgartenstreifen nach Futter. Ein Eichhörnchen wuselte mit einer Eichel im Maul an dem Wagen vorbei und huschte einen Baum hinauf. Rosie entdeckte es und warf sich knurrend und kläffend gegen die Scheibe, bis das Eichhörnchen weit oben in den Baumwipfeln außer Sichtweite verschwand.

Ansonsten geschah wenig Interessantes. Fünfundvierzig Minuten nach Ankunft des Infiniti fuhr ein beigefarbener Mercedes vor und parkte hinter dem Infiniti. Eine weitere gut gekleidete Frau stieg aus und ging die gepflasterte Auffahrt hoch. Fünf Minuten später kam die erste gut gekleidete Frau die Auffahrt wieder herunter, stieg in ihren Infiniti und fuhr davon. Nach weiteren fünfzig Minuten kam die Mercedes-Besitzerin heraus und fuhr davon. Ungefähr eine Minute danach fuhr ein roter Subaru Kombi vor, eine Frau stieg aus und ging die Auffahrt hoch. Ich hatte jetzt drei Autokennzeichen in meinem Notizbuch vermerkt.

»Hier scheint sich ein Muster herauszukristallisieren«, sagte ich zu Rosie.

Erschöpft von der Aufregung der bisherigen zwei Stunden, hatte sich Rosie, eine Pfote über der Schnauze, auf dem Beifahrersitz eingerollt und war eingeschlafen. Während sie schlief, ging das Muster weiter: Jede Stunde kam eine Frau in einem teuren Auto und guter Kleidung zur Therapie. Alle waren attraktiv. Meiner Einschätzung nach waren sie zwischen dreißig und fünfzig Jahre alt. Von meinem Platz auf der anderen Straßenseite aus ließ es sich unmöglich mit letzter Sicherheit sagen, aber alle schienen sorgfältig gekleidet und zurechtgemacht. Ich war mir ziemlich sicher, dass man auch im Trainingsanzug zur Therapie konnte, wenn es sein musste, aber vielleicht hatte Melvin da seine eigenen Regeln. *Dress for success.*

Gegen 13 Uhr brauchte ich ein Klo und ein Sandwich, in dieser Reihenfolge, und vermutlich traf das auch auf Rosie zu. Also fuhr ich zum Fresh Pond Circle zurück und ging zu Bread and Circus. Ich benutzte die dortige Damentoilette, spritzte mir Wasser in Gesicht und Haare, kaufte ein Sandwich mit Tomaten und Mozzarella und eine Viertelliterflasche Wasser. Dann ging ich mit Rosie einmal über den Parkplatz, gab ihr etwas Wasser und teilte mein Sandwich mit ihr. Schließlich fuhren wir zurück und beobachteten noch etwas länger John Melvins gepflasterte Auffahrt. Am Ende des Tages hatte ich acht Autokennzeichen einschließlich einer Limousine mit Chauffeur. Letzterer wartete im Wagen, während die Dame zur Therapie ging. Rosie war sogar noch produktiver gewesen, hatte nicht nur drei Eichhörnchen, sondern auch zwei Golden Retriever und einen Norwich Terrier entdeckt, die sie allesamt aus der Sicherheit unseres Autos heraus bedrohlich anbellte. Der Besitzer eines der beiden Golden Retriever bedachte mich mit einem »Zügeln-Sie-bloß-Ihren-verdammten-Köter«-Blick, den ich sofort erkannte, weil ich diesem Blick schon früher begegnet war. Du mich auch!, starrte ich zurück.

Als offensichtlich war, dass niemand mehr Dr. Melvins Praxis aufsuchen würde, verstaute ich mein Notizbuch und fuhr in der Abenddämmerung durch den Rushhour-Verkehr zurück nach South Boston.

15

Brian Kellys Schreibtisch stand neben dem Fenster im Dienstraum der Detectives im neuen Area-D-Revier, von wo er auf die Harrison Avenue schauen konnte. Er saß an seinem Schreibtisch, einen Fuß auf einer herausgezogenen Schublade, und trug ein graphitgraues Polohemd und Jeans. Seine Dienstmarke war neben seiner Waffe am Gürtel befestigt.

»Hallo, Schätzchen«, sagte er.

Ich setzte mich auf den Besucherstuhl neben seinen Schreibtisch.

»Hallo.« Ich reichte ihm die Liste mit den Autokennzeichen, die ich im Laufe von vier Tagen vor Dr. John Melvins Praxis gesammelt hatte. Ich hätte ja eine ganze Arbeitswoche angesammelt, aber Melanie Joan musste am Donnerstag tagsüber zwei Signierstunden absolvieren. Wenigstens war Melvin dort nicht aufgetaucht. Ich nahm an, er war damit beschäftigt, attraktiven Frauen zu helfen, die meines Wissens nach seine gesamte Klientel ausmachten.

»Kann ich dir helfen, die Besitzer dieser Fahrzeuge ausfindig zu machen?«, fragte Brian.

»Wie nett von dir, mir das anzubieten.«

»Als ob du mich nicht gleich darum gebeten hättest!«

»Ich hätte aber sehr lieb darum gebeten«, meinte ich.

»Es ist doch immer dasselbe«, klagte Brian, »da schläft man ein paarmal mit einer Frau und danach geht sie einen in alle Ewigkeit um kleine Gefälligkeiten an.«

»Warum sollte eine Frau sonst mit dir schlafen?«

Brian grinste mich an. »Ich erinnere mich an das Warum«, sagte er. »Ich erinnere mich gut.«

Möglicherweise errötete ich daraufhin. Falls ja, dann fiel es Brian nicht auf. Er war ein schlanker Mann und sehr ordentlich. Die dunklen Haare kurz geschnitten. Die Jeans gebügelt. Die Schuhe auf Hochglanz poliert. Das Polohemd war eventuell sogar neu. Ich erinnerte mich, dass er auch ziemlich kräftig war, auf diese drahtige Art und Weise, die einige schlanke Typen an sich haben.

»Kannst du das für mich tun?«, bat ich. »Um der guten alten Zeiten wegen?«

»Klar. Ich faxe die Nummern an das Kraftfahrzeugamt. Wir essen zusammen zu Mittag, und bis wir zurückkommen, sind die Namen da ... wenn wir langsam essen.«

»Und wenn ich keine Zeit für ein Mittagessen habe?«

Brian lächelte wieder und reichte mir kommentarlos die Liste zurück.

»Wohlan, Mittagessen!«, sagte ich.

Wir aßen in einem Coffeeshop voller Cops vom Area-D-Revier. Ich bestellte ein überbackenes Käsesandwich.

»Bist du wieder mit deinem Exmann zusammen?«, fragte Brian.

»Nicht wirklich.«

Mir gefiel der schwache Duft von Brians Aftershave.

Er aß sehr ordentlich, mit präzisen kleinen Bewegungen. Seine Augen waren groß, braun und freundlich, obwohl ich sicher war, dass er den finsteren Cop-Blick ebenso beherrschte wie alle anderen.

»Aber du bist immer noch nicht ganz von ihm los«, sagte Brian.

»Noch nicht.«

»Triffst du dich derzeit mit jemand?«

»Nein, momentan nicht«, erwiderte ich.

»Willst du nicht?«

»Doch, ich hätte gern ein paar Verabredungen. Ich habe nur in letzter Zeit niemand getroffen.«

»Ich verstehe«, sagte Brian. »Du hättest eben mich angeln sollen, als du die Gelegenheit dazu hattest.«

Ich lächelte ihn an.

»Es ist nie zu spät.«

Brian erwiderte mein Lächeln.

»Ich heirate demnächst«, verkündete er.

Verdammt!

»Das scheint derzeit groß in Mode zu sein«, meinte ich. »Erzähl mir von ihr.«

»Sie ist Grundschullehrerin. In Duxbury.«

Von mir aus hätte es auch Katharina die Große sein können. Dennoch lächelte ich und nickte.

»Wir wurden verkuppelt«, erzählte Brian weiter. »Kurz nachdem du und ich …«

»Gratuliere«, sagte ich.

»Danke. Sie ist toll.«

»Das freut mich für dich.«

Brian nickte. »Du warst auch ziemlich toll, Sunny.«

»Danke.«

»Das meine ich ehrlich«, sagte Brian. »Im Bett warst du eine Kanone.«

Ich fühlte mich etwas unwohl. Das war seinerzeit direkt nach der Scheidung von Richie gewesen, eine verrückte Zeit, und ich hatte einige extreme Augenblicke durchlebt, während ich das Spiel des Verabredens neu erlernte.

»Ja, in der Horizontalen waren wir zwei echt gut.«

»Du warst … bist sowieso ziemlich sensationell, Sunny. Ob im Bett oder außerhalb.«

Ich nickte. Der Appetit auf den Rest meines Sandwichs war mir vergangen. Ich hatte das Gefühl, dass sich mir der Hals zuschnürte. Gleich würde ich weinen müssen.

»Geht es dir gut?«, fragte Brian.

Ich nickte. »Mir geht's klasse. Absolut klasse.«

16

Du hattest Brian immer im Hinterkopf, als eine Art Rückversicherung«, erklärte Julie. »Darum fühlst du dich jetzt so mies.«

»Du meinst, wenn es mit Richie nicht funktioniert hätte, wäre da immer noch Brian gewesen.«

»Etwas in der Art«, bestätigte Julie.

Wir saßen in der Kellerbar des Biba in der Boylston Street und tranken Pina Coladas.

»Falls ich das gedacht haben sollte, dann hasse ich mich dafür«, sagte ich.

»Manchmal ist das, was man an sich hasst, genau das, worüber man nachdenken sollte«, philosophierte Julie.

»Das ist eine typische Seelenklempnerbemerkung.«

»Ich weiß«, gab Julie mir Recht. »Aber du wusstest, dass ich Seelenklempnerin bin, als du meine Freundin wurdest.«

»Genauer gesagt war ich schon deine Freundin, bevor du Seelenklempnerin wurdest«, korrigierte ich.

»Und du hast beschlossen, mir das zu vergeben.«

»Na ja«, meinte ich, »du bist ja im Grunde nur eine psychologisch geschulte Sozialarbeiterin.«

»Stimmt haargenau«, bescheinigte Julie.

Wir nippten an unseren Pina Coladas.

»Es ist nicht leicht, allein zu sein«, sagte Julie. »Und

es fällt schwer, sich selbst als allein stehend wahrzunehmen. Ich mache das auch gerade durch. Und deine Schwester hat das letztes Jahr mit diesem schrecklichen Kerl durchgemacht.«

»Ihr Auswahlverfahren in Sachen Männer hat sich seitdem nicht verbessert.«

»Du wolltest doch nie in diese Falle geraten«, meinte Julie.

»Und welche Falle wäre das?«

»Dass man ohne Mann nichts wert ist.«

»Ging es dir so mit Wie-war-doch-gleich-sein-Name?«

»Ganz genau so«, bestätigte Julie.

»Hieß er nicht Robert?«

»Wie-war-doch-gleich-sein-Name reicht völlig«, entgegnete Julie. »Ich konnte Michael sogar erst dann verlassen, als Wie-war-doch-gleich-sein-Name auf der Matte stand.«

»Ich mag Männer«, verkündete ich.

»Ich auch. Aber wir müssen beide erst mal sicherstellen, dass wir uns selbst mögen, ob mit Mann oder ohne.«

»Wow«, meinte ich, »die Hochburg der Seelenklempner.«

»Ziemlich anödend, nicht wahr?«

»Du versuchst ja nur zu helfen«, lenkte ich ein.

»Ich will damit sagen, dass du möglicherweise Hilfe brauchst. Ein paar gute Ratschläge von mir werden deine Bedürfnisse nicht verändern.«

»Vielleicht doch. Du weißt ja, wie konkurrenzsüchtig ich bin. Vielleicht will ich dir beweisen, dass du falsch liegst.«

Julie lächelte. Sie verzieh mir meine Albernheit. »Möglich wäre es. Hast du etwas über Melanie Joans Ehemann herausgefunden?«

»Dr. Melvin«, klärte ich sie auf. »Vielleicht sollte ich ihn wegen meiner Bedürftigkeit in Sachen Männer aufsuchen.«

»Das würde ich nicht tun«, riet Julie mir ab. »Hast du nun etwas über ihn herausgefunden?«

»Seine Patienten scheinen durchweg Frauen zu sein. Ich habe die Namen aller Patientinnen von vier Tagen.«

»Hilft dir das?«

»Nein. Ich kenne keine von ihnen.«

Wir tranken unsere Pina Coladas aus und bestellten zwei neue.

»Alles Frauen?«, hakte Julie nach.

»Ja.«

Die Bar füllte sich allmählich mit jungen Leuten, die nach der Arbeit Geselligkeit suchten.

»Wenn der Mann so ist, wie es den Anschein hat, und er eine therapeutische Praxis führt, die ausschließlich Patient*innen* vorbehalten ist …«

»Ausschließlich wohl eher nicht«, widersprach ich.

»Na gut, wie wäre es mit überwiegend?«

»Überwiegend scheint mir zu passen.«

»Also gut«, fuhr Julie fort, »wenn ihm also all diese Frauen zur Verfügung stehen, verletzliche Frauen …«

»Dann wird er seinen Vorteil daraus ziehen.«

»Möglicherweise. Natürlich ist das furchtbar unangemessen …«

»Es ist auch unangemessen, sich die Handgelenke

aufzuritzen und das Blut an einer Schaufensterscheibe zu verschmieren.«

»Hast du ihn denn angezeigt?«, erkundigte sich Julie.

»Nein. Melanie Joan wollte das nicht.«

»Warum nicht?«

»Weil sie nach eigener Aussage nicht in einen endlos langen, skandalträchtigen Prozess verwickelt werden will.«

»Und glaubst du ihr?«, fragte Julie.

»Es ist ein guter Grund. Aber er hat auch immer noch sehr viel Macht über sie.«

»Und er weiß bestimmt, wie er diese Macht am besten einsetzen kann«, meinte Julie.

»Weil er ein Seelenklempner ist?«

»Klar.«

»Na ja, eventuell beobachte ich ihn mal nach den Praxisstunden. Vielleicht entdecke ich da was.«

»Und wenn du etwas entdeckst?«, wollte Julie wissen.

Ich lächelte sie an. »Julie, du weißt, dass ich nicht weiß, was ich dann tun werde.«

»Das scheint keine von uns zu wissen. Wirst du dafür bezahlt, Dr. Melvin zu überwachen?«

»Eigentlich nicht.«

»Warum tust du es dann?«

»Warum ich ihn überwache?«

»Ja.«

»Tja, vielleicht kann ich Melanie Joan helfen, ihn loszuwerden, wenn ich aus ihm schlau geworden bin.«

»Und dich somit um deine Arbeit bringen.«

Ich zuckte mit den Schultern.

»Als Bodyguard bin ich ohnehin keine Idealbesetzung. Ich bin Detektivin.«

»Aber für sie hast du eine Ausnahme gemacht.«

»Scheint so.«

»Und nun hast du Mitleid mit ihr.«

»Habe ich.«

»Lass dich nicht verwirren«, riet Julie.

»Von was?«

»Davon, wo sie aufhört und du anfängst.«

»Das hat mich schon mein Leben lang verwirrt«, meinte ich.

»Nun, wenigstens ist es dir bewusst«, sagte Julie.

Wir waren jetzt von Menschentrauben umgeben. Die Bar war bis in die letzte Ecke voll junger Leute, die es auf einen Drink abgesehen hatten, und es drängten immer mehr herein.

»Es wird vielleicht besser, wenn ich an der Situation etwas ändern kann.«

»Das wäre dann der nächste Schritt«, sagte Julie.

»Hast du einen Vorschlag?«

»Maxwell Copeland.«

»Ich glaube, eine Seelenklempnerin wäre besser.«

Julie schüttelte den Kopf.

»Ob Mann oder Frau ist hier egal«, sagte sie. »Und Max Copeland ist der beste Psychiater auf diesem Planeten.«

»Auf dem ganzen Planeten?«

Julie lachte. »Der beste, den ich kenne«, räumte sie ein. Sie zog eine Visitenkarte aus ihrer Handtasche und schrieb eine Telefonnummer auf die Rückseite. »Sag ihm, dass ich dich an ihn empfohlen habe.«

»Warst du mal seine Patientin?«, wollte ich wissen.

»Nein. Ich kenne ihn zu gut, um mich von ihm behandeln zu lassen.«

»Ist doch komisch, oder? Die intimste Hilfe suchen wir bei Wildfremden.«

»Du magst ihm fremd sein, die Krankheit ist es nicht«, sagte Julie.

»Du hältst mich für krank?«

»Jetzt reib dich nicht an Worten auf«, sagte Julie. »Ich glaube, dass du an deiner Beziehung zu Richie arbeiten solltest.«

»Vielleicht ist es eine Beziehung, die in der Liebe wurzelt?«

»Mag sein«, räumte Julie ein, »aber der Umstand, dass du weder mit ihm noch ohne ihn leben kannst, lässt auf ein krankhaftes Element schließen.«

Ich lehnte mich zurück. Ich wollte Julie beweisen, wie absurd ihre Annahme war. Aber mir fiel keine Möglichkeit ein, wie ich das bewerkstelligen konnte. Vielleicht war ihre Annahme ja gar nicht so absurd.

»Tja«, sagte ich, »es ist schon ein wenig erschreckend, dich in Aktion zu erleben.«

»Du meinst, als Therapeutin?«

»Ja. Vermutlich bist du das gerade.«

»Ich bin deine Freundin«, erklärte Julie.

»Ja«, erwiderte ich, »das wird es wohl sein.«

Ich nahm ihr die Karte ab.

17

Ich fuhr Melanie Joan nach New York. Sie und ich auf den Vordersitzen, Rosie auf dem Rücksitz, was diese etwas mürrisch aufnahm. Wenn es nach Rosie ging, saß Melanie Joan auf *ihrem* Platz. Unterwegs, ungefähr auf der Höhe von Greenwich, fragte ich Melanie Joan, ob sie irgendetwas über die therapeutische Praxis ihres Mannes wisse.

»Er ist nicht mehr mein Mann«, erwiderte sie.

»Stimmt«, räumte ich ein. »Was können Sie mir über Dr. Melvins Praxis erzählen?«

»Ich weiß, dass er Freudianer ist.«

»Und Sie wissen, dass seine Klientel in erster Linie aus Frauen besteht?«

Melanie Joan lächelte. »Frauen beten ihn an. Das habe ich auch getan.«

»In der Psychotherapie hat der Therapeut häufig beträchtliche Macht über den Patienten«, sagte ich.

»Unbedingt.«

»Glauben Sie, dass Dr. Melvin diese Macht möglicherweise ausnutzt?«

»Unbedingt«, sagte Melanie Joan.

Wir fuhren auf dem Merritt Parkway und die Landschaft von Connecticut rollte in leuchtenden Farben an uns vorbei. Wir steckten mitten im Altweibersommer.

Melanie Joans Verlag hatte uns einen Mietwagen angeboten, aber ich zog es vor, meinen Subaru zu fahren, und ich wusste, dass es Rosie so ebenfalls lieber war.

Die Art und Weise, wie Melanie Joan dieses »unbedingt« wiederholt hatte, ließ auf mehr schließen.

»Wie haben Sie Dr. Melvin kennen gelernt?«, wollte ich wissen.

»Ich war seine Patientin.«

»Sie haben eine Therapie bei ihm gemacht?«

»Ja.«

»Und die Ehe erwuchs aus dieser Therapie?«

»Es schien so natürlich«, erzählte Melanie Joan, »meinen Retter zu heiraten.«

Zum bestimmt zwanzigsten Mal seit wir Boston verlassen hatten, keilte sich Rosie zwischen die beiden Vordersitze und starrte fest auf den Beifahrersitz, auf dem Melanie Joan saß.

»Möchte sie gern hier sitzen?«, fragte Melanie Joan.

»Ja.«

»Sie könnte doch auf meinem Schoß sitzen?«

»Das könnte sie in der Tat.«

Melanie Joan klopfte sich auf die Oberschenkel.

»Komm, Rosie!«, lockte sie.

Rosie sah mich an. Ich nickte. Rosie sprang von der Mittelkonsole auf Melanie Joans Schoß.

»Aua!«, quietschte Melanie Joan.

»Sie haben es angeboten.«

»Ich hatte dabei aber keine Großoffensive im Sinn.«

Rosie drehte sich ein paarmal in Melanie Joans Schoß, bis sie die exakt richtige Position gefunden hatte, dann legte sie sich hin.

»Sie fürchtete schon, Sie würden niemals fragen«, meinte ich. »Sind Sie mit Dr. Melvin ...äh ... ausgegangen, als Sie noch seine Patientin waren?«

»John zog es vor, uns als Klientinnen zu bezeichnen«, erwiderte Melanie Joan.

Ich nickte. »Sicher. Und? Sind Sie miteinander ausgegangen?«

»Ja«, sagte Melanie Joan. »Natürlich nicht gleich von Anfang an. Ich war etwa drei Monate bei ihm in Therapie, als er vorschlug, wir könnten zusammen zu Abend essen.«

»Und?«, bohrte ich weiter.

»Und nach dem dritten Essen gingen wir zu mir nach Hause und hatten Sex.«

»Wessen Vorschlag war das?«

Ich versuchte, meine Stimme beiläufig klingen zu lassen.

»Damals dachte ich, es sei meine Idee gewesen. Ich war begeistert, als er einwilligte.«

Sie sah mich nicht an. Sie sah aus dem Fenster und tätschelte Rosie.

»Und heute?«

»Heute denke ich, dass er mich manipuliert hat.«

»Das würde ich allerdings auch vermuten«, sagte ich.

18

Wir saßen in einer Suite des Carlyle Hotel, tranken Tee und unterhielten uns mit einem Filmproduzenten namens Murray Gottlieb. Eigentlich hätten wir auch mit einem Filmstar namens Hal Race plaudern sollen – einer der Gründe, warum wir überhaupt nach New York gekommen waren –, aber Hal war noch nicht aufgetaucht, also machten Melanie Joan, Murray und ich Smalltalk und aßen Teegebäck, während wir warteten. Einer der livrierten Türsteher hatte sich angeboten, mit Rosie Gassi zu gehen, und da Rosie generell mit jedem Gassi ging, war sie jetzt eine Weile beschäftigt und wir konnten unser Teegebäck ohne Störung zu uns nehmen.

»Ich habe mit Hals Assistentin gesprochen, bevor ich herkam«, entschuldigte sich Gottlieb. »Sie sagt, dass er von diesem Treffen weiß. Es steht in seinem Kalender und in seinem PalmPilot.«

Melanie Joan lächelte freundlich und nickte.

»Mr Gottlieb und Mr Race wollen einen Kinofilm drehen …«, erläuterte sie mir.

»Nicht nur einen«, unterbrach Gottlieb. »Wir können uns Melanie Joans Werk als eine ganze Serie von Filmen vorstellen.«

»Wie *Lethal Weapon*«, meinte ich. »Oder Bruce Willis in einem Wolkenkratzer.«

»Ganz genau«, sagte Gottlieb. »Wir planen einen Deal.«

Er schien sich über meine intelligente Bemerkung zu freuen.

»Beim heutigen Treffen wollen wir feststellen, ob ich sie mag und mit ihnen arbeiten möchte«, erklärte Melanie Joan.

»Und wie steht es damit?«, fragte ich sie.

»Mr Race hat nichts Dummes gesagt«, antwortete Melanie Joan.

»Noch nicht«, scherzte ich.

»Das stimmt – noch nicht.«

Gottlieb schaute, als ob wir etwas Nettes gesagt hätten. Es klopfte an der Tür.

»Oh, das muss Hal sein!«, rief Gottlieb. »Ich mache auf.«

Er öffnete die Tür. Rosie sah ihn an und bellte. Gottlieb machte einen kleinen Satz nach hinten. Am anderen Ende von Rosies Leine stand der livrierte Türsteher.

»Ich bringe nur Rosie zurück«, sagte er.

»Junge, Junge«, meinte Gottlieb. »Was für ein süßes kleines Hundchen!«

Der Türsteher ließ Rosie von der Leine, und Gottlieb bückte sich, um sie zu streicheln. Sie machte einen Schwenk um Gottlieb und düste mit offenem Maul und heraushängender Zunge auf mich zu.

»Lassen Sie mich Ihnen etwas geben!«, rief ich dem Türsteher zu.

Gottlieb holte einen Zwanzigdollarschein heraus und reichte ihn dem Türsteher.

»Vielen Dank«, sagte Gottlieb.

Der Türsteher nahm den Schein auf diese schwungvoll-elegante Weise, die Türsteher so an sich haben, trat zurück und schloss die Tür. Gottlieb kam auf uns zu. Rosie saß mit angelegten Ohren neben mir auf der Couch und sah Gottlieb an.

»Hallo, Rosie«, sagte Gottlieb.

Rosie antwortete nicht.

»Was ist das für eine Rasse?«, wollte Gottlieb wissen.

»Sie ist die Miniaturzüchtung eines English Bullterriers.«

»Tja, ein niedlicher Hund.«

Wir tranken noch etwas Tee. Ich gab Rosie ein Fingersandwich mit Räucherlachs.

»Ich liebe diese Serienidee«, meinte Gottlieb. »Vielleicht können wir Hal Julia oder Gwyneth als Kostar an die Seite stellen.«

»Haben Sie schon einen bestimmten Drehbuchautor im Sinn?«, erkundigte sich Melanie Joan.

»Tja, wenn wir Sie dazu verpflichten könnten ...«

Melanie Joan schüttelte den Kopf.

»... dann werden wir auf jeden Fall auf jemand bestehen, der sich streng an Ihre Buchvorlage hält«, erklärte Gottlieb.

Melanie Joan lächelte und nickte. Es klopfte erneut. Gottlieb sprang auf und öffnete die Tür. Diesmal war es Hal Race. Er war kleiner als ich, mit langen, schwarzen Haaren und einer verführerisch wirkenden Verdrießlichkeit in den Mundwinkeln. Auf der Leinwand hatte er immer viel größer gewirkt. Er trug weit geschnittene Jeans, ein schwarzes T-Shirt mit V-Ausschnitt und ein Jackett aus Harristweed. Ein schwarzer Wollschal war um seinen Hals geschlungen, die beiden Enden baumelten in Kniehöhe. Seine Sonnenbrille saß auf dem Scheitel zwischen den Locken. Für einen Mann seiner Größe sah er unglaublich umwerfend aus. Ich lächelte und musste daran denken, was Richie wohl von Hal halten würde. Und Spike erst. Mein Gott, Spike!

»Tut mir wirklich sehr Leid«, entschuldigte sich Hal.

»Kein Problem, Hal«, meinte Gottlieb.

»Ich habe gestern Abend mit meiner Freundin Schluss gemacht«, erklärte Hal. »Ich war so fertig, dass ich die Nacht in Romeo's Retreat verbracht habe. In meinem Kopf ist alles durcheinander.«

»Tut mir echt Leid, Hal.« Gottlieb stellte Melanie Joan vor.

Hall sah ihr tief in die Augen und lächelte strahlend.

»Was für eine Ehre!«, sagte er. »Ich liebe Ihre Bücher!«

»Das ist meine Freundin Sunny Randall«, stellte Melanie Joan mich vor.

Hal sagte: »Hey!«, sah mich kurz an und entdeckte dann Rosie.

»Der Hund muss weg!«, befahl er.

»Man kann ihn bestimmt ins Schlafzimmer bringen«, sagte Gottlieb.

»Wir könnten Hal im Schlafzimmer einsperren«, schlug ich vor.

Gottlieb lächelte wieder. »Ich könnte den Hund ja ausführen, Cindy.«

»Sunny«, korrigierte ich. »Wenn ich sie auf meinem Schoß festhalte, ist Mr Race vor ihr sicher.«

»Der Hund muss weg!«, wiederholte Hal.

Gottlieb sah Melanie Joan an. Melanie Joan lächelte ihn an und schwieg.

»Lassen Sie mich Ihnen den Hund einfach abnehmen«, sagte Gottlieb.

»Nein.«

»Wie bitte?«

»Sie werden meinen Hund nicht anfassen«, sagte ich.

»He«, rief Race, »wer ist diese Schnalle? Es geht doch nur um einen gottverdammten Köter! Ein Nichts!«

»Wie Ihr letzter Film«, erwiderte ich.

»Vielleicht kann Sunny Rosie einfach auf ihrem Schoß festhalten«, schlug Melanie Joan vor.

»So eine Scheiße!«, fluchte Race. »Ich gehe.«

Sein kleines Gesicht war krebsrot. Ich holte tief Luft. Das war nicht mein Deal, und es würde Rosie nicht umbringen, eine Weile in meinem Schlafzimmer eingesperrt zu sein. Ich könnte ihr ein Kauspielzeug geben. Ich sah Melanie Joan an. Ihre Miene war völlig gelassen. Sie stand auf und streckte die Hand aus.

»Nun, es war sehr nett, Sie kennen zu lernen, Mr Race.«

Automatisch streckte er auch seine Hand aus, dann hielt er plötzlich inne. »Wie bitte?«

»Da Sie jetzt gehen, will ich mich von Ihnen verabschieden«, erklärte Melanie Joan.

Ich sah, wie sich in Hals Kopf langsam etwas in Gang setzte. Er lächelte warmherzig.

»He, Melanie, bleiben Sie locker«, beschwichtigte er. »Ich habe nur Faxen gemacht.«

»Sie gehen nicht?«

»Nein, nein. Ich war die ganze Nacht auf den Beinen

und in meinem Kopf dreht sich alles. Wenn Cindy den Hund festhält, dann ist das ganz sicher voll in Ordnung.«

Melanie Joan drehte sich zu mir um und lächelte weiterhin gelassen.

»Bist du damit einverstanden, Cindy?«

»Klar«, sagte ich.

Hal sah Rosie nicht an, aber er bedachte mich mit seinem warmherzigen Lächeln.

»Ist irgendwie ein niedlicher Hund«, meinte er.

19

Wir holperten über die abscheuliche Stahlgitterbrücke südlich von New Haven, unter uns der Housatonic River.

»Warum um Gottes willen werden nur solche Brücken gebaut?«, fragte Melanie Joan.

»Das muss etwas mit Geld zu tun haben«, meinte ich.

»Sind wir heute zynisch drauf?«

»Sind wir«, gab ich zu.

Mein Wagen erreichte soliden Highwayasphalt und fuhr holperlos weiter. Rosie legte sich wieder auf Melanie Joans Schoß. Wir fuhren weiter in Richtung Norden.

»Sie haben viel riskiert, um Rosie vor einer Verbannung ins Schlafzimmer zu bewahren«, sagte ich.

Melanie Joan lächelte und küsste Rosie auf den Kopf. Rosie nahm das hin, als ob sie es erwartet hätte, und zeigte keine Reaktion außer einem winzigen Zucken des Ohres.

»Das war kein großes Risiko«, wehrte Melanie Joan ab. »Er wäre nie und nimmer gegangen.«

»Warum nicht?«

»Weil er das Geld braucht.«

»Hal Race braucht Geld?«

»Aber sicher. Er muss für drei Exfrauen Alimente

und für zwei Kinder Unterhalt zahlen. Er hat einen Manager, eine Agentin, einen Fahrer, eine persönliche Assistentin, einen Leibwächter, seine eigene Visagistin, seinen eigenen Haarkünstler, ein Haus in Malibu, eine Ranch in Santa Barbara, vier Autos ...«

»Vier«, wiederholte ich.

»Vier«, bestätigte Melanie Joan. »Dann gibt es da noch sein Gefolge.«

»Sein Gefolge?«

»Die Leute, mit denen er abhängt.«

»Die kosten Geld?«

»Natürlich. Es geht alles auf seine Kosten – Essen, Flugzeugtickets, was auch immer.«

»Sie hängen nicht mit ihm ab, weil sie ihn mögen?«

»Würden Sie ihn mögen?«, fragte Melanie Joan.

»Nein.«

»Na also.«

»Dann braucht er das Geld so nötig, dass er den Deal unter keinen Umständen hätte platzen lassen.«

»Natürlich. Es ist ein guter Deal. Wir haben sogar schon ausländische Finanzgeber. Das Studio hat sich zu einer Kinoproduktion mit großem Budget verpflichtet und er bekommt einen prozentualen Anteil der berichtigten Bruttoeinnahmen.«

»Was sind berichtigte Bruttoeinnahmen?«, fragte ich.

»Das weiß keiner«, antwortete Melanie Joan. »Nur die wirklich großen Kassenmagneten, Sie wissen schon, etwa Harrison Ford, Tom Cruise, Russell Crowe, Julia Roberts, bekommen ein Stück von den nicht berichtigten Bruttoeinnahmen. Und selbst an deren prozentualem Anteil wird wahrscheinlich vom Studio herumgedoktert.«

»Ist das legal?«, fragte ich.

»Nein.«

»Ich bin schockiert«, sagte ich. »Wirklich schockiert.«

»Der arme Hal ist also in dem Glauben aufgewachsen, er sei wichtig«, fuhr Melanie Joan fort. »Jeder, mit dem er redet, sagt ihm, wie absolut großartig er sei. Alle sagen, wie sehr ihnen sein letzter Film gefallen habe, dass sie den Film geliebt hätten. Sie sagen, er habe wahre Starqualitäten, er sei der King, die Kamera schmeichele ihm, jede Idee, die er habe, sei grandios.«

»Und das glaubt er?«

»Wenn er am Set eine Szene beendet hat, dann setzt er sich auf einen Stuhl, auf dem sein Name steht, und prompt kommt jemand mit einem Handspiegel um den Hals. Er schaut nach, ob Hals Frisur noch sitzt, frischt Hals Make-up auf, hält den Spiegel hoch und sagt: ›Du siehst fabelhaft aus.‹«

»Die Welt der Filmstars.«

»Genau«, sagte Melanie Joan. »Solange er in dieser Welt lebt und sich nicht herauswagt, glaubt er jede Silbe.«

»Und als er drohte, einfach zu gehen, und Sie ihn nicht zurückgehalten haben, war es, als ob jemand eine Minute lang die Tür aufgehalten und er die kalte Brise der Realität gespürt hätte.«

»Eine kurze Brise aus der Welt der normalen Menschen«, stimmte Melanie Joan mir zu.

»Wie kommt es nur, dass Sie Hal gegenüber so knallhart sein können, aber so … äh … zögerlich gegenüber Ihrem Exmann?«

»Hal Race ist ein harmloser Scheißkerl«, sagte Melanie Joan.

»Und Dr. Melvin?«

»Der ist nicht harmlos.«

20

An diesem Nachmittag läutete ich bei Dr. Melvins Auftragsdienst durch und erfuhr, dass seine Praxis von acht bis sechzehn Uhr geöffnet war. Am gleichen Abend saß ich nach Praxisschluss in meinem Wagen auf der Straße vor John Melvins Wohn- und Praxishaus, in dem dämmrigen Streifen zwischen zwei Straßenlampen. Ich wollte sehen, wie Dr. Melvin seine Abende verbrachte. Rosie schlief fest auf dem Beifahrersitz und gab dabei kleine, zufriedene Schnarchlaute von sich. Ihre linke Vorderpfote lag auf ihrer Schnauze.

Mein Motor war im Leerlauf, und ich hörte eine neue CD, die Spike mir gegeben hatte und auf der Peter Marshall die großen Songs aus der Jugend meines Vaters zum Besten gab. Ich mochte die Musik aus der Jugendzeit meines Vaters. Wahrscheinlich eine ödipale Geschichte.

Eine graue Lexus Limousine hielt vor Melvins Auffahrt und eine schlanke Blondine in einem knöchellangen schwarzen Mantel stieg aus. Sie ging den gewundenen Weg zu Melvins Haus hoch und trat ein. Es war zu dunkel, als dass ich mir sicher sein konnte, aber möglicherweise gehörte sie zu den Frauen, die ich schon zuvor gesehen hatte. Ich überprüfte meine Liste mit Autokennzeichen und fand den Lexus. Der Name des

Halters lautete Augustus J. Walsh, mit Wohnsitz in Winchester. Die Blondine blieb eine Stunde und zwanzig Minuten im Haus. Dann kam sie schnellen Schrittes den Weg herunter, stieg in den Wagen und fuhr rasch davon. Um 20.15 Uhr fuhr ein silberner Volvo Kombi vor und eine andere Frau stieg aus. Sie trug Jeans und eine Pelzjacke. Ihre Haare waren dunkel und sie ging mit jugendlichem Schritt zu Melvins Haus. Ich überprüfte den Volvo. Wieder ein Treffer! Diesmal war der Wagen auf eine Kim Crawford aus Concord registriert. Ich lauschte noch etwas länger Peter Marshall ... *crazy moon ... I thought about you ... everything happens to me*. Rosie drehte sich auf die andere Seite, so dass jetzt ihre rechte Vorderpfote über ihrer Schnauze lag. Sie gab noch ein paar Geräusche von sich, meiner Ansicht nach die Bullterrierversion eines Schnarchens. Es tauchte niemand mehr bei Dr. Melvins Haus auf. Um 22.20 Uhr kam Kim heraus und ging zum Volvo. Es war Anfang November, und der Halbmond wirkte bleicher, kälter und verhaltener, als ich ihn aus den Sommermonaten in Erinnerung hatte. Gegen 23 Uhr traten zwei Männer – keiner von beiden Melvin, aber beide ungefähr in seinem Alter – aus dem Haus und gingen die Straße hoch zu einem schwarzen Porsche Boxster, der abseits der Straßenlampen parkte. Das Kennzeichen stand nicht auf meiner Liste. Es konnte sich natürlich dennoch um Patienten handeln; aber wenn es wirklich Patienten waren, warum kamen sie dann zusammen? Paartherapie? Und was taten sie dort, während die Frauen dort waren, beziehungsweise was taten die Frauen, während die Männer dort waren? Vierertherapie? Der Boxster fuhr langsam aus dem Schatten heraus, kurvte die Straße entlang, bog links ab und verschwand.

Sonst hatte niemand einen Abendtermin bei Dr. Melvin. Dr. Melvin selbst kam nicht heraus. Eine Frau im Alter meiner Mutter spazierte mit einer Art Cockerspaniel an der Leine an uns vorbei. Rosie erwachte aus ihrem Schlummer, knurrte den Hund wütend an und sprang im Auto auf und ab. Die Frau wirkte beleidigt und zog den Spaniel rasch vom Auto fort. Als der Spaniel außer Sichtweite war, blieb Rosie noch eine Minute wachsam zitternd stehen, dann legte sie sich hin und schlief wieder ein. Sonst passierte nichts. Ich harrte noch eine Stunde und fünfzehn Minuten auf meinem Posten aus, aber eine halbe Stunde nach Mitternacht ließ ich es gut sein und fuhr heim nach South Boston.

21

Ich suchte Max Copeland auf.

»Ich bin Ermittlerin«, sagte ich. »Ich arbeite an einem Fall, bei dem es um einen Psychiater geht, und ich hielt es für sinnvoll, diesbezüglich jemand wie Sie zu konsultieren. Meine Freundin Julie hat mich an Sie verwiesen.«

Copeland nickte. »Ja, ich habe mit Julie gesprochen.«

Er hatte sehr ausgeprägte Gesichtszüge und einen kräftigen Hals. Seine schwarzen Haare waren glatt gekämmt. Er trug eine Brille mit runden Gläsern und schwarzem Gestell.

»Was meinen Sie?«, wollte ich wissen. »Können wir zusammenarbeiten?«

»Wer ist dieser Psychiater?«, fragte Copeland.

»Das möchte ich lieber nicht sagen.«

»Warum nicht?«

»Bevor ich meinen Fall nicht abgeschlossen habe, sollte ich ihn bei Kollegen nicht … äh … in Verruf bringen.«

»Warum nicht?«

»Nun«, stotterte ich, »ich will nicht, dass Sie ihn vorschnell verurteilen.«

»Sie trauen mir nicht zu, diese Entscheidung selbst zu treffen?«

»Warum diskutieren wir eigentlich darüber? Was macht das schon für einen Unterschied?«

Copeland lehnte sich auf seinem Stuhl zurück. Er trug einen schwarzen Anzug, ein weißes Hemd und eine rosafarbene Satinkrawatte. Er presste die Hände aneinander und berührte mit den Fingerspitzen seine Oberlippe.

»Im Kern jeder therapeutischen Beziehung steht Vertrauen. Wenn wir überhaupt etwas erreichen wollen, dann müssen wir ehrlich zueinander sein. Sie müssen mir vertrauen, dass ich damit umgehen kann.«

»Ich bin nicht wegen einer Therapie hier«, widersprach ich.

Copeland machte eine dieser nicht wertenden Kopfbewegungen, auf die Seelenklempner ein Patent zu haben scheinen, sagte aber nichts.

»Dieser Mann, wir wollen ihn Dr. Ex nennen, ist ein Stalker. Er verfolgt seine frühere Frau. Ich dachte, wenn ich ihn aufsuche und vorgebe, eine Therapie zu benötigen, könnte ich vielleicht herausfinden, worum es dabei in Wirklichkeit geht.«

»Und?«

»Und eine Möglichkeit finden, ihn von ihr fern zu halten.«

»Sie sind an dieser Sache in keinster Weise emotional beteiligt?«, fragte Copeland.

»Das ist richtig.«

Copeland ging mir allmählich auf die Nerven.

»Aber Sie möchten diesen Fall lösen.«

»Natürlich. Ich mag Mrs Ex. Es würde mich freuen, wenn ich ihr helfen kann.«

»Das ist alles?«

»Ich bin Ermittlerin«, klärte ich ihn auf. »Für Sachen wie diese heuern mich die Leute an. Ich hätte das gute Gefühl, meinen Job ordentlich erledigt zu haben.«

»Natürlich«, meinte Copeland. »Sind Sie verheiratet?«

»Ich bin geschieden.«

»Kinder?«

»Nein. Was macht das schon für einen Unterschied?«

»Ich weiß es nicht«, erwiderte Copeland. »Darum frage ich ja.«

»Tja, es macht keinen Unterschied.«

»Ärgert es Sie, wenn ich das frage?«, wollte Copeland wissen.

»Nein. Es erscheint mir nur irrelevant.«

»Was wäre denn relevant?«

»Mein Gott, Sie sind vielleicht nervig!«, protestierte ich.

Copeland lächelte, gab aber keinen Kommentar von sich.

»Ich habe das wie folgt geplant«, fuhr ich fort. »Ich suche Dr. Ex als Patientin auf. Ich glaube, dass er seine Patientinnen ausnutzt, und ich will herausfinden, ob er das auch bei mir versucht. Also gehe ich zu ihm, rede mit ihm und anschließend komme ich zu Ihnen und erzähle Ihnen alles. Und Sie sagen mir dann, was Sie denken.«

Copeland nickte.

»Sind Sie damit einverstanden?«

»Ja.«

»Na gut, da ich Sie nicht aus gesundheitlichen Gründen aufsuche, werde ich meine Krankenkasse nicht hierfür zahlen lassen, denn das wäre Betrug. Wenn Sie Ihre Rechnung direkt auf mich ausstellen, dann kann ich Sie aus meinem Spesenkonto bezahlen.«

Copeland nickte.

»Sie reden nicht sehr viel«, merkte ich an.

Copeland lächelte wieder. »Als Freud von Gesprächstherapie sprach, meinte er damit nicht den Therapeuten.«

»Ist gut«, sagte ich, »wenn Sie so tun wollen, als sei dies hier eine Therapie, dann spiele ich gern mit, solange ich nur Ihre Meinung zu Dr. Ex bekomme.«

Copeland nickte.

»Angenommen, er ist ein Mann, der seine Patientinnen ausnutzt, was sollte ich ihm dann für eine Geschichte auftischen?«, fragte ich.

»Es ist einfacher, wenn Sie über Dinge reden, die Ihnen tatsächlich Kummer bereiten, und sich dann einfach treiben lassen«, schlug Copeland vor. »Dann brauchen Sie sich keine Geschichte zu merken.«

»Was sage ich, wenn ich das erste Mal bei ihm bin?«

»Entspannen Sie sich, achten Sie auf Ihre Gefühle, schauen Sie einfach, was hochkommt.«

»Ich soll mich nicht vorbereiten?«

»Ich würde das an Ihrer Stelle nicht tun«, riet Copeland. »Seien Sie offen. Es gibt Dinge, die Ihnen Kummer bereiten. Lassen Sie sich von ihnen leiten.«

»Und wenn mir nichts Kummer bereitet?«

»Dann sind Sie kein Mensch«, erwiderte Copeland.

22

Ich war mit Spike im Fitnessstudio.

»Wenn du alles tust, was ich tue«, sagte er, »dann wirst du eines Tages vielleicht so aussehen wie ich.«

Er schlug auf den großen Sandsack ein. Der Schweiß fraß sich durch sein graues Sweatshirt.

»Du siehst aus wie ein Eisbär«, sagte ich.

»Ja und?«

»Wie soll sich mein Sexualleben denn verbessern, wenn ich aussehe wie ein Eisbär?«

»Meinem hat es jedenfalls nicht geschadet«, entgegnete Spike.

»Und wir sind beide auf dasselbe Geschlecht aus.«

»Siehst du?«

»Lass mich mal«, bat ich.

Spike trat zur Seite und überließ mir den Sandsack. Ich schlug zu.

Als ich klein war, hatte mir mein Vater gezeigt, wie man das macht, trotz der hartnäckigen Missbilligung meiner Mutter. Aber das war lange her und schließlich war ich trotz allem eine Frau.

»Zieh dir Handschuhe über«, riet Spike, »sonst häutest du nur deine Fingerknöchel.«

Spikes Handschuhe waren zu groß. Ich drehte meine Fäuste ein wenig ein und schlug mit der Linken auf den

Sandsack ein, wie es Daddy mir beigebracht hatte. Der Sandsack rührte sich nur millimeterweise.

»Eine jämmerliche Vorstellung«, spottete Spike.

»Was mache ich falsch?«

»Nichts«, meinte Spike. »Als Mädchen kannst du keine schweren Sandsäcke in Bewegung setzen.«

»Und warum nicht?«

»Dir fehlt ein entscheidender Teil der Anatomie«, erklärte Spike.

»Damit schlägt man aber nicht zu«, widersprach ich.

»Nein, aber es lenkt die Schläge.«

Ich hieb wieder auf den Sandsack ein.

»Du musst mit der ganzen Kraft deines schnuckeligen kleinen Körpers zuschlagen«, dozierte Spike. »Siehst du, so.«

Er schlug mit nackten Fäusten auf den Sandsack. Er pendelte.

»Siehst du, du musst deine Hände nah am Körper halten. Die Schultern nach vorn – so, jetzt schlag zu.«

Ich tat wie geheißen.

»Schon besser«, lobte Spike, »aber du musst so tun, als wolltest du durch den Sack hindurchschlagen. Du setzt deine Schläge immer nur an die Oberfläche.«

Ich schlug erneut zu. Der Sandsack bewegte sich.

»Na also!«, jubelte Spike.

»Ich habe ihn zum Springen gebracht«, sagte ich.

»Er schwingt höchstens sanft«, korrigierte Spike.

»Ich bin ein Mädchen. Und Mädchen lassen es eben gern sanft schwingen.«

»Aber nur deshalb, weil ihr es nicht zum Springen bringen könnt.«

»Wenn ich wollte, könnte ich ihn springen lassen.«

Spike grinste mich an. »Sunny, wenn du wolltest, würde sogar ich für dich springen.«

»Ich weiß«, sagte ich.

Es war voll im Fitnessstudio. Ich kam seit zehn Jahren her, seit kurz vor meiner Scheidung, und kannte viele der Leute. Jedes Mal wenn ich hier war, waren sie auch da und trainierten hart. Viele von ihnen, vor allem die Frauen, hatten ihre eigenen Trainer. Und die Trainer meinten es verdammt ernst. Fast alle sahen noch genauso aus wie vor zehn Jahren, nur etwas älter. Vielleicht ging es wirklich nur um die Gesundheit.

Als wir fertig waren, setzten Spike und ich uns in die Lounge und tranken Saft.

»Ich habe dir doch von Melanie Joans Ehemann erzählt.«

»Dem Stalker?«

»Genau. Er ist Psychiater.«

»Vielleicht könnte er sich ja selbst analysieren und begreifen, warum er sie als Stalker verfolgt«, scherzte Spike.

»Ich werde ihn aufsuchen.«

»Wegen dir und Richie?«

»Ich glaube, er nützt seine Patientinnen aus.«

»Dadurch wird er nicht gleich zu einem schlechten Psychiater«, meinte Spike.

»Ich gehe zu ihm, fange eine Therapie bei ihm an und sehe zu, dass ich ihn festnageln kann.«

»Und was dann?«

»Dann habe ich ihn in der Hand. Und kann ihn dazu bringen, Melanie Joan in Ruhe zu lassen.«

»Zwei Fliegen mit einer Klappe«, sagte Spike. »Wenn du schon dort bist, könntest du dich auch gleich selbst therapieren lassen.«

»Ach, hör doch auf! Ich war erst bei einem anderen Psychiater, einem Doktor Copeland, zu dem Julie mich geschickt hat, damit er mir bei meinen augenscheinlichen Symptomen hilft.«

Ein großer, junger Mann mit strahlend blauen Augen in einem engen Top kam an uns vorbei. Er war in großartiger körperlicher Verfassung.

»Holla!«, rief Spike und sah ihm nach.

»Das habe ich auch gerade gedacht«, sagte ich. »Dieser Copeland meinte, ich solle so nah wie möglich bei der Wahrheit bleiben. Dann muss ich mir keine Lügengeschichten ausdenken.«

»Gefällt er dir?«, fragte Spike. »Dieser Copeland?«

»Ja. Ich denke schon. Außer dass er mich behandelt, als sei ich reif für eine Therapie.«

»Lobet den Herrn für unsere Gabe der Selbsttäuschung«, sagte Spike.

»Glaubst du, ich brauche eine Therapie? Ich war bereits in Therapie, als Richie und ich uns getrennt haben.«

»Ja, und das hat all deine Probleme gelöst.«

»Genau.«

»Nur dass du weder mit noch ohne Richie leben kannst.«

»Ja und? Es spricht nichts gegen ein wenig Ambivalenz.«

»Doch«, sagte Spike, »das tut es.«

23

Ich saß in Dr. John Melvins Praxis und sah aus wie das perfekte Dummchen: helles Lipgloss, schwarze Perücke, dunkle Sonnenbrille und einer dieser anbetungswürdigen Hüte, die Models in den Anzeigen von Frauenzeitschriften tragen und deren vordere Krempe sich nach oben biegen lässt. Der Hut war das Sahnehäubchen meines Dummchenlooks. Melvin hatte mich als umwerfende Naturblondine erlebt, darum schien mir eine Verkleidung sinnvoll, so dämlich ich mir darin auch vorkam. *Sunny Randall, die Frau mit den tausend Gesichtern.* Ich benutzte meinen Vornamen und meinen früheren Ehenamen. Ich war Sonya Burke.

Melvin saß seitlich neben seinem Schreibtisch, trug eine dunkelgraue Hose und Schuhe aus weichem Ziegenleder, einen blauen Blazer, eine rot-blau gestreifte Krawatte und ein blaues Hemd.

»Würden Sie bitte Ihre Sonnenbrille abnehmen?«, fragte Dr. Melvin.

Ich saß mit zusammengepressten Knien auf dem Rand meines Stuhles, hielt die Hände im Schoß und schüttelte den Kopf.

»Es kann hilfreich sein, wenn der Therapeut die Augen seiner Patienten sieht«, erläuterte er.

Ich saß immer noch stocksteif da, schüttelte den Kopf

und blickte auf meine gefalteten Hände hinab. Ich fühlte mich nicht ganz so unwohl, wie ich aussah, aber viel unwohler, als ich erwartet hatte.

»Sie müssen nicht«, sagte er. »Hauptsache, Sie fühlen sich wohl.«

Eine Weile sprach keiner von uns. Falls Melvin das unangenehm war, so zeigte er es nicht. Ich rutschte auf meinem Stuhl umher. Das war keine Schauspielerei. Ich fühlte mich wirklich nicht wohl, was merkwürdig war. Ich hatte schon früher undercover gearbeitet. Und mit Sicherheit hatte ich es schon mit gefährlicheren Menschen als Dr. John Melvin zu tun gehabt.

Ich trug Jeans, hellbraune Stiefel und ein schwarzes T-Shirt. Ich hatte mir eine formlose, locker sitzende, hüftlange schwarze Wolljacke gekauft, die zu meinem Hut und zu meiner Perücke passte. Meine Waffe trug ich unter der Jacke im Kreuz.

»Ich bin geschieden«, fing ich an.

Melvin legte den Kopf leicht schräg, als ob ich etwas Interessantes gesagt hätte.

»Ach?«, meinte er.

Ich schwieg. Er auch.

Dann fragte er: »Wie fühlen Sie sich nun?«

»Traurig.«

»Was macht Sie traurig?«

Ich sah ihn an.

»Dass ich geschieden bin.«

»Was genau am Geschiedensein?«

»Wie bitte?«

Ich spürte aufsteigenden Ärger. Verstand dieser Trottel kein Englisch?

»Was genau am Geschiedensein stimmt Sie traurig?«

»Ich vermisse Richie«, entfuhr es mir.

Melvin nickte wieder, lehnte sich auf seinem Drehstuhl zurück und stützte sein Kinn auf die halb geschlossene rechte Hand. Es war sehr still im Zimmer.

»Ich habe mich mit vielen anderen Männern getroffen. Und ich habe sie gern gehabt. Einige sogar sehr gern.«

Ich hörte keine Autos von draußen. Keine Laubsauger, keine bellenden Hunde, kein fließendes Wasser. Die Stille war ein wenig einschüchternd. Melvin verschmolz förmlich mit dieser Stille.

»Aber geliebt habe ich keinen von ihnen«, fuhr ich fort. »Nicht genug.«

»Aber genug, um mit ihnen zu schlafen?«, wollte Melvin wissen.

Seine tief liegenden Augen waren dunkel, und ich spürte beinahe körperlich, wie sein Blick auf mir ruhte.

»Ja.«

»Jedoch nicht genug, um sie zu heiraten?«

»Nein.«

Melvin hielt seinen Blick auf mich gerichtet, das Kinn immer noch auf die Hand gestützt. Ich war mir meines eigenen Atems bewusst.

»Erzählen Sie mir von der Scheidung«, bat Melvin nach einer Weile.

»Wir blieben … ich weiß nicht genau. Wir konnten nicht zusammenleben. Wir versuchten ständig, uns zu erziehen.«

»Haben Sie in sexueller Hinsicht zusammengepasst?«

»Ja.«

»Treffen Sie sich noch?«

»Ja. Eigentlich verstehen wir uns jetzt viel besser als zu Zeiten unserer Ehe.«

»Sind Sie noch intim miteinander?«

»Gelegentlich.«

Melvin nickte wieder und wartete ab. Es schien, als könne er mühelos die ganzen fünfzig Minuten abwarten. Ich hätte beinahe gelächelt. Ich fragte mich, was passieren würde, wenn ich den Rest der Sitzung einfach schwieg.

»Von wem ging das aus?«

»Vermutlich von uns beiden«, sagte ich.

»Das ist immer am besten«, erklärte er.

Ich meinte, für den Bruchteil einer Sekunde ein Flackern in seinem Gesicht wahrzunehmen. Dann war es auch schon verschwunden. Die Sitzung endete und ich kehrte mit einem merkwürdigen Gefühl und leicht benommen zum Wagen zurück. Wer inspizierte da eigentlich wen?

24

Wären Sie auch bereit zu fliegen?«, fragte mich Melanie Joan.

»Ja.«

»Sie haben keine Angst? Nach dem 11. September?«

»Ich hatte vor dem 11. September Angst«, erwiderte ich.

»Ja«, meinte Melanie Joan, »ich auch, aber ich kann so ein Leben nicht führen, ohne zu fliegen.«

Ich nickte.

»Sie wollen, dass wir in Los Angeles an einigen Besprechungen teilnehmen«, erläuterte Melanie Joan.

»Sie?«

»Murray und Hal. Sie versuchen, das Projekt zu verkaufen.«

»Es zu verkaufen?«

»Ja.«

»Ich dachte, Sie hätten es bereits an die beiden verkauft?«

»Ich habe mich einverstanden erklärt, mit ihnen als Partner zusammenzuarbeiten«, erklärte Melanie Joan. »Damit sie die Rechte nicht kaufen müssen.«

Ich hatte das Gefühl, dass sie erstaunt war, wie wenig ich über das Filmgeschäft wusste.

»Wir brauchen immer noch jemand, der die Finanzierung und den Vertrieb übernimmt«, fuhr Melanie Joan fort.

»Also treffen Sie sich mit Leuten, die das können«, mutmaßte ich.

»Und mache ihnen das Projekt schmackhaft«, bestätigte Melanie Joan.

Ich nickte. »Das nennt man dann ein …«

»Verkaufsgespräch«, ergänzten wir unisono.

Sogar ich hatte schon von solchen Verkaufsgesprächen gehört.

»Glauben Sie, dass Melvin Ihnen bis an die Westküste folgt?«

»Möglicherweise, ich weiß es nicht. Ich möchte auf jeden Fall, dass Sie mich begleiten.«

»Weil ich so eine gute Gesellschafterin bin?«

»Weil Sie etwas an sich haben, was mich mutiger macht.«

»Ehrlich?«, fragte ich.

»Ja.«

»Das ist sehr nett.«

»Es sollte nicht nett sein«, widersprach Melanie Joan. »Es ist einfach die Wahrheit.«

»Nun, ich wünschte, das würde auch bei mir selbst funktionieren.«

»Unsinn«, sagte Melanie Joan.

»Unsinn?«

»Ich weiß, Sie sind sarkastisch und introvertiert, aber Sie kennen Ihre Fähigkeiten ganz gut und Mut ist eine davon. Sie sind schlank und schlau und zäher als eine alte Ledersohle.«

»Das alles wissen Sie über mich?«, fragte ich.

Ich war mir nicht sicher, ob sie mich gut genug kannte, um ein so selbstsicheres Urteil über mich abzugeben, auch wenn es mir schmeichelte.

»Ich kann nicht gut schreiben«, sagte Melanie Joan, »aber ich kann gut denken.«

»Verdammt, manchmal spielen Sie die Melanie Joan so gut, dass sogar ich vergesse, dass noch jemand anderes in ihr steckt.«

Melanie Joan senkte den Kopf und akzeptierte das Lob.

»Ich vermisse diese andere Melanie Joan nicht sehr«, meinte sie.

Wir aßen zu Abend in einem neuen Restaurant namens Blu im neuen Sports Club/LA, der an der Ecke Tremont und Boylston aufgemacht hatte.

»Warum nennen sie den Schuppen nicht einfach Sports Club/Boston?«, ereiferte ich mich.

»Das hätte nicht genug Pfiff«, erwiderte Melanie Joan. »Sie fliegen also mit mir nach Los Angeles?«

»Ja.«

25

Brian Kelly rief mich an, als ich gerade mit Packen angefangen hatte.

»Die Zulassungsstelle sagt, der Porsche Boxster, nach dem du dich erkundigt hast, gehört einem Dirk Beals, wohnhaft Mount Vernon Street in Boston.«

»Das haue ich doch sofort in meinen Computer«, sagte ich.

»Du benutzt jetzt einen Computer?«

»Ich meinte damit mein Gehirn.«

»Oh, tut mir Leid. Dein Gehirn habe ich doch glatt vergessen.«

»Solltest du besser nicht«, meinte ich.

»Das liegt nur daran, dass ich an … äh … anderen Facetten deiner Person interessiert war.«

»Und wenn ich mich recht erinnere, sogar sehr erfolgreich«, erwiderte ich.

»War es für dich auch so schön?«

»Ach, halt die Klappe! Und danke für die Hilfe mit dem Kennzeichen.«

Beim Auflegen hörte ich Kelly kichern.

Meine Kleider waren in sorgfältig festgelegten Kategorien durchorganisiert – auf Kleiderbügeln, auf dem Bett verteilt, über Stuhllehnen gehängt. Rosie lag mittendrin, mit der Schnauze auf den Pfoten und Augen wie Melonenkernen, die all meinen Bewegungen folgten. Sie beobachtete mich immer auf diese Weise. Ich wusste, das war Ausdruck ihrer Liebe zu mir, und ich wusste auch, sie lauerte auf die Chance, dass ich einen Ball fand und ihn für sie warf. Liebe kommt nur selten selbstlos daher.

Packen war eines von mehreren Dingen, die Richie an mir nie richtig verstand. Für ihn bedeutete Packen, sein Rasierzeug zusammen mit sauberen Hemden und Unterwäsche in eine Reisetasche zu werfen. Für mich bestand das Packen in der Entscheidung, was ich mitnehmen wollte. Die endgültige Auswahl anschließend in einen Koffer zu legen war nur noch reine Formsache. Die Temperaturen in Los Angeles lagen seit gestern knapp unter dreißig Grad und es war sonnig. Natürlich könnte es auch regnen. Ich schob die Unterwäsche von links nach rechts. Vielleicht aßen wir in einem eleganten Restaurant; aber soweit ich mich erinnern konnte, war elegante Kleidung keine Bedingung für ein elegantes Restaurant in Los Angeles. Mit wenigen Ausnahmen. Und ich musste ernsthaft darüber nachdenken, was man zu einem Verkaufsgespräch anzog, wenn man ja eigentlich nur die Leibwächterin war.

Die Mount Vernon Street war genau die Adresse, die man von jemandem erwarten würde, der Dirk Beals hieß und einen Boxster fuhr. Sobald ich aus Los Angeles zurück war, könnte ich eine Zeit lang vor seinem Haus Stellung beziehen. Mein Vater hatte mir beigebracht, dass man auf diese Weise früher oder später immer etwas erfuhr.

Ich stand nur noch vor der Entscheidung zwischen

schwarzer Lederhose oder dunkelgrauem Rock mit passender Jacke. Ich starrte beides an. Rosie starrte mich an. Dann holte ich tief Luft und hängte den Rock und die Jacke mit leichtem Bedauern zurück in den Schrank. Ich hoffte sehr, dass das kein Fehler war.

Richie würde am Morgen nach meiner Abreise Rosie abholen. Ich ging zur Küche und hinterließ ihm eine Nachricht auf der Theke. Ich wusste, dass er wusste, wie man sich richtig um Rosie kümmert. Schließlich hatte er einmal sein Leben mit mir und Rosie geteilt. Dennoch musste ich ihm jedes Mal eine Nachricht hinterlassen und ihn daran erinnern, was sie fraß und wann und wie viel, wo der Tierarzt praktizierte und wo man mich in einem Notfall erreichen konnte. Typischer Fall von mütterlicher Zwanghaftigkeit. Ich trank ein Glas Wein, während ich den Zettel schrieb. Ich nippte an meinem Wein und schrieb gewissenhaft auf, welchem Ball Rosie am liebsten hinterherjagte, wann man sie am besten Gassi führte, dass sie ihren Schwanz nicht zu lange jagen durfte und wann ich zurückkommen würde.

Als ich fertig war, goss ich mir ein weiteres Glas Wein ein. Ich las den Zettel noch einmal durch. Dann stand ich auf, nahm mein Glas und ging quer durch meinen Loft zu der Stelle, an der meine Staffelei stand. Direkt unter dem Deckenfenster, wo sie am Morgen das Sonnenlicht einfing. Ich malte gerade die Weeks-Fußgängerbrücke und ich war halb fertig. Möglicherweise mussten die Pinselstriche noch kräftiger ausfallen. Ich trank meinen Wein und sah mir mein Gemälde eine Weile an. Es war noch lange nicht fertig, aber es nahm langsam Gestalt an.

Wenn ich Richie eine Notiz über unser gemeinsames

Sorgerecht für Rosie hinterließ, dann war das nicht nur mütterliche Zwanghaftigkeit. Ich wusste, es symbolisierte die Vortäuschung gemeinsamer Häuslichkeit. Ich erschuf etwas neu, was es womöglich niemals gegeben hatte.

Und vielleicht auch nie geben würde.

Aber vielleicht ja doch.

26

Melanie Joans Westküstenagent Tony Gault schloss sich uns auf dem Gelände der Paramount in den Räumen der Buckboard Productions an. Er schaute leicht amüsiert hinter seinen kleinen, runden Brillengläsern mit dem schwarzen Gestell hervor. So schien es mir zumindest. Er war groß und schlank, mit einem scharf geschnittenen Gesicht, trug gebügelte Jeans und ein graues Kaschmirhemd unter einer schwarzen Kaschmirjacke. Seine dunklen Haare waren dicht und etwas länger als üblich. Wenn er sich mit der Hand durch die Haare fuhr, was er häufig tat, wie ich bemerkte, fiel es sofort wieder an Ort und Stelle. Jede Frau, die ich kannte, hätte einen Mord begangen, um solche Haare zu bekommen. Für Tony Gault schienen sie selbstverständlich zu sein.

Tony und ich saßen an den gegenüberliegenden Enden eines Halbkreises, der auch Hal Race, Murray Gottlieb und Melanie Joan einschloss. Neben uns auf einer Couch saß mit ausgezogenen Schuhen und hochgezogenen Beinen eine mollige junge Frau namens Mandy, und im Epizentrum all dessen, in einem Ohrensessel im Mittelpunkt der Aufmerksamkeit, thronte ein Junge namens Cash Resnick.

»Cash und ich lieben Ihre Arbeit«, flötete Mandy gerade. »Als wir hörten, dass Sie kommen würden, waren wir total aufgeregt. Alle hier waren das.«

Cashs pubertäres Gesicht zeigte keinerlei Gefühlsregung. Ich fragte mich, ob er sich schon rasierte. Vielleicht war er doch alt genug, denn sein Haar wurde schon schütter. Er trug den spärlichen Rest fest nach hinten über seinen kleinen Schädel gekämmt und im Nacken zu etwas zusammengebunden, was an den Schwanz eines sehr kleinen Ponys erinnerte. Cash trug ein NYPD-T-Shirt und hellblaue Jeans, die augenscheinlich direkt aus dem Trockner kamen, verziert mit einigen kleinen, sorgfältig angebrachten Löchern. An den Füßen trug er Hightechlaufschuhe.

»Möchten Sie etwas trinken?«, fragte Mandy. »Kaffee? Limo? Wasser?«

Keiner von uns wollte etwas. Mandy sah Cash an. Cash nickte fast unmerklich. Seine Jugend faszinierte mich. Wenn er sich tatsächlich rasierte, warum zeichneten sich dann keine Koteletten ab?

»Also«, fuhr Mandy fort, »vielleicht erzählen Sie uns einfach, warum Sie hier sind.«

»Nun, wie die meisten Leute wissen, war ich von Anfang an ein großer Fan von Melanies Arbeit«, fing Hal Race an. »Als *Das Herz eines Vagabunden* erschien, wusste ich, dass ich den Aaron Lassiter spielen musste.«

Resnick saß ausdrucks- und regungslos da. Es war, als hätte Hal Race nichts gesagt. Hal Race warf Mandy einen Blick zu. Sie lächelte und nickte. Wollte mehr hören.

»Also nahm ich Kontakt zu Murray auf, er nahm Kontakt zu Tony auf und wir hatten Glück. Melanie war einverstanden. Und jetzt sind wir hier.«

Niemand sagte etwas. Ich merkte, wie Tony Gault mich über den schweigenden Halbkreis hinweg ansah. Seine Augen schienen zu lächeln. Ich erwiderte seinen Blick. Es war grässlich. Cash saß einfach nur da und meditierte über die Ewigkeit. Vielleicht war er längst gestorben und man wollte es uns verheimlichen.

»Erzählen Sie uns doch ein wenig von der Geschichte«, bat Mandy.

»Aber gern«, sagte Hal. »Melanie, springen Sie einfach ein, wenn Sie denken, dass ich es falsch erzähle.«

»Das werde ich«, versprach Melanie Joan.

»Also gut. Aaron Lassiter ist der Präsident einer unheimlich erfolgreichen internationalen Sicherheitsfirma. Er kommt nach Hause und stellt fest, dass seine Frau Heather, mit der er seit sechs Monaten verheiratet ist, verschwunden ist. Ich sehe in der Rolle eventuell Gwyneth, aber vielleicht sollte man lieber eine Unbekannte besetzen, einen Star aus der Taufe heben, wenn man so will.«

Cash blieb von alldem leidenschaftlich unberührt. Mandy nickte dagegen heftig. Sie war entzückt.

»Also setzt Lassiter alle Hebel seiner Sicherheitsfirma in Bewegung, um Heather zu finden …«

Ich hatte das Buch gelesen und war auch bei der Probe in unserer Suite im Beverly Wilshire dabei gewesen, als Melanie Joan, Gottlieb und Hal das Verkaufsgespräch vorbereitet hatten. Ich sah wieder zu Tony Gault. Er schien gelassen, aber da war noch etwas. Vielleicht war es die Schräglage seines Kopfes, irgendetwas deutete jedenfalls an, dass er das alles amüsant fand. Ich sah ihm in die Augen. Er blinzelte mir zu. Hals Verkaufsgespräch näherte sich dem Ende. Cash saß immer noch in tiefer Katatonie.

»Großartig!«, rief Mandy. »Der Titel müsste vielleicht geändert werden. Warner hat vor ein paar Jahren einen Film namens *Der Vagabund* gemacht und der floppte.«

»Namen sind Schall und Rauch«, meinte Hal.

Nun ergriff Cash das Wort.

»Haben Sie ein Drehbuch?«, wollte er wissen.

Aus dem Klang seiner Stimme zu schließen, würde er sich vielleicht niemals rasieren. Hal Race sah Gottlieb an.

»Wir hoffen, dass Sie ein Drehbuch in Auftrag geben werden«, erwiderte Gottlieb.

Cash sagte nichts mehr.

»Ach herrje, sehen Sie nur, wie spät es schon ist! Cash hat um zwei bereits das nächste Meeting. Das klingt alles sehr aufregend. Wir denken darüber nach, besprechen uns und melden uns dann bei Ihnen. Soll ich Sie anrufen, Murray? Oder lieber Tony?«

»Ganz wie Sie möchten«, sagte Gottlieb.

Cash stand auf, drehte sich um und verließ das Büro. Mandy stand ebenfalls auf, hielt uns die Tür auf und lächelte, als wir an ihr vorbeimarschierten.

27

Hal war als Filmstar zu wichtig, um uns zu begleiten, und Gottlieb hatte noch ein weiteres Verkaufsgespräch. So überquerten Melanie Joan, Tony Gault und ich die Melrose Avenue in Richtung eines mexikanischen Restaurants namens Lucy's El Adobe, um dort zu Mittag zu essen und eine Einsatzbesprechung abzuhalten. Es war 14.15 Uhr, weshalb es nicht besonders voll war und wir eine große Nische ganz für uns hatten.

»Die Margaritas hier sind göttlich«, sagte Tony. »Soll ich uns einen Krug bestellen?«

»Ich brauche einen Krug nur für mich allein«, meinte Melanie Joan.

An den Wänden von Lucy's hingen Fotos von Berühmtheiten.

»Wer ist das denn?«, fragte ich.

»Bill Strout, ein alter CBS-Nachrichtenmann.«

»Nein, der Mann neben ihm. Er kommt mir bekannt vor.«

Tony sah das Foto eine Minute lang an.

»Keine Ahnung«, sagte er.

Die Margaritas kamen. Ich nippte an meinem Glas. Er war wirklich göttlich.

»Gutes Verkaufsgespräch«, lobte Tony.

»Wir haben doch gar nichts gesagt«, meinte Melanie

Joan. »Bis auf Hal, der die Geschichte zusammengefasst hat.«

»Das ist wahrscheinlich der beste Ansatz«, sagte Tony.

»Was war denn nur mit dieser halben Portion im T-Shirt los, die nie auch nur eine Miene verzogen hat?«

»Das ist seine Verkaufsgesprächstaktik. Er will, dass ihn die Leute für furchteinflößend halten.«

»Furchteinflößend?«, wiederholte ich.

Tony lächelte erneut.

»Mein Exmann wäre allein bei seinem Anblick lachend zu Boden gegangen«, sagte ich.

»Nicht wenn er versucht hätte, Resnick ein Projekt zu verkaufen«, entgegnete Tony.

»Selbst dann.«

»Exmann?«

»Ja.«

»Tony ist ebenfalls nicht verheiratet«, warf Melanie Joan ein.

»Dann sind wir schon zu dritt«, scherzte ich.

Das Essen kam und bald darauf noch ein Krug mit Margaritas.

»Tony war mal verheiratet«, erzählte Melanie Joan.

»Gott segne die Vergangenheitsform«, sagte Tony.

Sollten die Margaritas sich auf ihn auswirken, so merkte ich nichts davon. Aber bei mir zeitigten sie bereits Wirkung. Und das gefiel mir.

»Sind Sie geschieden?«, fragte ich.

»Von einer südkalifornischen Filmgeschäft-Knalltüte«, sagte Tony.

»Die Sie einst genug schätzten, um sie zu heiraten.«

Tony grinste. »Das liegt daran, dass ich auch eine südkalifornische Filmgeschäft-Knalltüte bin.«

»Aber eine süße Knalltüte«, meinte Melanie Joan.

»O ja«, pflichtete Tony ihr bei. »Sehr süß.«

»Wie sieht unser nächster Schritt aus … äh … in Sachen Verkaufsgespräche?«, erkundigte ich mich.

»Morgen früh um zehn treffen wir Grady Wilson von Universal.«

»Nein«, sagte ich, »ich meine, bezüglich des Gesprächs, das wir gerade hatten.«

»Ach.« Melanie Joan zuckte mit den Schultern. »Daraus wird wohl nichts.«

»Es gibt keinen Grund für Schwarzseherei«, widersprach Tony.

»Nach dieser entzückenden Plauderei mit Resnick?«, spottete Melanie Joan. »Und mit Zwitscher-Mandy? Das würde sogar einen Totengräber deprimieren.«

»Wie lautet eigentlich Mandys Nachname?«, wollte ich wissen.

»Mandy«, sagte Tony, und wir lachten.

»Ernsthaft, was passiert jetzt bei Paramount?«

»Ernsthaft?«, sagte Tony. »Wenn es Ihnen um Ernsthaftigkeit geht, dann sind Sie im falschen Geschäft. Entweder lässt Resnick uns morgen durch Mandy anrufen und mitteilen, dass er nicht interessiert ist, oder er reicht uns an Sam Kramer weiter.«

»Der in ein paar Tagen jemanden bei Tony anrufen lässt, um ihm zu sagen, dass er nicht interessiert ist.«

»Melanie Joan«, schalt Tony. »Es werden immer wieder neue Filme gedreht.«

»Wie hoch ist der Prozentteil? Was sagen doch gleich die Statistiken?«, höhnte Melanie Joan.

Wahrscheinlich spürte sie die Wirkung der Margaritas. Sie sah so aus, wie ich mich fühlte. Tony lächelte erst sie an, dann mich.

»Das müssen wir uns jetzt nicht antun«, meinte er.

»Wenn Resnick es an diesen Sam Kramer delegiert, wer immer das auch sein mag«, bohrte ich weiter, »heißt es dann, dass er es macht?«

Tony lachte. »Nein, ganz und gar nicht. Sam ist der Produktionsleiter. Resnick wird es an Sam delegieren, zusammen mit einer Notiz, die besagt, dass sich daraus mit dem richtigen Regisseur, dem richtigen Drehbuch, der richtigen Besetzung und dem richtigen Budget eventuell etwas machen ließe.«

»Tollkühn«, scherzte ich. »Und Sam kann dem Projekt grünes Licht erteilen?«

»Oder auch nicht«, sagte Tony.

28

Tony Gault setzte uns vor dem Beverly Wilshire ab und versprach, uns um neun Uhr am nächsten Morgen abzuholen.

»Ich brauche jetzt ein Nickerchen«, sagte Melanie Joan, als wir durch die Lobby gingen. Unsere Suite lag vorn, im ursprünglichen Teil des Hotels.

»Margaritas zum Mittagessen«, sagte ich. »Das könnte unsere Schlafgewohnheiten auf Tage hinaus über den Haufen werfen.« Ich drückte auf den Aufzugsknopf.

»Resnick würde sogar Amerikas Tugendbolzen Carrie Nation in den Alkoholismus treiben«, meinte Melanie Joan.

Der Aufzug glitt lautlos auf und wir stiegen ein. Ich drückte auf den Knopf für den vierten Stock. Als die Türen sich gerade schlossen, hielt sie ein Mann mit der Hand auf, trat in die Kabine, lächelte uns an und drückte dann auf den Knopf zum Schließen der Türen. Es war John Melvin. Die Türen glitten zu. Er sah auf den leuchtenden Knopf für den vierten Stock und lächelte uns an. Ich drehte meine Schultertasche nach vorn und öffnete den Reißverschluss.

Melanie Joan schien zu schrumpfen. Ich trat ein wenig zur Seite, damit ich genau zwischen ihr und Melvin stand, und ließ die Hand in meine nun geöffnete Tasche gleiten.

Melvin trug eine weiße Hose und einen himbeerfarbenen Blazer über einem weißen Seidenhemd. Seine Sonnenbrille ruhte auf seinem Scheitel. Seine Haare waren perfekt gestylt, die Haut rein und sonnengebräunt. Er wirkte groß. Der Aufzug wirkte klein.

»Hallo, die Damen«, sagte Melvin.

Melanie Joan presste sich in die Aufzugsecke hinter mir. Sie gab ein leises, piepsendes Geräusch von sich. Melvin sah sie über meine Schulter hinweg an. Seine Augen waren dunkel und tief. Er schien nur Melanie Joan zu sehen, als ob ich gar nicht anwesend wäre.

»Ein Bild heiterer Gelassenheit«, spottete er.

»Ich werde bald etwas wegen Ihnen unternehmen müssen«, warnte ich.

Sein Blick wandte sich von Melanie Joan ab und heftete sich fast greifbar auf mich. Er schien keine Verbindung zwischen mir und seiner hohlköpfigen neuen Patientin herzustellen, dem Dummchen, das seine Sonnenbrille nicht abnehmen wollte.

»Oder umgekehrt«, drohte er.

Der Aufzug blieb stehen. Die Türen glitten auf. Ohne den Blick von Melvin zu wenden und mit der rechten Hand auf meiner Waffe, schob ich Melanie Joan aus dem Aufzug hinaus und folgte ihr dann. Melvin starrte uns beide an, während sich die Aufzugstüren langsam schlossen. Ich beobachtete den Pfeil der Stockwerksanzeige, aber der Aufzug fuhr einfach zurück zur Lobby.

Hinter mir piepste Melanie Joan erneut. Ich drehte mich um.

»Alles wird gut«, versprach ich.

»Ich muss mich übergeben«, sagte sie.

»Einen Moment noch, wir sind gleich auf unserem Zimmer.«

Melanie Joan gelang es, sich lange genug zusammenzureißen. Während sie schließlich im Badezimmer zugange war, rief ich die Rezeption an und bat, mit Dr. John Melvins Zimmer verbunden zu werden. Der Portier teilte mir mit, dass er nicht im Hotel abgestiegen sei. Ich hängte ein. Im Badezimmer war es still. Ich ging zur Tür.

»Alles in Ordnung?«, rief ich.

»Nein.«

»Wollen Sie, dass ich zu Ihnen hineinkomme?«

»Nein.«

Ich schwieg, lauschte, hörte, wie das Wasser ins Waschbecken lief.

»Melanie Joan?«

Ihre Stimme klang rau und zittrig. »Was?«

»Ich werde *nicht* zulassen, dass er Ihnen etwas antut.«

Sie antwortete nicht.

29

Wir saßen im Salon unserer Suite mit einem Deputy des Sheriffbüros von Los Angeles, der von einer Außenstelle in San Vincente kam.

»Es gibt eine Unterlassungsverfügung gegen Dr. Melvin«, sagte ich.

»In Massachusetts«, erwiderte er.

Er war jung und blond, mit einem üppigen Schnauzer. Seine Arme quollen unter den kurzen Ärmeln seines Uniformhemdes hervor. Er trug seine Waffe gut sichtbar auf der rechten Seite.

»Stimmt«, sagte ich, »aber ich gehe davon aus, dass Sie sie dennoch durchsetzen werden.«

»Höchstwahrscheinlich«, meinte der Deputy. »Ich muss das erst überprüfen.«

Melanie Joan hatte ihr Make-up aufgefrischt und die Haare gekämmt, aber ihre Augen waren immer noch rot gerändert und ihre Gesichtshaut wirkte straff.

»Können Sie ihn nicht verhaften?«, fragte sie.

Ihre Stimme klang ängstlich und rau.

»Schon möglich, sobald uns alle Fakten vorliegen«, antwortete der Deputy.

»Was für Fakten?«, fragte Melanie Joan.

Sie war kaum zu hören, und der Deputy beugte sich vor, als sie sprach.

»Ob es echt eine Unterlassungsverfügung gibt«, erwiderte er. »Ob wir sie durchsetzen werden, obwohl sie für Massachusetts ausgestellt ist. Ob er Sie wirklich als Stalker belästigt.«

»Warum sollten wir das erfinden?«, fragte Melanie Joan.

»Das würden Sie ganz sicher nicht, Ma'am, aber wir müssen es trotzdem nachprüfen.«

»Fragen Sie sie«, sagte Melanie Joan und nickte in meine Richtung.

Der Deputy sagte: »Ja, Ma'am«, und sah mich an. »Haben Sie mit dem Sicherheitsdienst des Hotels gesprochen?«

»Ja.«

»Ist er hier abgestiegen?«

»Nicht unter seinem Namen. Es hieß, dass man stets eine Kreditkarte oder einen Ausweis vorlegen muss, wenn man hier als Gast eincheckt.«

»Und die fälscht ja sicher niemand«, meinte der Deputy.

»Fälschen?«, spottete ich. »Hier in Los Angeles?«

Der Deputy grinste. »Ich kenn den Leiter des Sicherheitsdienstes. Werd mich mal mit ihm unterhalten. Er soll einen Mann im Flur postieren.«

»Danke«, sagte ich.

Der Deputy sah Melanie Joan an. »Ist dieser Kerl gefährlich?«

»Ja.«

»Hat er schon mal versucht, Ihnen körperlichen Schaden zuzufügen?«

»Noch nicht.«

»Wird er vielleicht auch gar nicht«, meinte der Deputy.

Melanie Joan schwieg. Der Deputy sah mich an. »Haben Sie eine Waffe?«

»Ich habe keine Lizenz für Kalifornien.«

»Aha«, sagte er.

»Können Sie ihn nicht verhaften?«, fragte Melanie Joan erneut mit ihrem leisen Stimmchen.

»Wenn er eine gültige Unterlassungsverfügung verletzt, dann schon, dann können wir ihn verhaften«, erwiderte der Deputy.

Er nahm eine Visitenkarte aus seiner Hemdtasche und reichte sie mir.

»Wenn er Sie noch mal belästigt, dann rufen Sie mich an. Bis dahin überprüfe ich die Sache mit der Unterlassungsverfügung.«

»Heißt das, dass er mich erst attackieren muss, bevor Sie etwas unternehmen können?«, fragte Melanie Joan.

»Wäre doch nett, wenn wir ihn in flagranti erwischen«, meinte der Deputy.

»Und dann verhaften Sie ihn?«, fragte Melanie Joan.

»Verlassen Sie sich drauf!« Der Deputy grinste mich an. »Wahrscheinlich werden wir ihn dabei auch ein- oder zweimal gegen ’ne Wand knallen.«

»Das wäre wirklich nett«, sagte ich.

30

Nachdem der Deputy gegangen war, sah ich mir seine Visitenkarte an. Er hieß Raymond Black. Ich steckte die Karte in meine Handtasche. Dann setzte ich mich neben Melanie Joan auf die Couch.

»Er macht Ihnen Angst«, sagte ich.

Sie nickte.

»Andere Menschen tun das nicht.«

Sie nickte.

»Was hat er nur an sich?«

Sie schüttelte den Kopf.

»Hat er Ihnen wehgetan? Körperlich?«

Sie schüttelte den Kopf.

»Aber Sie fürchten, dass er das tun könnte.«

»Ich habe Angst, dass er mich kriegt«, sagte sie.

»Wie? Kriegt?«

Sie schüttelte den Kopf.

»Dass er mich kriegt.«

»Solange ich bei Ihnen bin, hat er nie versucht, Sie körperlich zu verletzen«, wandte ich ein.

»Er versucht, mich zu kriegen.«

»Um Ihnen Angst einzujagen?«

Sie zuckte mit den Schultern.

»Was will er von Ihnen?«

Sie schwieg, als ob ich gar nichts gesagt hätte. Ich

wartete. Sie starrte quer durch den Raum, als könnte sie durch Mauern schauen.

»Wissen Sie, was er von Ihnen will?«, fragte ich.

Sie nickte. Ich wartete. Sie sagte nichts, sah mich nicht an, rührte sich nicht.

»Melanie Joan, sehen Sie mich an«, bat ich.

Sie starrte weiterhin durch die Wände.

»Sehen Sie mich an.«

Sie drehte den Kopf. Ihr Blick war verschwommen, ihre Pupillen erweitert.

»Was will er von Ihnen?«

»Unterwerfung«, flüsterte sie.

Ich beugte mich vor, um sie besser hören zu können.

»Reden Sie darüber.«

Sie schüttelte den Kopf.

»Melanie Joan, Sie müssen mit mir darüber reden.«

»Sie sind nicht meine Psychiaterin«, flüsterte sie.

»Haben Sie denn eine?«

Sie schüttelte den Kopf.

»Denken Sie nicht auch, dass Sie eine Psychiaterin brauchen?«

Sie antwortete nicht.

»Ich kenne einen wunderbaren Psychiater«, sagte ich.

Sie erwiderte nichts. Sie saß einfach da, reglos, und schaute wieder durch die Wände. Dann fing sie an zu weinen, Tränen rannen über ihr ausdrucksloses Gesicht. Plötzlich stand sie auf und ging zu ihrem Schlafzimmer.

»Ich bin hier«, sagte ich. »Gleich hier.«

Sie ging ohne ein Wort in ihr Schlafzimmer und schloss die Tür hinter sich.

Mein Gott, was hat er ihr nur angetan?

Ich öffnete die Tür der Suite einen Spaltbreit, die Kette ließ ich vorgelegt. Am Ende des Flurs sah ich einen Beamten des Sicherheitsdienstes. Eins zu null für Ray Black.

Dann ging ich ins Bett und schlief mit der Waffe auf dem Nachttisch ein.

31

Das wegen gestern Abend tut mir Leid«, sagte Melanie Joan.

Wir frühstückten im Speisesaal, in einer Fensternische mit freiem Blick auf den Parkplatz.

»Konnten Sie schlafen?«, erkundigte ich mich.

»Ich habe zwei Ambien genommen.«

»Eine gute Idee.«

»Haben Sie es je damit versucht?«

»Es gab schon Nächte, in denen ich nicht schlafen konnte«, räumte ich ein.

»Ich werde nicht zulassen, dass er mir das antut«, erklärte Melanie Joan.

»Dass er Ihnen Angst macht?«

»Ich werde mich von ihm nie wieder so klein machen lassen wie gestern Abend.«

»Können Sie darüber reden?«

»Nein.«

»Falls Sie irgendwann reden wollen, dann höre ich Ihnen gern zu.«

»Ich weiß.«

Ich trank meinen Orangensaft.

»Ich glaube, Tony ist hingerissen von Ihnen«, sagte Melanie Joan.

»Tony Gault?«

»Genau der.«

»Wie kommen Sie darauf?«

»Das sehe ich.«

»Ehrlich?«

Melanie Joan lächelte. »Ehrlich.«

»Tja, er scheint ganz nett zu sein«, meinte ich.

»Das ist er«, stimmte Melanie Joan mir zu. »Aber natürlich ist er ein Hollywood-Agent.«

»Und das macht ihn verdächtig?«

»Genau. Ich mag ihn aber trotzdem.«

»Tja«, sagte ich. »Wir sollten ihn bei eventuellen Annäherungsversuchen nicht entmutigen.«

»Tony holt uns um neun Uhr ab und fährt uns zu Universal.«

»Immer noch dieselbe Kleiderordnung?«, fragte ich.

»Ja. Genau wie gestern. Wir brezeln uns auf legere Weise auf.«

»Perfekt.«

Wir fuhren in Tony Gaults BMW nach Culver City.

»Das ist das alte MGM-Gelände«, erläuterte Tony, als uns an der Pforte ein Pass ausgestellt wurde. »Da drüben ist das Irving-Thalberg-Gebäude. Wir treffen Hal und Murray in Gradys Büro. Das hat früher übrigens Louis B. Mayer gehört.«

Mir war nicht ganz klar, wer Grady war. Oder die Frau namens Alice, die ihn begleitete. Ich schenkte dem Verkaufsgespräch keine Aufmerksamkeit mehr. Aber ich hätte schon weitaus abgebrühter sein müssen, als ich es war, um mich nicht von der Tatsache beeindrucken zu lassen, dass ich in Louis B. Mayers Büro saß.

Auf der Rückfahrt nach Beverly Hills hatte Melanie vorn bei Tony Platz genommen und ich saß auf dem Rücksitz. Tony lud uns zum Abendessen ein.

»Gehen Sie nur«, sagte Melanie Joan zu mir. »Ich ziehe den Roomservice vor und schaue mir etwas richtig Schreckliches im Fernsehen an.«

»Da hast du eine große Auswahl«, scherzte Tony.

»Ich kann Sie nicht allein lassen«, sagte ich zu Melanie.

»Natürlich können Sie das. Ich schließe meine Tür ab. Und im Flur steht dieser entzückende Mann vom Sicherheitsdienst des Hotels. Es geht mir gut.«

»Gestern ging es Ihnen nicht so gut«, entgegnete ich.

Tony sah uns an, dann konzentrierte er sich wieder aufs Fahren und blieb stumm.

»Wie ich Ihnen schon sagte, ich werde nicht zulassen, dass er mir das noch einmal antut«, erklärte Melanie Joan. »Sie müssen mir die Chance geben, das auch zu beweisen.«

»Indem ich Sie allein lasse.«

»Ja.«

»Ich könnte Ihnen meine Waffe überlassen«, schlug ich vor.

Den Blick immer noch auf die Straße gerichtet, rief Tony: »Meine Güte!«

Melanie Joan drehte sich auf dem Beifahrersitz nach hinten, um besser mit mir reden zu können. Sie schüttelte heftig den Kopf.

»Bloß nicht«, sagte sie, »ich hätte mehr Angst vor der Waffe als vor dem personifizierten Bösen.«

»Dazu gibt es gar keinen Anlass«, erwiderte ich.

»Ich werde keine Waffe anrühren«, erklärte Melanie.

Viele Frauen hatten diese Einstellung. Es war, als ob die Waffe etwas Lebendiges wäre und jederzeit von allein losgehen könnte, wobei alle Umstehenden getötet würden. Ich wusste, dass eine unberührte Waffe reaktionslos war. Für mich war eine Waffe eine Möglichkeit, in Sachen Kraft und Größe Gleichberechtigung zu erzielen. Waffen konnten Menschen beschützen. Einschließlich meiner Person. Wenn man sie schlecht einsetzte, konnten sie tödlich sein, aber das galt auch für Autos und schottischen Whisky.

»Das geht mich vermutlich alles gar nichts an«, meinte Tony, während wir am Olympic Boulevard vor einer roten Ampel standen.

»Sunny wird dir beim Abendessen alles erzählen«, sagte Melanie Joan.

32

Wir aßen im Spago am North Cañon Drive, und Tony plauderte mit einem halben Dutzend Berühmtheiten, darunter Magic Johnson und Jon Bon Jovi. Wir hatten vor dem Essen Cocktails getrunken und Wein zum Essen. Keiner von uns brauchte den Baileys Irish Cream auf Eis, den wir nun um 23.20 Uhr in der Bar des Beverly Wilshire tranken. Aber er schmeckte uns trotzdem.

»Sind Stalker für gewöhnlich gefährlich?«, wollte Tony wissen.

»John Melvin ist zweifelsohne auf gewisse Weise gefährlich für Melanie Joan.«

»Körperlich?«

»Ich weiß es nicht. Das Opfer eines Stalkers ist immer in Gefahr. Es ist gefährlich, von einem anderen terrorisiert zu werden. Die Frage lautet nicht, ob er ihr etwas antun wird. Er tut ihr bereits etwas an.«

Tony nickte. »Ob er sie anrührt oder nicht.«

»Er rührt sie ja an, auf gewisse Weise.«

»Ja. Ich verstehe«, sagte Tony. »Kann man ihn nicht verhaften?«

»Wenn er eine Unterlassungsverfügung verletzt, kann man ihn theoretisch verhaften. Praktisch bekommen Stalker aber jede Menge zweite und dritte Chancen. Insbesondere ehemalige Ehemänner. Viele Richter halten das immer noch für eine Auseinandersetzung unter Eheleuten.«

»Was können Sie dann tun?«

»Ich? Ich kann sie körperlich beschützen, sie emotional unterstützen, versuchen, diesen Hurensohn zu entmystifizieren, bis ich einen Weg gefunden habe, ihn unschädlich zu machen.«

»Sie haben keine Angst vor ihm?«, wollte Tony wissen.

»Nein.«

»Warum nicht?«

»Man gewöhnt sich daran«, erläuterte ich. »Mein Vater war Polizist. Ich war Polizistin. Ich kenne eine Menge übler Gestalten.« Ich musste lachen. »Einige Familienmitglieder meines Mannes, meines Exmannes, sind Kriminelle.«

»Ehrlich?«

»Nicht mein Mann«, erklärte ich.

»Ich kann Sie mir nur schwer als Polizistin vorstellen«, meinte Tony.

»Weil ich so süß und keck bin?«

»Genau.«

Wir mussten beide lachen.

»Melanie Joan sagte, Sie seien auch Künstlerin«, fuhr Tony fort.

»Ich male ein wenig.«

»Ich würde mir gern mal ein paar Ihrer Arbeiten ansehen«, sagte Tony.

»Dann müssen Sie nach Boston kommen. Ich trage sie für gewöhnlich nicht mit mir herum.«

»Vielleicht mache ich das«, sagte Tony.

Oi!

Tony nickte der Kellnerin zu und sie brachte uns zwei neue Drinks. Die Bar war voll, aber nicht laut. Er hob sein Glas und prostete mir zu. Ich hob meines und wir tranken.

»Leben Sie allein in Boston?«, fragte Tony.

»Ich lebe mit Rosie zusammen.«

»Wer ist Rosie?«

»Die Miniaturzüchtung eines English Bullterriers.«

»Und sie ist süß«, spekulierte Tony.

»Sie ist umwerfend hübsch.«

»Wie ihre Mutter«, sagte Tony.

Er sah mich fest an. Ich wusste, wohin das führte, und ich wusste, ich musste jetzt entscheiden, ob ich dieser Richtung folgen wollte. Ich holte tief Luft. War ich schon wieder bereit, die Kleider vor jemandem auszuziehen, den ich nicht besonders gut kannte? Ich holte noch einmal Luft. Wenigstens war mein Körper ziemlich gut in Form.

»Genau wie ihre Mutter«, sagte ich.

Wir schwiegen beide. Er wusste ebenfalls, wohin das führte. Und er wusste, dass ich es wusste. Wir spürten, wie es in der Luft lag.

»Gehören Sie zu den Frauen, die man beim ersten Date küssen darf?«, fragte Tony.

»Das kommt darauf an, mit wem ich dieses Date habe.«

»Mit mir.«

»Ich weiß«, sagte ich.

»Und?«

»Schon möglich, dass ich bei der ersten Verabredung küsse.«

»Gibt es einen Ort, wo wir diese Hypothese einem Praxistest unterziehen können?«, wollte Tony wissen.

Ich mochte Tony.

»Melanie Joan und ich haben getrennte Schlafzimmer.«

»Und Sie glauben, dass Melanie Joan in ihrem Zimmer ist?«

»Das glaube ich.«

»Wollen wir die Hypothese testen?«

»Wir wären dumm, wenn wir es nicht täten«, sagte ich.

Der Sicherheitsmann im Flur erkannte mich und nickte mir unauffällig zu, als ich die Tür der Suite aufschloss. Melanie Joan hatte die Kette nicht vorgelegt. Der Salon war unberührt und auf dem kleinen Tisch vor dem Fenster stand eine Flasche Champagner in einem Eiskübel.

»Melanie Joan scheint etwas geahnt zu haben«, sagte ich.

»Ob es daran liegt, dass sie mich kennt?«, meinte Tony. »Oder daran, dass sie dich kennt?«

»Vielleicht ist sie einfach nur unheilbar romantisch veranlagt«, sagte ich.

»So wie ich.« Tony nahm mich in die Arme und küsste mich. Ich erwiderte den Kuss. Wir bewegten uns in Richtung Couch. Er fummelte an meiner Kleidung herum. *Jetzt geht es also los!*, dachte ich.

Und half ihm bei den Knöpfen.

33

Wir flogen von Los Angeles nach Hause, zwei gut aussehende Mädels, die erster Klasse reisten, jede mit einer Bloody Mary und einer kleinen Tüte Mandeln. Das Flugzeug schlingerte leicht. Ich spannte die Knie an. Eigentlich hatte ich keine Angst vorm Fliegen, aber ich hätte mehr Spaß gehabt, wenn wir mit dem Auto gefahren wären.

»Sie scheinen sich mit Tony sehr gut verstanden zu haben«, meinte Melanie Joan.

»Stimmt.«

»Jede Nacht«, neckte Melanie Joan.

»Wie lieb von Ihnen, dass Sie das bemerkt haben.«

Melanie Joan lächelte. »Ich war einfach neidisch.«

Die Flugbegleiterin reichte die Speisekarten herum. Melanie Joan steckte ihre in das Sitznetz.

»Sind Sie auf Tony aus?«, fragte ich.

»Unter anderem«, meinte Melanie Joan. »Ich werde von Jahr zu Jahr ausgehungerter.«

»Haben Sie jemals …? Tut mir Leid, das geht mich nichts an.«

Melanie Joan schüttelte den Kopf. »Tony schläft nicht mit seinen Klientinnen.«

»Wie überaus professionell.«

Das Flugzeug bewegte sich weiter Richtung Osten.

Das Mittagessen wurde serviert. Ich aß etwas davon. Melanie Joan war klüger. Sie bestellte sich eine zweite Bloody Mary.

»Mögen Sie ihn?«, fragte sie mich.

»Ja. Ich mag ihn sehr.«

»Werden Sie in Kontakt bleiben?«

»Ja. Ich hoffe es.«

Melanie Joan nickte, sagte aber nichts.

»Was ist?«, hakte ich nach.

Sie zuckte mit den Schultern.

»Was?«, fragte ich erneut.

»Tony ist sehr nett«, sagte sie schließlich. »Aber er ist trotzdem ein Hollywood-Agent.«

»Was soll das heißen?«

»Sie waren doch bei sechs Verkaufsgesprächen dabei«, sagte Melanie Joan. »Alle Leute bei diesen Treffen waren Hollywood-Typen.«

Ich nickte.

»Tony scheint eine ehrliche Haut zu sein«, meinte ich.

Melanie Joan nickte.

»Es ist mein Job, das Ehrliche vom Vorgetäuschten zu unterscheiden«, fuhr ich fort.

»Ich weiß.«

»Obwohl wir noch nicht sehr lange zusammen sind, waren wir in der kurzen Zeit doch sehr intim.«

Melanie Joan nickte erneut.

»Man gibt viel von sich preis«, sagte ich.

»Beim Sex?«

»Ja.«

»Und Sie sind zufrieden mit dem, was er von sich preisgegeben hat?«

»Ja.«

»Dann ist es ja gut«, meinte Melanie Joan.

»Ich denke, ich bin ihm wichtig«, sagte ich.

»Ich bin sicher, das denkt er auch.«

Vielleicht war sie wirklich nur eifersüchtig.

Die Flugbegleiter räumten die Reste vom Mittagessen ab und boten uns Eis zum Dessert an. Melanie Joans überragende Reisefertigkeiten wurden nun ersichtlich. Sie bestellte Eis mit Schokoladen- und Karamellsoße, Erdbeeren, Schlagsahne und Nüssen. Ich hatte zu viele Kalorien auf das Entree verschwendet und musste ablehnen. Man lebt, um zu lernen.

»Möchten Sie einen Bissen von meinem Eis?«, fragte Melanie Joan.

»Nein«, knurrte ich. »Möchte ich nicht.«

34

Am nächsten Morgen weckte mich Rosie um Viertel vor sieben. Laut meiner inneren Westküstenuhr war es erst Viertel vor vier und ich war nicht gerade erfreut. Aber Rosie kann auf charmante Weise überaus dickköpfig sein. Um acht Uhr war ich mit ihr Gassi gegangen, hatte sie gefüttert, geduscht und mich geschminkt. Ich trank gerade einen Kaffee an der Küchentheke, als Melanie Joan anrief.

»Er ist da«, sagte sie.

»Wo da?«

»Vor meinem Haus. Ich kann ihn vom Fenster aus sehen.«

»Sie sind nicht in Gefahr«, beruhigte ich sie. »Das Haus ist sicher. Bleiben Sie, wo Sie sind, bis ich komme.«

Sie versprach es. Ich wählte Spikes Nummer. Der morgendliche Verkehr war dicht, und es war fünf nach neun, als wir endlich zu Melanie Joans Rettung geeilt kamen. Von John Melvin war weit und breit nichts zu sehen.

»Er war da draußen«, insistierte Melanie Joan. »Er stand an der Ecke zur Dartmouth Street.«

»Das ist weit genug weg, um nicht gegen die Unterlassungsverfügung zu verstoßen«, meinte ich.

»Das sieht ihm ähnlich«, sagte Melanie Joan.

Ihre Schultern waren eingefallen. Sie rieb sich mit der linken Hand den rechten Unterarm, als stockte die Blutzirkulation. Ihr Gesicht war verzerrt, als ob sie fror.

»Er soll zur Hölle fahren!«, rief sie.

Ihre Stimme zitterte.

»In Los Angeles dachte ich noch, dass ich es geschafft hätte«, fuhr sie fort. »Dass mein Entschluss, mich nicht vor ihm zu fürchten, unumstößlich wäre.«

»Aber Sie fürchten sich vor ihm«, sagte ich.

»Ja.«

»Jeder fürchtet sich vor irgendetwas«, meinte ich.

Spike lächelte. »Fast jeder.«

»Wer ist das?«, wollte Melanie Joan wissen.

»Das ist Spike. Er wird uns helfen.«

Melanie Joan schien über Spike nicht sehr erfreut, aber sie äußerte sich erst dazu, als wir bei einer Tasse Kaffee in ihrem Wohnzimmer saßen.

»Wie will er uns denn helfen?«, fragte sie.

»Lässt sich nur schwer vorstellen, nicht wahr?«, spottete Spike.

»So habe ich es nicht gemeint«, wehrte Melanie Joan ab.

Spike lächelte sie an.

»Ich sage Ihnen jetzt mal, was ich mir gedacht habe«, fing ich an. »Ich habe gedacht, dass ich entweder den Rest meines Lebens damit verbringen kann, Sie vor Mr Stalker zu beschützen. Oder aber wir können Mr Stalker das Handwerk legen und das Problem dauerhaft lösen.«

Melanie Joan nickte. Spike trank etwas Kaffee und aß

einen der winzigen Maismehlmuffins, die Melanie Joan auf einer silbernen Etagere aufgetischt hatte.

»Wird *er* John ... äh ... das Handwerk legen?«, fragte Melanie Joan.

»Nein«, sagte ich. »Das werde *ich* tun. Spike wird währenddessen auf Sie aufpassen.«

»Auf mich aufpassen?«

»Er wird nicht ständig hier sein«, erwiderte ich. »Das Haus ist sicher. Aber wenn Sie ausgehen oder wenn Sie Angst haben, wird Spike für Sie da sein.«

»Nein.«

»Spike ist prächtig«, versicherte ich ihr. »Er kann Sie beschützen.«

»Ich will nicht, dass mir auf Schritt und Tritt ein Mann folgt.«

»Gut gebrüllt, Löwin«, sagte Spike.

»Sehen Sie?«, fauchte Melanie Joan.

»Spike würde selbst bei seiner eigenen Beerdigung Witze reißen«, beruhigte ich sie.

»Das hoffe ich doch sehr«, sagte Spike.

Ich ignorierte ihn. »Er kann wirklich gut auf Sie aufpassen. Wahrscheinlich besser als ich.«

Sie sah Spike an.

»Und wie lange wird es dauern, bis die Avancen beginnen?«, fragte Melanie Joan.

Spike grinste.

»Ich bin ein praktizierender Homosexueller.«

Sie starrte ihn einen Augenblick lang an. »Ein Homosexueller?«

»Durch und durch schwul«, bestätigte Spike.

»Mein Gott!«, entfuhr es ihr. »Aber Sie sind so ...«

»Wir sehen nicht alle wie Michael Jackson aus.«

»Nein, natürlich nicht. Ich wollte damit nicht … Sie sind nur so kräftig gebaut.«

Spike lächelte.

»So kann ich umso besser auf Sie aufpassen, meine Liebe.« Spike schaute so stolz aus der Wäsche wie ein Kodiakbär.

»Und was machen Sie, während Mr Spike mir Gesellschaft leistet?«, wandte sich Melanie Joan an mich.

»Ich kann nicht glauben, dass John Melvin zum ersten Mal straffällig wurde. Ich werde herausfinden, was er sonst noch so angestellt hat.«

»Und wenn Sie etwas finden?«, fragte Melanie Joan.

»Wenn er im Gefängnis sitzt, kann er Sie nicht mehr als Stalker terrorisieren.«

»O mein Gott!«, sagte Melanie Joan. »Sie können ihn ins Gefängnis bringen?«

»Genau das will ich herausfinden.«

35

Wenn die Therapie effizient ist, werden die Patientinnen von Dr. Ex ihm von unserem Interesse erzählen«, sagte Max Copeland.

»Das heißt also, falls ich die Frauen aufsuche, deren Namen ich durch zermürbende Überwachungsaktionen herausgefunden habe, dann werde ich mich dadurch verraten.«

»Höchstwahrscheinlich«, bestätigte Copeland. »Eine der Grundvoraussetzungen einer effizienten Therapie ist die vertrauensvolle Beziehung zwischen Therapeut und Patientin.«

»Halten Sie es nicht für ein wenig merkwürdig, dass sich Dr. Ex bereits in den ersten zehn Minuten unserer Sitzung nach meiner Sexualität erkundigt hat?«

»Die Sexualität ist ein wichtiger Punkt bei einer Patientin, zu deren Symptomen die Unfähigkeit gehört, sich von ihrem geschiedenen Partner zu lösen.«

»Das stimmt schon«, räumte ich ein, »aber hätten Sie diese Frage gleich auf Anhieb gestellt?«

»Möglicherweise hätte ich sie etwas mehr aus der Therapie heraus entstehen lassen«, meinte Copeland, »aber es ist nicht unangemessen, dieses Thema zur Sprache zu bringen.«

»Ich weiß, ich kann nichts beweisen, es ist nur so ein Gefühl …«

»Wir sind hier nicht vor Gericht«, meinte Copeland. »Was Sie fühlen, ist wahrscheinlich wichtiger als das, was Sie denken.«

»Er reagiert sexuell auf mich«, sagte ich.

Copeland nickte.

»Ich will damit sagen, ich kann es fühlen. Jede Frau kann es fühlen, wenn es stark genug ist. Wenn er mich ansieht, dann ist es, als ob er mich nackt sieht.«

Copeland nickte erneut.

»Es liegt nicht nur an mir«, fuhr ich fort. »Ich kenne den Unterschied. *Sie* tun das zum Beispiel nicht.«

Copeland lächelte wieder und machte eine Bewegung mit dem Kopf, die nichts weiter aussagte, als dass er mich gehört hatte.

»Ich habe so ein Gefühl, als ob er versucht, mich zu penetrieren.«

»Tja, in gewisser Weise geht es bei einer Therapie genau darum«, meinte Copeland.

»Das ist es nicht«, widersprach ich. »Der Mann will meine Seele.«

Copeland legte den Kopf schräg und riss die Augen auf.

»Die meisten Männer wollen einen dominieren«, fuhr ich fort. »Außer Richie …«

»Ihrem Exmann«, unterbrach Copeland.

»Ja. Richie war alles andere als dominant.«

»Hatten Sie Kontrolle über ihn?«, fragte Copeland.

Ich wollte antworten, hielt aber inne. Ich hatte nie darüber nachgedacht, ob ich Richie kontrollierte hatte.

»Tja, vermutlich hängt das davon ab, was Sie mit Kontrolle meinen«, erwiderte ich. »Wir waren füreinander da, aber wir *gehörten* uns nicht gegenseitig.«

Copeland nickte und machte mit der rechten Hand eine kreisende Bewegung, die mich ermunterte fortzufahren.

»Wir waren eine Demokratie«, erklärte ich. »Keine Monarchie.«

»Wie fühlten Sie sich dabei?«, fragte Copeland.

»O mein Gott, das ultimative Therapieklischee!«, stöhnte ich. »Ich wusste, eines Tages würde es kommen.«

Copeland nickte. Er sagte nichts. Ich schwieg ebenfalls. Ich würde nicht zulassen, dass er unsere Gespräche in Therapiesitzungen verwandelte. Copeland schien die Stille absolut nichts auszumachen. Ich hielt es genauso lange aus wie er, der Mistkerl. Es fiel mir allerdings schwer, in der Stille reglos zu sitzen. Ich wollte die Beine übereinander schlagen, mich räuspern, die Hände reiben. Aber ich tat es nicht. Ich saß reglos. Ich würde es länger aushalten als dieser Mistkerl, und wenn es die ganze Stunde dauerte. Das Gewicht der Stille drückte auf meine Brust. Das Schlucken fiel mir zunehmend schwerer. Plötzlich hatte ich Tränen in den Augen und im Gesicht. Und – mein Gott! – ich weinte. Copeland schob mir eine Schachtel Kleenex über den Schreibtisch zu. Der Mistkerl war für alle Eventualitäten gerüstet. Ich wischte mir mit einem Kleenex die Tränen ab. Meine Nase lief und ich schnäuzte mich. Copeland schob den Papierkorb näher zu mir. Ich warf das Kleenex hinein.

»Ich weiß nicht, warum ich weine«, fauchte ich.

Meine Stimme zitterte. Ich weinte immer noch.

»Nur zu, lassen Sie es raus«, forderte Copeland mich auf. »Schauen Sie zu, was damit noch herauskommt.«

Ich schüttelte den Kopf. Wir schwiegen eine Weile, bis ich mich wieder unter Kontrolle hatte.

»Tja, ich schätze, jetzt wissen wir, wie ich mich dabei fühlte.«

Meine Stimme zitterte immer noch. Copeland nickte. Es war beinahe ein bestätigendes Nicken. Vielleicht.

36

An diesem Abend saß ich an meiner Küchentheke, trank Weißwein und telefonierte eineinhalb Stunden lang mit Tony Gault.

»Du hast mein Sexualleben ruiniert«, sagte er.

»Eigentlich hatte ich gehofft, es zu verbessern.«

»O mein Gott, ja, das hast du getan. Aber jetzt interessiert mich keine andere mehr.«

»Nicht einmal das Filmsternchen der Woche?«

»Ganz besonders nicht das Filmsternchen der Woche.«

»Liegt das daran, dass ich im Bett so innovativ war?«

»Ja. Und weil ich ganz vergessen hatte, wie schön es ist, mit jemand zu schlafen, mit dem man sich anschließend auch noch unterhalten kann.«

»Ja«, sagte ich, »das hat mir auch gefallen.«

»Wann kommst du wieder?«, wollte er wissen.

»Ich weiß es nicht. Ich arbeite immer noch für Melanie Joan und … ich muss da eine Weile dranbleiben. Kannst du nicht in den Osten kommen?«

»Ich arbeite daran«, versprach Tony. »Aber bislang fällt mir kein triftiger Grund ein.«

»Wie wäre es damit, mich wiederzusehen?«

»Ich meinte einen geschäftlichen Grund. Dann zahlt die Agentur die Reisekosten.«

Rosie lag in einem der Sessel neben dem Couchtisch vor dem Fenster. Sie war dermaßen eingerollt, dass nur ein mandelförmiges schwarzes Auge mich ansah. Aber der Blick dieses einen Auges war durchbohrend. Ich lächelte sie an und ihr Schwanz schlug einmal gegen die Armlehne.

»Vermisst du mich?«, fragte ich.

»Und wie«, erwiderte Tony.

»Vermisst du auch die wunderbaren Gespräche, die wir hinterher geführt haben?«

»Tja«, meinte er, »ja schon, aber um ehrlich zu sein, vermisse ich vor allem die Zeit vor den Gesprächen.«

»Dann fasziniert dich nicht nur mein Intellekt?«

»Nein«, sagte Tony. »Mich fasziniert auch dein Becken.«

Wir unterhielten uns noch etwas länger über Becken, bis Tony sagte, er habe einen Termin mit einem Klienten in der Peninsula Bar. Wir verabschiedeten uns und legten auf. Ich fühlte mich wie jemand, der noch nicht genug getrunken hat, um seinen Durst zu stillen.

Ich nahm mein Weinglas mit zum Herd und trank noch ein paar Schlucke, während ich mir Pasta mit Brokkoli machte. Als ich fertig war, trug ich den Teller zum Fenstertisch und setzte mich Rosie gegenüber zum Abendessen hin. Rosie richtete sich abrupt auf. Wachsam.

»Wir haben ein Problem, das es zu lösen gilt«, sagte ich zu Rosie. »Soll ich mit den Leuten reden, die seine Praxis aufgesucht haben? Die Frauen und die beiden Männer. Du erinnerst dich?«

Rosie starrte meine Pasta an.

»Wenn ich das tue, erzählen sie Melvin, dass eine Tussi namens Randall Erkundigungen über ihn einzieht.«

Ich gab Rosie ein kleines Brokkoliröschen ab. Sie fraß es mit ebensolcher Gründlichkeit wie die Sachen, die ihr sehr viel besser schmeckten.

»Brokkoli tut dir gut«, sagte ich. »Trotzdem wird er nicht wissen, dass Sunny Randall und Sonya Burke ein und dieselbe Person sind.«

Ich goss mir noch etwas Wein ein.

»Vielleicht wäre es ganz gut, wenn er weiß, dass ihm jemand zusetzt. Gewissermaßen ein Stalker für den Stalker.«

Ich musste kichern. Es war für mich völlig normal, mich mit Rosie zu unterhalten. Das tat ich ständig. Dass ich dabei aber auch noch über meine eigenen Witze kicherte, war ein sicheres Zeichen, dass ich zu viel getrunken hatte. Ich sah mein Weinglas an. *Na und?*

Ich nahm das Weinglas mit zur Küchentheke und warf einen Blick in mein Notizbuch.

»Also gut«, sagte ich. »Morgen fangen wir mit Kim Crawford an. Unserer lieben Frau vom silbernen Volvo.«

Ich setzte mich mit dem Rücken zur Theke auf einen Hocker und betrachtete mein Spiegelbild in dem dunklen Fenster auf der anderen Seite des Raumes. Rosie war im Sessel eingeschlafen. Ich prostete meinem Spiegelbild zu. Da war ich nun, eine Frau Mitte dreißig, die allein mit ihrem Hund lebte und sich betrank. Jämmerlich! Schon bald würde ich das Ticken meiner biologischen Uhr vernehmen. Ticktack, ticktack! Dabei war ich mir nicht einmal sicher, ob ich überhaupt ein Baby wollte. Und falls ja, wer sollte der Vater werden? Vielleicht sollten Spike und ich ein Kind zusammen haben. Wir liebten uns. Verstanden uns gut. Er war lustig und schlau und tapfer … und schwul!

Ich sah mich an.

»Zur Hölle«, rief ich Rosie zu, »ich besitze ja nicht einmal einen Bratenpinsel!«

Richie war lustig und schlau und mutig. Wir liebten einander.

»Und bei ihm würde ich niemals einen Bratenpinsel benötigen!«

Bei Tony Gault übrigens auch nicht. Er war schlau und lustig. Vielleicht war er auch mutig. In Los Angeles hatten wir uns gut verstanden. Wenn ich über Tony nachdachte, stellte ich uns beide im Bett vor. Mir fiel ein, wie kraftvoll er sich anfühlte – und wie geschmeidig. Aber es war merkwürdig. Ich stellte ihn mir nicht nackt vor. Ich stellte mir vor, wie ich nackt vor ihm lag. Ich spürte diesen Gedanken bis in meine Magengrube. Mein Hals schnürte sich zu. Ich wollte wieder nackt vor ihm liegen.

»Kannst du nicht in den Osten kommen?«

»Ich arbeite daran. Aber bislang fällt mir kein triftiger Grund ein.«

»Wir wäre es damit, mich wiederzusehen?«

»Ich meinte einen geschäftlichen Grund. Dann zahlt die Agentur die Reisekosten.«

War ich denn das Flugticket nicht wert? Vielleicht war es für Tony nicht ganz so wichtig, nackt zu sein. Aber für mich war es wichtig. Ich wollte ihn hier bei mir haben, ihn spüren. Ich stand auf und sah mich an. Ich sah gut aus. Mein Körper war in Ordnung. Er gefiel den Männern. Dann sah ich Rosie an, die im Sessel schlief. Ich fragte mich, warum ich in Dr. Copelands Praxis geweint hatte.

37

Kim Crawford lebte in einem Stadthaus, das in diverse Eigentumswohnungen aufgeteilt war. Es handelte sich um eine ganze Ansiedlung solcher Häuser, in einer Querstraße zur Route 2 in West Concord.

»Mein Name ist Sunny Randall«, stellte ich mich an der Tür vor. »Ich bin Detektivin und muss mit Ihnen reden.«

»Detektivin?«

»Ja. Es geht nicht um Sie. Es ist einfach nur Teil meiner Ermittlungen.«

»Was für Ermittlungen?«

»Darf ich hereinkommen?«

»Oh, ja klar.« Sie hielt die Tür auf. »Kommen Sie herein. Achten Sie gar nicht auf den Hund. Möchten Sie Kaffee oder etwas anderes?«

Der Hund, auf den ich nicht achten sollte, schien der treue Akita zu sein, dem ganz Tokio zu Füßen lag. Er drückte sich gegen ihr Bein und sah mich auf die Art und Weise an, wie große, kämpferisch veranlagte Hunde einen ansehen: nicht unbedingt feindselig, eher abschätzend. Ich streckte ihm meine Faust entgegen und ließ ihn daran schnuppern. Sein Schwanz begann zu wedeln.

Gut so.

Wir setzten uns ins Wohnzimmer. Das Stadthaus

schien mit einem knapp bemessenen Budget errichtet worden zu sein. Alles wirkte dünn. Bis auf den Akita. Kim war barfuß, trug Jeans und ein weißes Männer-T-Shirt. Sie war sorgfältig geschminkt und ihre blonden Haare waren frisch gewaschen und leicht wellig. Sie zog die Beine auf das Sofa. Ihre Zehennägel waren lackiert.

Für Haare wie die ihren hätte ich einen Mord begangen.

Der Akita setzte sich neben sie auf den Boden und starrte mich aus seinen hellen Augen an.

»Ich kann Ihnen nicht sehr viel über meine Ermittlungen erzählen, Kim. Es ist vertraulich.«

»Ich verstehe«, sagte Kim.

Das Wohnzimmer war ganz in Pink und Grau gehalten. Über dem Kaminsims hing ein großes, gerahmtes Farbfoto von Kim in einem Hochzeitskleid. Die Farben waren in diesem grellen Ton, den nur Hochzeits- oder alte Klassenfotos annehmen. Es passte so gar nicht zum Rest des Raumes.

»Ein schönes Foto«, lobte ich.

»Danke. Ich liebe dieses Kleid.«

Ich sah mich um. Es gab sonst keine Fotos.

»Und der Bräutigam?«, fragte ich.

»Hat mich vor eineinhalb Jahren abserviert.«

»Oh, das tut mir Leid«, sagte ich. »Haben Sie Kinder?«

»Nein.«

»Dann wohnen Sie hier allein?«

»Ich und Sam.« Sie nickte in Richtung des Hundes. »Kurz für Samurai. Es ist ein japanischer Hund.«

»Ich weiß. Er ist reizend.«

»Haben Sie auch einen Hund?«

»Ja, einen Bullterrier namens Rosie.«

»Hunde sind großartige Tiere«, schwärmte Kim. »Möchten Sie Kaffee? Er ist schon fertig.«

»Das wäre nett.«

»Ich habe Süßstoff oder Zucker. Und fettarme Milch. Sahne leider nicht.«

»Fettarme Milch ist prima«, sagte ich. »Und zwei Stück Süßstoff.«

»Wir sind doch alle gleich, nicht wahr?«, meinte Kim. »Ständig um unsere Figur besorgt, darüber, wie wir aussehen. Sind Sie verheiratet?«

»Nein.«

»Dann sind Sie also auch auf Männersuche«, meinte Kim.

Ich lächelte und nickte auf diese angedeutete, unverbindliche Art, die ich von Copeland kannte.

»Alle Männer, die ich mag, sind schwul«, klagte Kim. »Und alle Heteromänner sind Trottel.«

»Das kann man nicht verallgemeinern. Sie machen eine Therapie bei Dr. Melvin?«

»Wie bitte?«

»Im Zuge meiner Ermittlungen habe ich erfahren, dass Sie eine Patientin von Dr. John Melvin sind.«

»Ja und?«

»Ich möchte mich nicht in Ihre Therapie einmischen, aber könnten Sie mir ein wenig über Dr. Melvin erzählen?«

»Warum?«

»Das möchte ich lieber offen lassen«, erwiderte ich. »Bis ich konkrete Angaben habe.«

»Überprüfen Sie etwa ihn?«

Ich lächelte und nickte wieder auf diese unverbindliche Weise. Gut, dass ich das entdeckt hatte.

»Hat sich jemand über ihn beschwert?«

»Gibt es denn etwas, worüber sich jemand beschweren könnte?«, wollte ich wissen.

»Natürlich nicht. Ich kann mir wirklich nicht vorstellen, warum Sie gerade ihn überprüfen.«

»Hat er sich während der Therapie irgendwann ... äh ... unangemessen verhalten?«

»Unangemessen?«

Ich nickte. Kim antwortete mir nicht. Ihr hübsches, nichts sagendes Gesicht bekam um den Mund herum und in den Augenwinkeln ein paar unschöne Kniffe.

»Haben Sie mit ihm über Ihre Scheidung gesprochen?«, fragte ich.

»Selbstverständlich. Deswegen habe ich ihn ja aufgesucht.«

»Konnte er Ihnen helfen?«

»O ja, er hat mir sehr geholfen.«

»Gibt es etwas an ihm, was Ihnen nicht gefällt?«

»Natürlich nicht. Er ist absolut wunderbar.«

»Ist er teuer?«

»Die Kosten sind Teil des Heilungsprozesses«, erklärte Kim.

»Davon habe ich schon gehört«, meinte ich. »Kommt Ihre Krankenversicherung dafür auf?«

Kim schüttelte den Kopf.

»Verdienen Sie viel Geld?«

Ich sah mich in dem Raum um, als ob er augenscheinlich teuer eingerichtet wäre.

»Alimente«, sagte sie.

»Auch für Dr. Melvin?«

Kims Gesicht strahlte plötzlich voller Energie. »Dieser Hurensohn ist nicht billig davongekommen.«

Ich lächelte. »Ich wünschte, ich hätte Ihren Scheidungsanwalt gehabt.«

Das war eine Lüge. Ich wollte nicht, dass Richie mir Geld gab. Obwohl er es manchmal einfach tat. *Du hast die schweren Zeiten mit mir geteilt*, pflegte er dann zu sagen, *du sollst auch die guten Zeiten teilen*. Diesen Mythos hielt Richie gern aufrecht. Es hatte schlimme emotionale Zeiten gegeben, aber wir hatten immer Geld gehabt.

»Ich hoffe, es bringt ihn um, dass er mir jeden Monat diesen Scheck ausstellen muss.«

Ich nickte. »Wie heißt Ihr Ex?«

»Kerry Crawford, der Schuft. Wir waren Kim und Kerry. Es klang so gut.«

»Es klingt wirklich gut«, bestätigte ich. »Kennen Sie einen Mann namens Dirk Beals?«

Wieder verzog sich ihr nichts sagendes kleines Gesicht zu einer verkniffenen Maske.

»Wer ist das?«

»Er fährt einen schwarzen Porsche Boxster.«

»Nie von ihm gehört«, erklärte Kim.

Sie legte ihre Hand auf den massiven Schädel des Akita und streichelte ihn. Wahrscheinlich war sie sich dessen gar nicht bewusst. Der Akita reagierte nicht. Er saß in seiner eigenen Welt und starrte mich mit seinen bleichen, ausdruckslosen Augen an.

Wäre ich keine heroische Detektivin gewesen, ich hätte mich womöglich ein wenig vor ihm geängstigt.

»Möchten Sie noch etwas Kaffee?«, fragte Kim.

Eigentlich meinte sie: *Es ist jetzt an der Zeit für Sie, zu gehen; ich will nicht länger mit Ihnen reden.*

»Nein danke, ich muss los.«

Ich streckte vorsichtig meine Hand aus und kraulte den Akita hinter dem rechten Ohr. Ich weiß nicht, ob es ihm gefiel, aber er ließ es zu.

»Dr. Melvin ist doch nicht in Schwierigkeiten, oder?«

»Was für Schwierigkeiten könnten das denn sein?«, hakte ich nach.

»Er kann gar nicht in Schwierigkeiten sein, außer eine Patientin verbreitet Lügen über ihn.«

»Was für Lügen denn?«

»Keine Ahnung. Da ist nichts. Ich will damit sagen, er ist ein fabelhafter Psychiater.«

»Da bin ich ganz sicher«, meinte ich. »Sehen Sie ihn regelmäßig?«

»Zweimal die Woche«, sagte Kim. »Montags und donnerstags.«

»Morgens?«, fragte ich.

»Eigentlich eher abends.«

»Ich wusste gar nicht, dass er auch abends praktiziert.«

Sie bekam wieder diesen verkniffenen Gesichtsausdruck. »Dr. Melvin macht für mich eine Ausnahme. Weil es für mich geschickter ist.«

»Wie nett von ihm.«

»Ja.«

»Was ist denn Ihr Exmann von Beruf, dass er Ihnen so viele Alimente zahlen kann?«

»Er ist Immobilienmakler«, sagte Kim.
»In Concord?«
Kim schüttelte den Kopf. »In Arlington.«
»Tja, gut, dass er es sich leisten kann«, meinte ich.
»Das sollte er auch besser.«
Kerry Crawford, Arlington.

38

Sonya Burke kreuzte auf dem Lehnstuhl gegenüber von Dr. Melvin die Beine. Sie war sich durchaus bewusst, wie viel Bein sie dabei zeigte.

»Er hat mich vor eineinhalb Jahren abserviert«, erzählte ich.

Dr. Melvin trug einen wunderbaren schwarzen Anzug und ein weißes Hemd. Das Hemd hatte einen Windsorkragen und Manschetten. Die Manschettenknöpfe waren aus schwarzem Onyx mit einem kleinen Diamanten in der Mitte. Dr. Melvin deutete ein Nicken an.

»Aber er bezahlt dafür«, sagte ich.

Er hob die Augenbrauen.

»Alimente«, ergänzte ich.

»Aha.« Nun deutete er ein Lächeln an. »Verringert das Ihre Wut auf ihn?«

»Ich bin nicht wütend auf ihn. Aber wenn er mich schon abserviert, dann soll er für dieses Privileg gefälligst auch zahlen.«

Melvin nickte.

»Außerdem sichert das meinen Unterhalt, während ich mir einen anderen Mann suche.« Ich versuchte mich an einem grimmigen Lächeln.

Melvin nickte.

»Es hat nur den Anschein, als ob alle Männer, die

ich mag, schwul sind. Und alle Heteromänner sind Trottel.«

»Und Sie brauchen Heteromänner«, meinte Melvin.

»Natürlich.«

»Weil Sie Sex brauchen.«

»Klar.«

»Mehr als gelegentlichen Sex mit Richie?«, fragte Melvin.

»Ja.«

»Sie sind eine attraktive Frau«, meinte Melvin, »das sollte kein Problem darstellen.«

»Ich will aber nicht mit einem Trottel ins Bett.«

»Mit wem möchten Sie denn ins Bett?«

Ich spürte ein leichtes Kribbeln im Bauch. *Der Köder war ausgeworfen und trieb nun auf dem Wasser.*

»Mit einem Mann, der Verstand hat. Und vielleicht ein wenig Stil. Und Autorität.«

»Führen Sie das doch ein wenig aus.«

»Ich mag Männer, die ich respektieren kann«, erklärte ich.

»Was respektieren Sie?«

»Ich mag Männer, zu denen ich aufsehen kann. Wahrscheinlich habe ich mich deshalb zu Richie hingezogen gefühlt.«

»Was haben Sie an ihm bewundert?«, fragte Melvin. Er saß absolut reglos, beobachtete mich aufmerksam, die Beine über den Knöcheln gekreuzt, zurückgelehnt, die Hände über dem Bauch gefaltet. Ich dachte eine Minute lang nach.

»Er hatte … er hat sich und sein Leben immer unter Kontrolle.«

Melvin nickte. Seine großen, dunklen Augen ruhten auf mir. Er hob die Augenbrauen.

»Das habe ich an ihm geliebt«, konstatierte ich.

Melvin wartete ab.

»Aber was uns beide anging«, fuhr ich fort, »da übernahm er nicht die Kontrolle.«

»Haben Sie das getan?«

»Die Kontrolle übernommen? Nein. Das konnte ich nicht. Das wollte ich auch nicht. Ich wollte, dass er die Richtung vorgab. Er sagte immer: ›Ganz wie du möchtest!‹ Um Gottes willen, mich interessierte einfach nur das, was er mochte.«

Ich hatte geplant, ihm was Hübsches vorzuspielen, aber ich hatte das ungute Gefühl, dass die Geschichte, mit der ich ihn reinlegen wollte, verdammt nahe an eine therapeutische Beichte herangeschlittert war.

»Waren andere Männer in Ihrem Leben ähnlich?«, wollte Melvin wissen.

»Mein Vater ...«

Mein Vater? Was, zur Hölle, erzählte ich denn da?

»Mein Vater traf höchstwahrscheinlich jede einzelne Entscheidung im Leben meiner Mutter.«

»Und bei Ihnen?«

»Er unterstützte alles, was ich tun wollte.«

»Aber er sagte Ihnen nie, was Sie tun sollten?«

»Nein.«

»Wie Richie.«

»Mein Gott!«, entfuhr es mir. »Bin ich denn ein lebendes Klischee? Leide ich etwa an einem Ödipuskomplex?«

Melvin lächelte.

»Eltern haben häufig großen Einfluss auf uns, solange wir Kinder sind«, erklärte er. »Und manchmal dauert der Einfluss auch noch etwas länger an.«

»O mein Gott, das ist so eine typische Psychiaterbemerkung.«

Melvin lächelte mich an. Seine Stimme klang freundlich, beinahe vergnügt.

»Miss Burke, ich bin Psychiater.«

In diesem Moment mochte ich ihn beinahe.

»Meine Mutter war immer rechthaberisch und geschwätzig«, erläuterte ich. »Und wenn man ihr zuhörte, hätte man glauben können, dass sie alles im Griff hatte.«

»Aber das hatte sie nicht«, warf Melvin ein.

»Nein. Im Gegenteil, sie hatte vor fast allem Angst und war in gar nichts gut. Sie brauchte ihn, damit er sich um sie kümmerte.«

»Und um Sie?«

»Ja. Ich fühlte mich immer unwohl, wenn er bei der Arbeit war. Ich hatte das Gefühl, er wäre der Erwachsene und würde mich mit einem anderen Kind allein lassen.«

»Er war ein sehr einflussreicher Mann.«

Ich nickte.

»Und Sie möchten mit jemand zusammen sein, der so ist wie er?«

»Vermutlich«, räumte ich ein.

»Und wollen Sie wie Ihre Mutter sein?«

»Mein Gott, bloß nicht!«

Melvin deutete ein Lächeln an und lehnte sich zurück. Seine Bewegungen waren stets minimalistisch, aber die Kraft unserer Interaktion ließ sie größer erscheinen. Ich wartete. Er sagte nichts. Da ich nicht wusste, was ich sagen sollte, wartete ich ab.

Schließlich meinte er: »Dann möchten Sie also einen Ehemann, der wie Ihr Vater ist, aber Sie wollen keine Ehefrau wie Ihre Mutter sein.«

»Klingt nach einer Zwickmühle«, sagte ich.

Er nickte.

39

Ich ging mit Rosie wie jeden Morgen die Summer Street hoch bis zur Brücke und wieder zurück. Als ich zu meinem Haus kam, stieg ein Mann aus einem Porsche Boxster und sprach mich an.

»Sunny Randall?«

»Ja.«

»Ich bin Dirk Beals. Ich frage mich, ob wir uns wohl kurz unterhalten könnten.«

Er war schlank, dunkelhaarig und viel größer als ich. Sein Haar war so schütter, dass es förmlich nach einem Haarwuchsmittel wie *Rogaine* schrie. Er trug eine kleine Drahtgestellbrille mit runden Gläsern und ein sehr teures graues Tweedjackett. Ein langer schwarzer Wollschal war mehrmals um seinen Hals gewickelt, die losen Enden hingen über seine linke Schulter.

»Gern«, erwiderte ich.

»Vielleicht können wir in Ihrem Büro reden?«

Er achtete gar nicht auf Rosie, die an seinen Knöcheln schnüffelte. Ich hatte das Bett gemacht, bevor ich mit Rosie Gassi ging. Es lag auch keine Unterwäsche herum.

»Sicher«, sagte ich. »Wohnung, Atelier und Büro in einem.«

Wir fuhren schweigend in dem ehemaligen Lastenaufzug nach oben, stiegen in meinem Stockwerk aus und betraten meinen Loft. Ich ließ Rosie von der Leine und sie flitzte zu ihrem Wassernapf. Der Loft sah großartig aus. Die Sonne strömte durch das Deckenfenster und durch die hohen Gewerbefenster an der Vorderseite. Beals sah sich aufmerksam um, gab aber keinen Kommentar ab. Ich hatte die Kaffeemaschine eingeschaltet, bevor ich mit Rosie Gassi gegangen war, und der Geruch nach frischem Kaffee erfüllte den Loft.

»Ich trinke einen Kaffee«, sagte ich. »Möchten Sie auch einen?«

»Nein.«

Ich wies auf einen der Sessel in der Fensternische, ging zur Küchentheke und gab Kaffee, Milch und Zucker in einen Edelstahlbecher. Beals setzte sich nicht. Er blieb dort stehen, wo er war, und sah sich um. Ich setzte mich auf einen Hocker und drehte mich mit dem Rücken zur Theke.

»Was kann ich für Sie tun?«

»Sie haben nur diesen einen Raum?«, fragte er.

»Es ist ein sehr großer Raum.«

Rosie war fertig mit Trinken, sah Beals einen Augenblick lang an und lief dann quer durch den Loft zu meinem Bett. Sie sprang hinauf, legte sich hin und ließ den Kopf auf die Vorderpfoten sinken.

»Sie leben allein hier?«

»Natürlich nicht«, erwiderte ich. »Ich lebe hier mit Rosie.«

»Wo ist sie?«

»Die Hündin.«

Er sah mich an, als ob ihn diese Antwort ärgerte. Er

hatte einen verdrießlichen, selbstgefälligen Gesichtsausdruck, der den Anschein vermittelte, als würde ihn so gut wie alles ärgern.

»Was kann ich für Sie tun?«, wiederholte ich.

»Ich bin Anwalt«, sagte er.

»Das ist nicht meine Schuld.«

Er war nicht amüsiert.

»Ich habe gehört, dass Sie mit Kimberly Crawford gesprochen haben.«

»Ach?«

»Ms Crawfords emotionale Stabilität ist bedenklich«, erklärte Beals. »Jedwede Belästigung könnte sie gefährden.«

»Da bin ich ganz sicher. Falls sie jemand belästigt.«

»Werden Sie bloß nicht frech, kleines Fräulein«, sagte Beals.

Kleines Fräulein?

»Das liegt bei uns in der Familie«, spottete ich.

»Ich warne Sie!«, bellte Beals. »Sie werden Ms Crawford zukünftig weder aufsuchen noch mit ihr sprechen!«

»Ist sie Ihre Mandantin?«

»Sie ist Patientin meines Mandanten.«

»Dann vertreten Sie also John Melvin.«

Das erschütterte ihn ein wenig. Er wollte etwas sagen, hielt inne und dachte kurz nach.

»Wen ich vertrete, ist hier nebensächlich«, tönte er.

»Aber Sie kennen Kim Crawford.«

»Das ist ebenfalls nebensächlich.«

»Ist es nicht merkwürdig, wenn der Anwalt eines Seelenklempners die Patientinnen des Seelenklempners kennt?«

Sein Gesicht lief rot an, und ich beobachtete fasziniert, wie sich die Röte über seine Stirn ausbreitete und auf seinem kahlen Schädel noch an Intensität zunahm.

Nach einer Weile sagte er: »Ich glaube, Sie begreifen nicht ganz, mit wem Sie es hier zu tun haben.«

»Das tue ich durchaus«, widersprach ich. »Ich habe es mit einem aufgeblasenen Trottel zu tun. Aber das ist schon in Ordnung. Daran bin ich gewöhnt.«

»Sie bringen sich da in eine gefährliche Lage, kleines Fräulein.«

Er hat es schon wieder gesagt!

»Inwiefern?«

»Weil Sie sich in etwas eingemischt haben, was Sie nicht verstehen. Sie legen sich mit mächtigen Männern an, die Dinge geschehen lassen können.« Er schwieg kurz, um mehr Wirkung zu erzielen. »Schlimme Dinge, falls es nötig sein sollte.«

»Worin habe ich mich denn eingemischt?«, fragte ich.

Er sah mich schweigend an. Wahrscheinlich brauchte er die Brille wirklich. Die Gläser waren so dick, dass sie seine Augen verzerrten.

»Worin habe ich mich denn eingemischt?«, fragte ich erneut.

Er trat näher an mich heran. Und atmete hörbar. Über seiner rechten Wange zuckte es.

»Du hast dich in etwas eingemischt, Miststück, was dich mit dem Gesicht nach unten nackt im Charles River treiben lassen wird.«

Sein Gesicht war schweißnass. Ich stellte meinen Becher ab und stand auf.

»Einen Moment«, sagte ich. »Ich will Ihnen etwas zeigen.«

Er antwortete nicht. Ich ging an ihm vorbei hinter meine Küchentheke, öffnete den Besenschrank und nahm eine doppelläufige, abgesägte Schrotflinte heraus. Mein Vater hatte sie einst einem Drogendealer abgenommen und später illegalerweise mir überlassen, als ich mich selbständig machte. Ich legte die Waffe an und zielte auf sein Gesicht. Seine Augen weiteten sich.

»Und du hast dich in etwas eingemischt, was mich deinen gottverdammten Kopf wegblasen lassen wird.«

»Zielen Sie nicht auf mich«, bat er.

»Warum wollen du und Melvin nicht, dass ich mit Kim Crawford rede?«, fragte ich.

Er schüttelte den Kopf. Ich hielt die Schrotflinte weiterhin auf sein Gesicht gerichtet.

»Nein!«, rief er.

Dann drehte er sich abrupt um und lief aus meinem Loft. Ich ließ ihn ziehen. Als er weg war, verschloss ich die Tür, lehnte die Schrotflinte gegen die Theke und atmete eine Weile tief durch, bis mein Herz aufhörte zu rasen.

40

Zu meinem Besuch bei Melanie Joan nahm ich Rosie mit. Ich wollte sie nicht allein lassen. In Dirk Beals' unangenehmer, anmaßender Drohung hatte etwas ziemlich Beunruhigendes gelegen. Als wir zu Melanie Joans Wohnung kamen, saß Spike auf der Couch, die Füße auf dem Tisch, und las die Boxerzeitung *Ring*.

»Bist du wirklich sicher, dass du schwul bist?«, fragte ich ihn.

»Erzähl es nicht den Jungs im Design-Center«, scherzte Spike.

Rosie sprang auf die Couch und leckte Spike das Gesicht. Melanie Joan kam aus dem Zimmer, in dem sie geschrieben hatte.

»Er kocht, er putzt«, lobte Melanie Joan, »es ist, als hätte man ein überdimensionales Hausmädchen.«

Spike brachte Rosie endlich dazu, ihn nicht mehr abzuschlecken. Sie legte sich neben ihn auf die Couch. Melanie Joan und ich setzten uns einander gegenüber in die Sessel vor dem Panoramafenster mit Ausblick auf den Copley Square.

»War alles o. k.?«, fragte ich.

»Ja«, erwiderte sie. »Er hat sich nicht sehen lassen.«

Ich war ein bisschen enttäuscht. Irgendwie hatte ich gehofft, dass Melvin Spike eine Chance gegeben hätte.

Ich konnte Spike nicht bitten, aktiv einzugreifen, aber wenn es außerhalb meiner Kontrolle lag … na ja.

»Haben Sie schon etwas von Ihrem Agenten gehört?«, fragte ich.

»Tony?«

»Ja.«

»Keines der Verkaufsgespräche hat bisher gefruchtet«, sagte Melanie Joan.

Wir schwiegen und sahen aus dem Fenster. Das Copley Plaza Hotel, erbaut in den Tagen der Grandhotels und immer noch recht ansehnlich, lag schräg gegenüber.

»Hat er Sie angerufen?«, wollte Melanie Joan wissen.

Ich schüttelte den Kopf.

»Schon eine Weile nicht mehr«, sagte ich.

Wir betrachteten noch etwas länger das Copley Plaza.

»Sie dürfen nicht vergessen, dass Tony ein Hollywood-Typ ist«, meinte Melanie Joan.

»Und das macht ihn automatisch unaufrichtig?«

Ohne von seinem Boxerheft aufzusehen, sagte Spike: »Man kann die gesamte Aufrichtigkeit in Hollywood auf einem Stecknadelkopf unterbringen und hat noch genug Platz für drei Kümmelsamen und das Herz eines Agenten.«

Wir starrten ihn beide an.

»Hast du dir das gerade ausgedacht?«, fragte ich.

»Nein«, meinte Spike. »Das hat sich Fred Allen ausgedacht.«

»Fred Allen?«, sagte Melanie Joan.

»Der Komiker. Spike liebt das Showbusiness«, klärte

ich sie auf. »Kennen Sie einen Mann namens Dirk Beals?«

Melanie Joan bekam keinen ebenso verkniffenen Gesichtsausdruck wie Kim Crawford. Aber ihr Gesicht wurde irgendwie eckiger.

»Ich kenne ihn«, sagte sie.

Ich wartete ab. Sie sagte nichts weiter. Aus dem Augenwinkel nahm ich wahr, wie Spike von seinem Magazin aufsah.

»Erzählen Sie mir von ihm«, forderte ich sie auf.

»Warum fragen Sie?«

»Sein Name tauchte in meinen Ermittlungen auf.«

Melanie Joan nickte.

»Können Sie mir etwas über ihn erzählen?«, bat ich erneut.

»Nur wenn es sein muss.«

»Er kam heute Morgen in meinen Loft und hat mich bedroht.«

Spike machte ein Eselsohr in sein Magazin und setzte sich auf.

»Mein Gott«, sagte Melanie Joan. »Ging es um mich?«

»Ich weiß es nicht. Ich hatte mit einer Ihrer … mit einer von John Melvins Patientinnen gesprochen. Am nächsten Tag taucht prompt Beals bei mir auf und fordert mich auf, nicht mehr mit ihr zu reden.«

»Was haben Sie daraufhin getan?«, wollte Melanie Joan wissen.

»Ich habe eine Schrotflinte auf ihn gerichtet und ihm gesagt, dass ich ihm den Schädel wegpusten würde.«

Spike lächelte auf seiner Couch.

Melanie Joan rief: »O … mein … Gott!«

Ich wartete. Melanie Joans Gesicht schien nur noch aus Kanten und Ecken zu bestehen.

»Was können Sie mir über ihn sagen?«, fragte ich.

»Er ist ein widerwärtiges Geschöpf.«

Ich nickte.

»Er hat versucht …« Sie schwieg und sah Spike an.

»Soll ich rausgehen?«, fragte Spike.

Melanie Joan dachte darüber nach.

»Nein«, sagte sie schließlich. »Es ist nichts, wofür ich mich schämen müsste. Und ich muss darüber hinwegkommen.«

Spike zuckte mit den Schultern und blieb, wo er war. Ich schwieg. Melanie Joan starrte aus dem Fenster.

Ohne mich anzusehen, sagte sie: »Er hat versucht, mich zu vergewaltigen.«

»Wie entsetzlich«, sagte ich.

»Es war entsetzlicher, als Sie glauben«, meinte Melanie Joan.

»Hat er Sie verletzt?«, fragte ich.

»Nein. Mein Ehemann war dabei.«

»Er war dabei?«

»Er hat zugesehen.«

Spike legte die Hand auf Rosies Hals und ließ sie dort liegen.

»Er hat zugesehen?«, wiederholte ich.

»Es hat ihn offenbar erregt«, sagte Melanie Joan.

Ihre Stimme klang blechern.

»Großer Gott!«, entfuhr es mir.

»Ich habe ihm das Knie reingehauen, mich losgerissen und bin aus dem Haus gelaufen«, erzählte Melanie Joan.

»Aus dem Haus in Chestnut Hill?«

»Ja. Und ich bin niemals zurückgekehrt.«

»Haben Sie demnach auf diese Weise Ihren Ehemann verlassen?«

»Ja.«

Im Zimmer war es still, bis auf das leise Schnarchen von Rosie, die sich an Spikes Bein drückte.

»Haben Sie danach einen Psychotherapeuten aufgesucht?«, fragte ich.

»Von denen hatte ich genug, vielen Dank auch«, erwiderte Melanie Joan mit ihrer ausdruckslosen, blechernen Stimme.

Wir schwiegen alle. Nicht einmal Spike wusste darauf etwas zu sagen.

Schließlich meinte ich: »Ich werde beide an einen Ort bringen, an dem sie Ihnen nichts mehr tun können.«

Melanie Joans Gesicht blieb ausdruckslos.

»Dann verfrachten Sie den Dritten im Bunde am besten auch gleich dorthin«, sagte sie. Ihre Stimme war kaum hörbar.

»Den Dritten?«, fragte ich.

»Barry. Barry Clay. Er war auch dabei. Ich glaube, er wäre als Nächster an der Reihe gewesen.«

»Sind die beiden Freunde von Melvin?«

»Ja.« Sie gab ein Geräusch von sich, das wohl ein freudloses Lachen sein sollte. »Die drei Musketiere.«

»Das war also der andere Mann«, sagte ich.

»Der andere Mann?«

»Ich sah, wie Beals und ein anderer Mann Melvins Haus spätnachts verließen und in Beals Wagen davonfuhren.«

»Das war wahrscheinlich Barry«, bestätigte Melanie Joan.

Ich warf einen Blick zu Spike hinüber. Er sah so geschockt aus, wie Spike nur aussehen konnte.

»Es gibt schon ein paar echt kranke Heterosexuelle«, sagte er.

Ich nickte.

»Vielleicht solltest du Richie mit ins Spiel bringen«, schlug Spike vor.

»Und Onkel Felix?«

»Du musst Felix nur anrufen und schon löst er all deine Probleme … und die von Melanie Joan gleich mit.«

»Das kann ich nicht«, sagte ich.

»Ich kann für dich anrufen«, bot Spike an.

»Darum geht es nicht und das weißt du auch.«

»War ja nur ein Gedanke«, meinte Spike.

»Ich kann als erwachsene Ermittlerin nicht jedes Mal meinen Exmann anrufen, wenn ich auf ein paar böse Buben treffe.«

Spike zuckte mit den Schultern. Mit Abstraktionen hatte er es nicht so.

»Ich könnte mich auch um die beiden kümmern«, sagte Spike.

»Damit muss ich allein fertig werden, Spike.«

»Wovon spricht er? Und wer ist dieser Felix?«, fragte Melanie Joan.

»Der Onkel meines Mannes«, erwiderte ich.

»Und was könnte er tun?«

»Er würde sie umbringen.«

Melanie Joan sagte einen Moment lang gar nichts, dann sah sie Spike an.

»Und Sie?«, wollte sie wissen. »Würden Sie sie auch umbringen?«

»Wahrscheinlich nicht«, erwiderte Spike. »Aber ich würde mir zweifelsohne ihre Aufmerksamkeit sichern.«

»Wie?«

Spike lächelte. »Ich mache mir da vorher keinen Plan«, sagte er. »Ich würde sie einfach bitten, in Zukunft weder Sie noch Sunny zu belästigen, und abwarten, was sich daraus entwickelt.«

»Das sind sehr gefährliche Leute«, warnte Melanie Joan.

Spike lächelte. Melanie Joan sah mich an.

»Sie sind wirklich sehr gefährlich, Sunny.«

»Ich werde vorsichtig sein«, versprach ich. »Und Sie sind bei Spike in guten Händen.«

»Ich dachte, schwule Männer seien ... Sie wissen schon ..., weibisch«, sagte Melanie Joan.

»Manchmal kratze und beiße ich«, scherzte Spike.

»Vielleicht könnten Sie mit diesem Onkel reden? Wie war doch gleich sein Name?«, fragte Melanie Joan.

»Felix. Sie wollen, dass ich sie töten lasse?«

Melanie Joan sah einen Augenblick auf die Stelle auf der Huntington Avenue, wo John Melvin gestanden hatte. Dann richtete sie ihren Blick langsam wieder auf mich.

»Ja«, sagte sie. »Das will ich. Und *wie* ich das will!«

41

Kerry Crawford hatte sein Büro in der Massachusetts Avenue in Arlington, gegenüber der Straße, in der das Flora lag, ein Restaurant, in dem Julie und ich manchmal zu Abend aßen. Crawford hatte wellige, schwarze Haare und eine wunderbare Sonnenbräune. In dem Großraumbüro standen insgesamt vier Schreibtische. Es gab einen kleinen Alkoven im hinteren Teil, in dem Kerry hinter seinem etwas größeren Schreibtisch thronte. Im Schaufenster und überall an den Wänden hingen Fotos von Häusern. Zwei der Schreibtische waren leer. Eine stabil gebaute Frau mit blau schimmerndem Haar und vernünftigem Schuhwerk saß am anderen Schreibtisch und telefonierte.

»Sie überprüfen meine Exfrau?«, fragte Crawford.

Er hatte eine Stimme wie ein Fernsehansager, ohne jede Spur eines regionalen Dialekts.

»Nicht direkt«, erwiderte ich. »Sie ist allerdings eine Randfigur in einem Fall, an dem ich arbeite.«

»Was hat sie denn getan?«

»Tut sie denn des Öfteren irgendetwas Bestimmtes?«

»Sie ist überspannt«, sagte Crawford. »Zur Hölle, gegen Ende habe ich sie sogar zu einem Seelenklempner geschickt.«

»Warum?«

»Weil sie so schrecklich klammerte. Sie trieb mich in den Wahnsinn. ›Ich liebe dich, liebst du mich auch?‹ Sie wissen schon. Die ganze gottverdammte Zeit.«

»Hat die Therapie ihr geholfen?«, fragte ich.

Crawford schürzte die Lippen, überlegte, wie er es formulieren sollte.

»Sie hat unserem Sexualleben den Todesstoß versetzt«, sagte er nach einer Weile.

»Wissen Sie, warum?«

Er zuckte mit den Schultern.

»Nein. Ganz plötzlich wollte sie nicht mehr so oft, und selbst wenn sie mich an sich ranließ, lag sie nur steif da und bewegte sich nicht. Sie wissen schon: ›Mach die Augen zu und denk an England.‹«

»Haben Sie jemals darüber geredet?«

»Ich habe ihr die Hölle heiß gemacht. Aber das hat nicht geholfen.«

»Wie merkwürdig«, meinte ich.

»Das können Sie laut sagen. Sie wollte nicht einmal darüber reden. Hat einfach dicht gemacht.«

»Haben Sie sie aus diesem Grund verlassen?«

Er nickte.

»Vermutlich. Sie war mal richtig heiß, wollte immer Sex.«

»Hat sie Ihnen trotzdem gesagt, dass sie Sie liebt?«

»Ja.« Crawford schüttelte den Kopf. »Verstehe einer die Frauen!«

»Wollte sie ständig von Ihnen hören, dass Sie sie auch lieben?«

Crawford wirkte überrascht. »Genau. Ich habe es ihr gesagt. ›Ich habe dich doch geheiratet, oder nicht? Und ich sorge für deinen Lebensunterhalt, und ich schlafe mit dir, wann immer du es willst.‹«

»Aber das hat ihr nicht gereicht?«

»Nicht lange«, meinte Crawford. »Aber sie hat immer gesagt, dass sie mich liebt.«

»Das war sicher sehr frustrierend.«

»Das können Sie mir glauben. Ich sagte zu ihr: ›Verdammt noch mal, wenn du mich so sehr liebst, wie kommt es dann, dass du nicht mehr mit mir schlafen willst?‹ Sie wissen schon.«

Ich nickte. »Und sie wurde so abweisend, nachdem sie den Psychiater aufgesucht hatte?«

»Ja.«

»Wie war sein Name?«

»Melvin. Dr. Melvin«, sagte Crawford. »Soll angeblich so eine Art Fachmann sein. Ich halte ihn für einen verdammten Quacksalber. Bitte entschuldigen Sie meine deutlichen Worte.«

»Kein Problem. Wurde sie unmittelbar nach Therapiebeginn so abweisend?«

»Nein. Erst nachdem sie ihn eine Zeit lang aufgesucht hatte. Vielleicht zwei, drei Monate.«

»Und sie hat nie gesagt, warum sie so abweisend war?«

»Nein. Was sollte ich also tun, verdammt und zugenäht? Wenn ich es zu Hause nicht bekomme, dann hole ich es mir eben woanders.«

»Das hätte jeder getan«, versicherte ich.

»Sind Sie verheiratet?«

»Nein.«

»Gut«, sagte er. »Vielleicht können wir mal was Interessanteres zusammen unternehmen.«

»Ich dachte, sie hätten wieder geheiratet?«

»Ja und?«

»Dann werden wir höchstwahrscheinlich nie etwas zusammen unternehmen.«

»Hey, Sunny!« Er schenkte mir ein breites Salonlöwenlächeln. »Meine Frau ist verheiratet; ich nicht.«

Ich stand auf. Und reichte ihm meine Visitenkarte.

»Falls Ihnen zu Dr. Melvin oder Kim noch etwas einfällt, rufen Sie mich bitte an.«

»Tue ich bestimmt. Auch wenn mir nichts mehr einfällt«, sagte er.

Lieber hätte ich mich mit einer tollwütigen Hyäne verabredet, aber ich wollte ihn nicht verprellen. Möglicherweise musste ich ihn noch einmal sprechen.

»Aber klar doch«, sagte ich deshalb.

42

Ich trank Saft und Kaffee an meiner Küchentheke und öffnete die Post. Darunter ein großer brauner Umschlag. Ich öffnete ihn. Es befand sich eine Farbkopie von einer nackten Frau darin, die auf einer Couch lag. Jemand hatte ein grobkörniges Foto meines Kopfes auf ihren Körper aufgeklebt. Ich trug eine Strickmütze, die ich über beide Ohren gezogen hatte. *Ich darf diese Mütze nicht mehr tragen. Wenn ich sie so über meine Ohren ziehe, sehe ich aus wie meine Mutter.* Ich ging mit dem Bild zum Fenster und betrachtete es bei Tageslicht. Offensichtlich war es die Vergrößerung eines Fotos, das man im Freien gemacht hatte. Da ich die Mütze erst vor drei Wochen gekauft hatte, konnte es noch nicht so alt sein. Es gab nichts, woran man die Frau oder den Raum hätte identifizieren können. Ich sah Rosie an.

»Ihr Körper ist nicht so toll«, beschwerte ich mich.

Rosie saß auf ihrem Schwanz, ließ den Unterkiefer sinken, legte die Ohren an und sah mehr wie ein Bullterrier aus, als ich es bei einem Bullterrier je für möglich gehalten hatte. Ich begutachtete erneut das Foto. Dann rief ich Brian Kelly an.

»Ich habe hier ein Foto«, sagte ich. »Der U. S. Postal Service hat es zugestellt.«

»Und es ist angekommen? Intakt?«

»Wenn ich es vorbeibringe, kannst du es dann von der Spurensicherung überprüfen lassen?«

»Früher oder später«, meinte Brian.

»Verschieben die immer noch alles bis zum Sankt-Nimmerleins-Tag?«

»Ziemlich viel zu tun«, bestätigte Brian. »Willst du herausfinden, wer es geschickt hat?«

»Ich weiß, wer es geschickt hat. Ich brauche Beweise.«

»Ich tue, was ich kann«, versprach Brian.

»Das Foto stellt eine nackte Frau dar.«

»Hervorragend!«, jubelte Brian.

»Jemand hat meinen Kopf auf ihren Körper geklebt.«

»Das behauptest *du*«, neckte Brian.

»Es ist nicht mein Körper.«

»Ich werde es wissen, wenn ich das Foto sehe.«

»Meine Güte!«, sagte ich. »Ich glaube, ich werde rot.«

Brian lachte ein wenig. »Weißt du, warum man dir das Foto geschickt hat?«

»Um mich von einer Ermittlung abzuhalten.«

»Wurden Drohungen ausgestoßen?«

»Angedeutet«, sagte ich.

»Dieselbe Sache, von der wir schon gesprochen haben?«

»Ja.«

»Brauchst du bezüglich dieser Drohungen vielleicht etwas Hilfe?«

»Nein«, erwiderte ich. »Ich kann damit umgehen.«

»Na gut«, meinte Brian. »Lass es mich wissen, wenn du deine Meinung änderst.«

»Mache ich«, versprach ich. »Aber das wird nicht geschehen.«

»Schon klar. Bring das Foto vorbei. Ich lasse es untersuchen – so schnell, wie ich das Labor dazu bewegen kann.«

Ich legte auf und frühstückte zu Ende. Dann duschte ich, schminkte mich und zog mich an. Ich steckte meine Waffe ein, verabschiedete mich von Rosie und ging zu meinem Auto. Ich sah mich auf der Straße um, konnte aber nichts Verdächtiges erkennen. Eine Minute lang starrte ich mein Haus an.

»Ich werde Rosie lieber nicht allein lassen«, sagte ich laut. Dann ging ich zurück und holte sie.

Sie freute sich riesig.

43

Ich trug meine Waffe hinter meinem rechten Hüftknochen an einem breiten, schwarzen Gürtel mit einer hübschen silbernen Schnalle. Da erreichte ich sie schneller als in meiner Handtasche, und das war womöglich nicht unwichtig, wenn ich mich Dirk Beals an die Fersen heftete. Beals besaß ein Stadthaus im unteren Teil der Mount Vernon Street, in der Nähe der Brimmer Street. Um 8 Uhr parkte ich neben einem Hydranten, einen halben Häuserblock weiter oben in der Charles Street, und trank Kaffee. Für Rosie war es noch früh. Sie schlief auf dem Beifahrersitz. Um 8.10 Uhr hielt eine Verkehrspolizistin neben mir und winkte mich weiter. Ich hielt meine Marke hoch, die Frau nickte und fuhr weiter. Auf der Marke stand KAUTIONS-AGENTIN in sperrigen Lettern rund um den Rand und in der Mitte der Marke thronte ein Adler auf einem großen, blauen Siegel. Ich hatte sie im Internet gekauft. Nur wenige Leute schauen sich Marken wirklich genau an.

Um 8.35 Uhr hielt ein weiß-braunes Bostoner Taxi vor Beals' Stadthaus und Beals höchstpersönlich trat aus dem Gebäude, in einem Burberry Trench, dazu eine Aktentasche mit Schulterriemen. Ich folgte dem Taxi den Storrow Drive entlang, die Cambridge Street hoch, dann über die New Street an der District 1 Station vorbei in das Finanzviertel. Beals stieg aus und betrat das Gebäude State Street Nummer 53. Ich ließ meinen Wagen erneut vor einem Hydranten stehen, nahm Rosie an der Leine mit, falls der Wagen abgeschleppt wurde, trat in das Haus und sah mir die Firmenübersicht in der Lobby an. Da war er, Dirk Beals Ltd., 13. Stockwerk. Wir gingen zurück zum Wagen, den sie noch nicht abgeschleppt hatten. Rosie kletterte auf den Rücksitz und beobachtete die Fußgänger. Ich rief über das Autotelefon die Auskunft an, erhielt die Rufnummer und läutete bei Beals Ltd. durch. Eine Frau meldete sich.

»Dirk Beals«, sagte sie.

»Hallo, ich bin Jenny vom Better Business Control Office. In welcher Branche sind Sie tätig?«

»Finanzmanagement«, antwortete die Frau automatisch. »Wer sind Sie doch gleich wieder?«

»Vielen Dank«, verabschiedete ich mich.

Ich folgte Beals den ganzen Tag lang, auch die nächsten beiden Tage, und die Tatsache, dass er eine Firma für Finanzmanagement in der State Street 53 hatte, war alles, was ich in diesen drei Tagen erfuhr. Morgens ging er zur Arbeit. Mittags speiste er mit verschiedenen Leuten. Abends fuhr er nach Hause. Ein ziemlich langweiliges Leben für einen Schurken.

Am vierten Morgen beschloss ich, es noch einen weiteren Tag mit ihm zu versuchen, bevor ich einen anderen Ansatz fuhr. Und das war eine weise Entscheidung. Beals tat dasselbe wie immer: morgens zur Arbeit und mittags ein Geschäftsessen, nur dass er das Essen dieses Mal mit dem Kerl einnahm, der ihn aus Melvins Haus begleitet hatte. Sie schlenderten zum Meridien Hotel.

Ich ließ Hund und Auto in der Obhut des Türstehers und folgte Beals und seinem Freund in diskreter Entfernung den Aufzug hinauf. Sie nahmen einen Tisch im Café Fleuri. Ich ging zurück nach unten und lauerte unauffällig in der Lobby, bis sie wieder hinunterkamen. Als sie das Gebäude verließen, folgte ich ihnen zu Fuß. Vor der State Street Nummer 53 angekommen, betrat Beals das Haus, sein Freund ging weiter. Ich hielt mich an den Freund. Er lief quer über den Quincy Market zu einem Parkhaus. Als er eintrat, wartete ich draußen, und wenige Minuten später fuhr er in einem schwarzen Saab an mir vorbei. Ich notierte das Kennzeichen. Dann ging ich zum Meridien zurück, gab dem Türsteher einen Zwanziger und stieg in meinen Wagen.

»Ich bin mit Rosie Gassi gegangen«, sagte der Türsteher. »Sie hat ein nettes Häufchen gemacht.«

Wir fuhren los, und ich lächelte Rosie an, die wieder auf dem Beifahrersitz saß und dem Türsteher noch einen letzten Blick schenkte.

»Du schließt wirklich überall Freundschaften«, sagte ich.

44

Ich rief Tony Gault eine Minute nach zwölf Uhr mittags an – nach meiner Zeit. Seine Sekretärin meinte, er sei in einer Besprechung.

»Soll er Sie zurückrufen?«, fragte die Sekretärin.

»Ja«, sagte ich und legte auf.

Eine Minute nach neun Uhr seiner Zeit und er war bereits in einer Besprechung. Bis zu diesem Augenblick war mir gar nicht aufgefallen, dass ich seine Privatnummer nicht besaß. Warum eigentlich nicht?

Richie war an der Reihe mit Rosie und er kam pünktlich, aufreizend pünktlich, um Schlag dreizehn Uhr. Rosie lief hin und her, jagte ihren Schwanz, sprang auf die Möbel und wieder herunter und wackelte mit dem Schwanz. Das war irgendwie auch aufreizend.

»Möchtest du Kaffee?«, fragte ich.

»Gern«, sagte Richie.

Er saß mit Rosie auf dem Schoß in einem der Sessel in meiner Fensternische, ein kompakter, muskulöser Mann mit dichtem, schwarzem, kurz geschnittenem Haar. Richie hatte eine Ruhe an sich, die ich nie ganz verstand. Es schien ihm nicht unangenehm, wenn es still war. Er wäre ein guter Partner für Dr. Copeland. Wahrscheinlich würden sie die geschlagenen fünfzig Sitzungsminuten nur dasitzen und sich schweigend ansehen. Ich stellte seinen Kaffee vor ihm ab, nahm meine Tasse und setzte mich ihm gegenüber in den Ohrensessel.

»Wie läuft es so mit deiner Traumfrau?«, erkundigte ich mich.

»Carrie und mir geht es gut«, erwiderte Richie.

»Wie heißt Carrie mit Nachnamen?«

»LeClair.«

»Carrie LeClair«, sagte ich. »Süßer Name.«

Richie nickte.

»Ich war bei einem Seelenklempner«, eröffnete ich ihm.

»Aha!«

»Ist Teil eines Falles. Ich brauche keine Therapie.«

Richie lächelte.

»Das haben wir ja auch schon hinter uns«, sagte er.

»Du weißt doch, wer Dr. Melvin ist?«, fragte ich.

»Der Ex von Melanie Joan.«

»Und du weißt, dass ich ihn gewissermaßen undercover aufsuche. Ich will herausfinden, ob ich ihn irgendwie unter Druck setzen kann.«

»Du lehnst es ja immer ab, aber mein Onkel Felix könnte ihn so unter Druck setzen, dass du ihn ein für alle Mal los wärst.«

»Du weißt, dass ich das nicht annehmen kann«, sagte ich.

Richie nickte.

»Darum bin ich noch bei einem weiteren Seelenklempner, einem Dr. Copeland. Er soll mir den anderen Seelenklempner verstehen helfen.«

»Guter Seelenklempner, böser Seelenklempner«, scherzte Richie.

»Genau. Und mein Plan bei dem bösen Seelenklempner besteht darin, ihm so viel über meine Probleme zu erzählen, dass es wahr klingt.«

Richie trank noch etwas Kaffee.

»Und der gute Seelenklempner hat mich über uns ausgefragt. Ich meinte, wir seien eine Demokratie, keine Monarchie. Er fragte mich, wie ich mich dabei fühle, und da habe ich angefangen zu weinen.«

Richie sah mich über seine halb erhobene Kaffeetasse hinweg an.

»Das klingt aber verdächtig nach Therapie.«

»Ich weiß. Das macht er ständig mit mir.«

»Warum hast du geweint?«, wollte er wissen.

»Keine Ahnung.«

»Hat der gute Seelenklempner irgendeine Ahnung?«

»Wir haben nicht darüber gesprochen«, erwiderte ich. »Aber in Dr. Melvins Praxis kam es zur Sprache. Er meinte, ich würde wollen, dass du wie mein Vater bist, aber ich würde nicht wie meine Mutter sein wollen.«

»Bist du sicher, dass er deine Tarnung nicht aufgedeckt hat?«, fragte Richie.

Rosie schnüffelte an Richies Kaffee und drehte dann rasch den Kopf weg. Zu heiß.

»Was glaubst du?«, wollte ich wissen.

»Warum du geweint hast?«

»Ja.«

»Wie meintest du das, dass wir keine Monarchie seien?«, fragte Richie.

»Ich wollte damit sagen, dass du nicht die Kontrolle hattest. Wir haben uns die Verantwortung gleichermaßen geteilt.«

»Und das hat dich zum Weinen gebracht?«

»Ja.«

»Vermutlich hast du geweint, weil ich nicht die Kontrolle hatte und wir uns die Verantwortung gleichermaßen geteilt haben.«

»Das ist doch lächerlich. Warum sollte ich deswegen weinen?«

»Darüber habe ich nicht promoviert«, antwortete Richie. »Ich denke nur, wenn du etwas sagst und dann weinst, dann wahrscheinlich deshalb, weil das, was du gesagt hast, dich zum Weinen brachte.«

»Glaubst du, dass ich keine Verantwortung übernehmen möchte?«

»Keine Ahnung.«

»Und denkst du etwa, dass ich wie meine Mutter sein möchte?«

»Das glaube ich eher nicht«, sagte Richie.

»Ich bin nicht wie meine Mutter«, erklärte ich.

»Ich weiß. Und ich hätte nie gedacht, dass ich wie dein Vater bin.«

»Das bist du auch nicht«, sagte ich.

Ich spürte, wie meine Augen feucht wurden.

»Verdammt«, fluchte ich, »verdammt!«

»Ich wollte dich nicht zum Weinen bringen«, entschuldigte sich Richie.

Ich nickte.

»Du hast gefragt«, verteidigte sich Richie.

»Ich weiß«, bestätigte ich, »ich habe dich verdammt noch mal danach gefragt.«

Richie stellte seine Kaffeetasse ab, setzte Rosie vorsichtig auf den Boden und stand auf.

»Ich denke, Rosie und ich sollten jetzt gehen.«

Ich tupfte meine Augen mit einer Papierserviette ab. Richie nahm Rosies Leine von dem Haken an der Tür und legte sie ihr an. Rosie sprang aufgeregt umher. Sie durfte ausgehen.

»Es tut mir Leid, dass du dich schlecht fühlst«, sagte Richie.

»Lass nicht zu, dass diese verdammte Carrie LeCluck meinen Hund herumkommandiert!«, befahl ich.

»LeClair«, korrigierte Richie. »Und sie kommandiert Rosie nicht herum.«

Meine Stimme zitterte zu sehr. Ich schüttelte nur den Kopf.

»Ruf an, wenn du mich brauchst«, bat Richie.

Ich kämpfte sehr dagegen an, nicht laut aufzuschluchzen. Darum schüttelte ich nur erneut den Kopf.

»Oder auch nicht«, sagte Richie und verließ mit Rosie meinen Loft.

45

Kaum war Rosie fort, vermisste ich sie schon. Für gewöhnlich hatte ich nagende Schuldgefühle, weil ich mich freute, für kurze Zeit für niemand anderen verantwortlich zu sein als für mich. Doch diesmal war ich mir nicht so sicher, ob ich wirklich ganz allein mit mir selbst sein wollte. Dadurch hatte ich reichlich Zeit zum Nachdenken. Und dieses Nachdenken brachte mich zum Grübeln über mich selbst, über mein Leben, über meine frühere Ehe und darüber, ob mit mir vielleicht etwas nicht stimmte. War ich nicht in der Lage, jemanden genug zu lieben, um ihn halten zu können?

Nur um irgendetwas zu tun, rief ich Brian Kelly an. Er erzählte mir, dass der schwarze Saab, den Dirk Beals' Freund fuhr, auf einen Dr. Barry Clay zugelassen war, mit einer Adresse in der Back Bay. Das Labor habe die Fotos noch nicht untersucht, dafür habe er den nackten Frauenkörper eingehend geprüft.

»Bin ich eigentlich zu deiner Hochzeit eingeladen?«, fragte ich.

»Natürlich, außer du hättest vor, alles über unser Sexleben auszuplaudern.«

»Deins und meins? Nur der Braut gegenüber.«

»Tja, dann erzähl wenigstens nur Gutes.«

»Ich habe doch schon alles vergessen«, sagte ich.

»Du warst begeistert«, half Brian meiner Erinnerung auf die Sprünge.

Wir legten auf und ich fügte Barry Clays Namen meiner Liste hinzu. Ich war nicht ganz sicher, was diese Liste enthielt. Möglichkeiten vielleicht. Ich legte sie zur Seite, holte mir noch eine Tasse Kaffee und nahm sie mit zu meiner Staffelei. Dort arbeitete ich eine Weile an dem Bild von der Weeks-Fußgängerbrücke. Ich wünschte mir, dieses Gefühl des tiefen Seelenfriedens übermitteln zu können, den ich immer empfand, wenn ich die Brücke in natura betrachtete. Ich versuchte, die Perspektive so zu ändern, dass man vom Flußufer unter der Brücke hindurch auf Cambridge sah.

Seit unsere Ehe nicht mehr funktionierte, hatte ich mich gefragt, was mit Richie nicht stimmte. Doch jetzt musste ich mich fragen, was mit *mir* nicht stimmte – ich versuchte zwar, mich abzulenken, aber ab und zu konnte ich es nicht vermeiden. Es war ein unangenehmes Thema. Und es störte meine Konzentration.

Als es in Los Angeles zehn Uhr war, legte ich meine Pinsel zur Seite und rief noch einmal bei Tony Gault an. Er hätte gerade das Büro verlassen. Seine Sekretärin versprach, ihm meine Nachricht zu übermitteln, sobald er zurückkäme. Ich legte auf und schritt die gesamte Länge meines Lofts mehrmals hintereinander durch. Es war absolut still. Ich war das einzig Lebendige in der Wohnung.

Das Telefon klingelte. Ich wollte sofort den Hörer abnehmen, hielt mich jedoch zurück und ließ es noch zweimal klingeln.

Dann nahm ich den Hörer zur Hand und sagte: »Hallo!« Es war Spike.

»Gestern Abend war ich mit Melanie Joan in der David Brudnoy Show. Melvin war auch da und beobachtete uns von der anderen Straßenseite.«

»Hast du etwas unternommen?«

»Ich wollte schon über die Straße gehen, aber Melanie Joan schrie mich an, sie ja nicht allein zu lassen. Dann stieg Melvin zu jemand in den Wagen und sie fuhren davon.«

»Was für ein Wagen?«

»Ein schwarzer Saab, in Massachusetts zugelassen.« Spike nannte mir das Kennzeichen.

»Barry Clay«, sagte ich.

»Du weißt es bereits.«

»Ich bin Detektivin.«

»Wahrscheinlich die süßeste auf der ganzen Welt«, schmeichelte Spike.

»Wenn ich so verdammt süß bin, warum kann ich dann keinen Mann halten?«

»Du kannst mich halten«, sagte Spike.

»Ich dachte dabei eigentlich mehr an meine heterosexuellen Überredungskünste.«

»Man kann nicht alles haben«, sinnierte Spike.

»Na gut, willst du mich heiraten?«, fragte ich.

»Großer Gott, bloß nicht!«, rief Spike. »Aber ich führe dich zum Altar, wenn du möchtest.«

»Das ist ja so lieb von dir«, erwiderte ich. »Was hättest du denn getan, wenn Melanie Joan dich nicht angeschrien hätte und Melvin nicht losgefahren wäre?«

»Ich hätte ihm eine gescheuert.«

»Nein«, sagte ich.

»Nein?«

»Wenn du in Melanie Joans Auftrag jemanden attackierst, dann kann sie dafür haftbar gemacht werden. Dr. Melvin ist so ein hinterhältiger Fiesling, dass er sie bestimmt verklagen würde.«

»Aber ich darf jemand angreifen, um sie zu beschützen?«, fragte Spike.

»Unbedingt. Aber wirklich nur, um sie zu beschützen.«

»Mensch«, meinte Spike, »du bist ganz schön streng.«

»Ich weiß.«

Wir legten auf. Ich holte mein Telefonbuch heraus und schlug die Nummer von Dr. Barry Clay auf. Er war Allergologe mit einer Praxis in Brookline. Und jetzt? Ich sah mir meine Liste der Möglichkeiten noch einmal an. Ich könnte die Frau aufsuchen, die den Wagen fuhr, der auf Augustus J. Walsh zugelassen war. Oder die Frau, die den Acura fuhr, in Groveland wohnte und Sally Millwood hieß. Oder ich könnte im leeren Loft herumhängen und darüber nachdenken, was mit mir nicht stimmte. Ich beschloss, lieber nach Winchester als nach Groveland zu fahren, also steckte ich meine Waffe in die Handtasche und zog los.

46

Das Haus von Augustus J. Walsh war menschenleer. Es lag in einer kleinen Sackgasse namens Raleigh Terrace, abseits der Route 3. Eine Nachbarin erzählte mir, sie seien den Winter über in Florida, sie wisse aber nicht genau, wo. Also doch Groveland.

Groveland befand sich westlich von Newburyport, südlich von Haverhill und fünfzehn Meilen von Nirgendwo. Ich erhielt eine Wegbeschreibung in Jerrys Gemischtwarenladen in der Innenstadt von Groveland. Genauer gesagt *war* Jerrys Gemischtwarenladen die Innenstadt von Groveland.

Sally Millwood wohnte in einem kleinen Haus mit grauen Schindeln. Es gab keine Garage. Die Auffahrt bildeten zwei Reifenspuren im Rasen. Der Acura, den ich vor Dr. Melvins Praxis gesehen hatte, parkte dort. Direkt dahinter stand ein schwarzer Ford Pick-up.

Ein junger Mann in Stiefeln, Jeans und einem weißen T-Shirt öffnete mir die Tür. Auf seinem linken Oberarm war in Blau SEMPER FI eintätowiert und seine langen Haare waren zu einem Pferdeschwanz zurückgebunden. Er starrte mich wortlos an.

»Ist Sally Millwood da?«, fragte ich.

Er starrte mich einen weiteren langen Moment an.

»Sally ist tot.«

»Oh, das tut mir schrecklich Leid. Sind Sie Mr Millwood?«

Er schüttelte den Kopf.

»Robert Benedetto«, stellte er sich vor. »Wir haben hier zusammen gewohnt.«

»Mr Benedetto, es tut mir Leid, aber kann ich einen Augenblick mit Ihnen reden?«

»Worüber?«

»Ich bin Detektivin«, sagte ich. »Ich muss mehr über Sallys Tod erfahren.«

Er sah mich noch eine Weile an. In seinen Augen lag keinerlei Ausdruck. Dann trat er aus dem Haus und schloss die Tür hinter sich.

»Im Haus sieht es furchtbar aus«, erklärte er. »Was wollen Sie wissen?«

»Wie ist sie gestorben?«

»Sie sagen, sie habe eine Überdosis genommen.«

»Wer sagt das?«

»Die Sanitäter.«

»Gab es eine Autopsie?«

»Ich glaube nicht.«

»Wer hat sie gefunden?«

Er schwieg, zog ein Päckchen Marlboros aus seiner hinteren Hosentasche, zündete eine an und steckte das Päckchen wieder weg. Ohne die Zigarette aus dem Mund zu nehmen, inhalierte er den Rauch und blies ihn heraus.

»Ich habe sie gefunden«, sagte er.

»Wen haben Sie angerufen?«

»Die Polizei.«

»Erzählen Sie mir alles.«

»Die Cops kamen, sahen sie an und riefen die Sanitäter. Die Sanitäter sagten, sie habe keinen Puls mehr und hätte eine Überdosis eingeworfen.«

»Haben Sie sie in ein Krankenhaus gebracht?«

»Nach Haverhill. Ins Mary Murphy.«

»Hat sie Drogen genommen?«

Er schüttelte den Kopf.

»Gar keine?«

Er schüttelte wieder den Kopf und blinzelte, als der Zigarettenrauch in seine Augen wehte.

»Wie erklären Sie sich dann die Überdosis?«

»Sie hatte keine Überdosis.«

»Woran ist sie dann gestorben?«

Er nahm die Zigarette aus dem Mund, schnippte die Asche ab, steckte sie wieder in den Mund und nahm einen langen Zug. Der Rauch begleitete seine Worte.

»Ich weiß es nicht. Ich weiß nur, dass sie niemals Drogen nahm. Ich dachte, vielleicht ist es so wie bei diesen Kleinkindern, die auf einmal tot im Bett liegen.«

»Plötzlicher Kindstod?«

»Ja, genau. Ich dachte, vielleicht kann das auch Erwachsenen passieren.«

»Haben Sie das jemand erzählt?«

»Ich bin nicht ihr Ehemann. Niemand wollte mir zuhören. Ich sagte, sie sollten sie aufschneiden, herausfinden, wodurch sie umgekommen ist. Aber ihre Mutter war dagegen. Niemand sollte ihr Baby aufschneiden. Also sagten sie, es sei eine Überdosis Drogen, und begruben sie.«

»Hatte sie einen Arzt im Krankenhaus?«

»Figueredo«, sagte Benedetto. »Ein Kerl aus Puerto Rico. Dr. Figueredo.«

All das sagte er auf wie jemand, der mechanische Erinnerungsübungen durchführt.

»Und sie war Patientin von Dr. Melvin in Boston«, fügte ich hinzu.

»Ja, sie war dort bei jemandem. Dr. Worthy hat sie an ihn verwiesen. Sie war irgendwie depressiv.«

»Wer ist Dr. Worthy?«

»Ihr Frauenarzt.«

»Praktiziert er hier in der Stadt?«

»In Haverhill«, sagte Benedetto.

»Und im Mary Murphy Hospital?«

»Ja.«

»Wann ist es passiert?«

»Das war am Donnerstag«, antwortete Benedetto. »Donnerstag vor zwei Wochen. Ich erinnere mich, weil sie ihren Seelenklempner in Boston immer donnerstags aufsuchte und dann spät nach Hause kam.«

»Kam sie in dieser Nacht auch spät nach Hause?«

»Ich weiß es nicht. Wir hatten ein Softballspiel. Als ich heimkam, fand ich sie im Bett.«

»Können Sie mir sagen, warum Sie die Polizei verständigten?«, fragte ich.

»Sie war total durchgeschwitzt und ihre Haut war bleich. Sie fühlte sich kalt an und ich konnte sie nicht atmen hören.«

»Haben Sie der Polizei gesagt, dass sie keine Drogen nahm?«

»Ja.«

»Und?«

»Die haben nur mit den Schultern gezuckt. Wahrscheinlich dachten sie, dass ich keine Ahnung habe.«

»Und niemand hat diese Spur verfolgt?«

»Das sind Kleinstadtpolizisten«, sagte er.

Ich nickte.

»Es tut mir sehr Leid, dass Sie nochmals darüber sprechen mussten. Es ist sicher schrecklich für Sie.«

»Allerdings«, bestätigte er mit ausdrucksloser Stimme.

47

Dr. Figueredo war dunkelhaarig, mit blasser Haut und dem Schatten eines Bartes. Er sprach akzentfrei.

»Figueredo ist kein puerto-ricanischer Name«, sagte ich.

»Ich bin Brasilianer«, erwiderte er. »Warum fragen Sie?«

»Mir wurde gesagt, Sie kämen aus Puerto Rico.«

Dr. Figueredo lächelte.

»Wir sehen eben alle gleich aus«, spottete er. »Was möchten Sie über Sally Millwood wissen?«

»Sie haben sie gesehen, als sie in die Notaufnahme eingeliefert wurde?«

»Das habe ich.«

»War sie noch am Leben?«

»Nein.«

»Ich weiß, es gab keine Autopsie, aber haben Sie eine Vermutung, woran sie starb?«

»Ich tippe auf eine Überdosis Drogen.«

»Warum?«

»Weil ich eine Menge solcher Fälle gesehen habe und man mit der Zeit ein Gefühl dafür entwickelt. Sie war jung, gesund, hatte keinen Unfall, starb urplötzlich.«

»Aber Sie haben keine medizinischen Beweise dafür?«

»Nicht ohne eine Autopsie.«

»Könnte es Selbstmord gewesen sein?«

»Durchaus, aber für gewöhnlich gibt es dann einen Abschiedsbrief. Die meisten Selbstmörder verabschieden sich nicht wortlos in die ewige Nacht«, sagte Dr. Figueredo.

»Wussten Sie, dass sie bei einem Psychiater in Behandlung war?«

»Nein.«

»Ihr Gynäkologe heißt Dr. Worthy. Kennen Sie ihn?«

»Ich weiß, dass er hier im Haus zur Belegschaft gehört.«

»Sie haben aber nicht mit ihm gesprochen?«

»Ms Randall«, wehrte Dr. Figueredo ab, »jeden Tag bringt man uns Tote. Wahrscheinlich haben wir zehn Drogentote pro Woche.« Er war nicht wütend. Seine Stimme klang nur ein wenig traurig. »Wir haben nicht viel Geld, und die Verwaltung setzt uns zu, die Kosten niedrig zu halten. Die Ressourcen, die uns zur Verfügung stehen, kommen in erster Linie den Lebenden zugute.«

»Klingt, als ob Sie die richtige Wahl treffen«, sagte ich. »Wissen Sie, wo ich Dr. Worthy finden kann?«

»Tut mir Leid, nein«, erwiderte Dr. Figueredo. »Fragen Sie unten am Empfang in der Lobby.«

Dr. Worthy war ein kleiner Mann im vollen Landarztornat: weiße Haare, Goldrandbrille, dreiteiliger Tweedanzug, dunkle Slipper. Er trug sogar eine goldene Uhrkette über seiner Weste.

»Danke, dass Sie mich dazwischengequetscht haben«, sagte ich.

Er lächelte mich an, wie er wohl schon Tausende Frauen angelächelt hatte. *Schon gut, meine Liebe, machen Sie sich keine Sorgen.* Aber er war kein Mann, der seine Zeit verschwendete.

»Wie kann ich Ihnen helfen?«, fragte er.

»Sie waren Sally Millwoods Gynäkologe?«

Er nickte und lächelte.

»Sie wissen, dass sie tot ist.«

Er nickte erneut, mit traurigem Gesichtsausdruck.

»Haben Sie sie zu einem Psychiater geschickt?«

»Ich nehme mal an, die ärztliche Schweigepflicht ist hier kein Thema«, sagte er.

»Ich weiß, dass sie bei ihm war. Warum haben Sie sie zu ihm geschickt?«

»Sie war depressiv«, erzählte Dr. Worthy. »Ich habe es eine Weile mit Prozac versucht …«

Er schüttelte den Kopf und zuckte mit den Schultern. *Was kann man als Arzt schon tun?*

»Und Sie haben Dr. Melvin ausgesucht?«

»Ja.«

»Warum gerade ihn?«

»Ich kannte ihn«, sagte Worthy. »Wir haben als Assistenzärzte zusammen am Mount Auburn gearbeitet.«

»Sind Sie in Kontakt geblieben?«

»Nein. Es war nur ein Name, den ich noch im Hinterkopf hatte. Ich habe ihn im Telefonbuch nachgeschlagen.«

»Dann kennen Sie ihn eigentlich nicht?«, stellte ich klar.

»Nein, er ist nur ein Mann, dem ich vor fünfundzwanzig Jahren zufällig begegnet bin.«

»Woher wussten Sie, dass er gut ist?«

»Nun, er hat in Harvard Medizin studiert. Er ist approbiert. Warum sollte er nicht gut sein?«

Dieser Weg führte nirgends hin, also bog ich ab.

»Kennen Sie einen Arzt namens Barry Clay?«

»Nein. War er auch in Harvard?«

»Nur so ein Gedanke«, sagte ich. »Haben Sie eine Ahnung, warum Sally depressiv war?«

»Sie sagte, sie habe Probleme mit ihrem Freund.«

»Was für Probleme?«

»Das hat sie nicht näher ausgeführt, nur dass sie nicht miteinander klarkamen und sie darüber unglücklich war.«

»Haben Sie sie noch einmal gesehen, nachdem sie die Therapie bei Dr. Melvin begonnen hatte?«

»Nicht dass ich wüsste«, sagte er. »Es tut mir Leid, dass ich Ihnen nicht helfen kann, aber ...«

Er stand auf.

»Ich habe ein Wartezimmer voller Patientinnen«, komplimentierte er mich hinaus.

Ich dankte ihm und stand auf. Als ich durch sein Wartezimmer ging, sah ich, dass es in der Tat voller Patientinnen war. Ich war sehr froh, keine von ihnen zu sein.

48

Kim Crawford und ich gingen mit Sam durch West Concord Gassi. Es war kalt und in den Regen mischten sich Schneeflocken.

»Es tut mir Leid, Kim, aber ich muss etwas indiskreter sein, was Ihr Verhältnis zu Dr. Melvin angeht.«

»Wie bitte?«

»Waren Sie und er je intim?«, fragte ich.

»Entschuldigung?«

»Waren Sie und er jemals intim?«

»Natürlich nicht.«

Der Akita blieb stehen, um an einem Strauch zu schnüffeln.

Wir warteten solange. Angesichts der Größe des Akita und der von Kim Crawford war ich mir nicht sicher, ob wir überhaupt eine Wahl hatten.

»Das wäre nicht das erste Mal«, beschwichtigte ich. »Psychotherapie ist eine intime Angelegenheit. So was passiert oft.«

Sie schüttelte den Kopf. Der Akita war mit Schnüffeln fertig und wir gingen weiter.

»Dr. Melvin war bereits mit anderen Patientinnen intim«, sagte ich.

Ich war mir dessen nicht sicher, aber immerhin war er mindestens mit *einer* ehemaligen Patientin intim geworden, nämlich mit Melanie Joan. Außerdem ist das Detektivgeschäft eine Lügnerbranche.

»Das kann nicht stimmen«, widersprach Kim.

»Warum nicht?«

»Das würde er niemals tun!«, behauptete Kim.

Ihre Augen füllten sich mit Tränen.

»Warum würde er das nicht tun?«, bohrte ich.

Kims Augen waren feucht und ihre Unterlippe zitterte.

»Er würde mir das niemals antun.«

»Er würde niemals Sex mit Ihnen haben?«, hakte ich nach.

»Er würde niemals mit einer anderen schlafen!«, erklärte sie scharf.

»Nur mit Ihnen?«

»Bei uns war es etwas Besonderes.« Ihre Stimme nahm an Schärfe zu.

»Dann waren Sie also doch intim miteinander?«

Sie wollte etwas sagen, hielt dann aber inne. Sie sah mich an, als ob ich eine treulose Verräterin wäre. Was vermutlich ja auch ein wenig stimmte.

»Das waren wir nicht«, behauptete sie.

Ich nickte. Wir spazierten eine Zeit lang schweigend weiter. Der Akita schnüffelte sich eifrig durch das feuchte Laub, der Regen perlte auf seinem dichten Fell ab.

»Hat Ihnen Dr. Melvin jemals Medikamente verschrieben?«, wollte ich wissen.

»Medikamente?«

»Ja. Zur Nervenberuhigung vielleicht? Oder zur Entspannung?«

»Nein, natürlich nicht.«

»Warum ›natürlich nicht‹?«, hakte ich nach. »Viele Psychiater verschreiben ihren Patienten Medikamente.«

»Nun, John hat das nicht getan.«

»Sie nennen ihn John?«

Sie starrte mich wortlos an. Der Akita schien zu spüren, dass zwischen uns etwas vor sich ging. Er blieb stehen, lehnte sich sanft gegen Kims Bein und sah mich an.

»Ich will mich nicht länger mit Ihnen unterhalten«, erklärte Kim.

»Kim, wenn Melvin Sie ausbeutet und andere Frauen auch, dann tut er genau das Gegenteil von dem, was er eigentlich tun sollte. Er fügt Ihnen Schaden zu.«

»Lassen Sie mich allein!«, verlangte Kim.

»Kim«, fuhr ich fort. »Wir wissen doch beide, dass Sie und er ...«

Sie hielt die Hand hoch. »Sam ist ausgebildet. Wenn Sie mich jetzt nicht in Ruhe lassen, befehle ich ihm, Sie anzugreifen.«

Ich hatte eine Waffe, aber ich wollte den Hund nicht erschießen. Am liebsten hätte ich Kim erschossen, aber das wäre den Cops nur schwer zu vermitteln gewesen.

Officer, sie wollte meine Fragen nicht beantworten.

»Ist gut«, gab ich nach, »ich lasse Sie in Ruhe. Aber zu Ihrem eigenen Besten sollten Sie einen anderen Psychiater aufsuchen.«

»Gehen Sie!«, befahl Kim.

»Es gibt einen Arzt namens Max Copeland. Gehen Sie zu ihm.«

Kim schüttelte den Kopf. Der Akita war etwas steifer

geworden. Er hatte bereits die Ohren angelegt. Es war höchste Zeit. Ich drehte mich um und marschierte zu Kims Wohnung, vor der mein Wagen parkte. Kim folgte mir nicht. Was auch gut war, denn als ich ankam, hatte jemand meine Windschutzscheibe schwarz angesprüht.

49

Ich rief Julie an, die kam und mich abholte.

»Wer macht denn so einen Schrott?«, fragte sie.

Ich erzählte ihr von dem Nacktfoto.

»Gemeine Tricks«, fuhr ich fort. »Die ganz allmählich eskalieren. Joey Marino wird den Wagen abschleppen. Ich nehme an, die Scheibe muss ausgewechselt werden.«

Wir fuhren auf der Route 2 durch Lincoln. Es war dunkel. Julie hatte die Scheinwerfer eingeschaltet. Der Mischmasch aus Regen und Schnee war mit einbrechender Dunkelheit mehr in Schnee übergegangen.

»Ich habe Angst um dich, Sunny.«

Ich nickte.

»Genau das wollen sie ja«, sagte ich.

»Dir Angst machen?«

»Richtig.«

»Und? Hast du Angst?«

Ich schwieg eine Weile. »Na ja, ein Kerl kam in meinen Loft und hat mich bedroht.«

»Mein Gott! … womit hat er dich bedroht?«

»Er meinte, ich würde bald nackt und mit dem Gesicht nach unten im Charles River treiben.«

»Sunny! Allmächtiger!«

»Darum halte ich Farbe auf meiner Windschutzscheibe für nicht ganz so furchteinflößend.«

»Glaubst du, es waren dieselben Leute?«

»Dieselben drei«, bestätigte ich.

»Drei Männer?«

»Ja.«

Wir kamen auf die Route 128. In der einen Richtung strahlten weiße Scheinwerfer durch den leichten Schneefall, in der anderen war ein sich endlos hinziehendes Muster aus roten Rücklichtern zu sehen.

»Gehört Melanie Joans Ehemann dazu?«

»Und zwei seiner Freunde«, bejahte ich.

»Hast du es der Polizei gemeldet?«

»Brian Kelly hat das Foto. Er lässt es gerade vom Labor überprüfen.«

»Und der ganze Rest?«

»Ich weiß es, aber ich muss es auch beweisen können.«

»Willst du bei mir übernachten? Mit Rosie?«

»Das ist lieb von dir, aber ich bleibe lieber, wo ich bin.«

Wir fuhren nach rechts in Richtung Boston. Stadtauswärts war der Verkehr viel dichter. Jenseits der Route 2, in dem Gebäude, in dem der Hauptsitz des Waffen- und Rüstungsproduzenten Raytheon untergebracht war, brannten alle Lichter. Es wirkte behaglich. Beleuchtete Fenster wirken in Dunkelheit und Schnee immer behaglich. Doch wie behaglich konnte es im Hauptsitz von Raytheon schon sein?

»Du hast meine Frage noch nicht beantwortet«, sagte Julie. »Hast du Angst?«

»Ich versuche, nicht darüber nachzudenken.«

»Aber du hast Angst.«

»Natürlich habe ich Angst. Nur ein Idiot hätte keine Angst. Aber ich versuche, nicht allzu viel über meine Angst nachzudenken. Ich bin besser dran, wenn ich so tue, als hätte ich keine.«

»Was ist mit Richie?«, wollte Julie wissen. »Oder Spike? Oder deinem Vater?«

»Oder Brian Kelly oder Lee Farrell oder all den Freunden, die ich jemals hatte.«

Ich schüttelte den Kopf.

»Es ist nichts Schlimmes daran, um Hilfe zu bitten, Sunny.«

»Stets die besorgte Sozialarbeiterin«, spottete ich.

»Wir brauchen alle hin und wieder Hilfe.«

»Julie, wir hatten dieses Gespräch schon oft. Ehrlich gesagt führe ich es derzeit mit so gut wie allen Leuten. Und ich bin es langsam leid.«

»Sorry«, entschuldigte sich Julie.

»Du weißt ebenso gut wie ich, dass ich nicht das tun kann, was ich tun will, und nicht der Mensch sein kann, der ich sein will, wenn ich jedes Mal zu einem Mann renne, sobald ich es mit der Angst zu tun bekomme, damit der mir dann aus der Patsche hilft.«

Wir kamen an dem großen neuen Mormonentempel zu unserer Rechten vorbei. Das juristische Gerangel hatte ein Ende gefunden, der Turm des Tempels war errichtet.

»Du darfst nicht das Gefühl haben, dass sie dir aus der Patsche helfen«, sagte Julie nach einer Weile.

»Wie immer du es auch bezeichnen möchtest«, widersprach ich, »ich habe das Gefühl, man hilft mir aus der Patsche, und das will ich nicht.«

»Als du mich angerufen hast, um dich abzuholen, hattest du da das Gefühl, dass ich dir ›aus der Patsche helfen‹ würde?«, wollte Julie wissen.

Ich wollte erwidern: *Das ist etwas anderes*, aber ich wusste, sie würde fragen: *Inwiefern anders?*, und ich würde antworten: *Du bist meine Freundin*, und sie würde dann fragen: *Ist Spike etwa nicht dein Freund, ist dein Vater nicht sogar mehr als nur ein Freund und bist du nicht mit Richie befreundet?* Und dann müsste ich sagen, dass auch das etwas anderes sei, und sie würde fragen: *Inwiefern?*, und das wollte ich mir ersparen.

Also sagte ich: »In deinem Fall habe ich eine Ausnahme gemacht.«

50

Ich saß neben dem Schreibtisch gegenüber von Dr. Copeland, ein Platz, an den ich mich mittlerweile gewöhnt hatte. Er drehte sich in seinem Stuhl zu mir.

»Für eine Frau, die keine Therapie macht, verbringe ich ziemlich viel Zeit im Gespräch mit Psychiatern«, scherzte ich.

Copeland nickte.

»Wissen Sie noch, wie Sie mich warnten, dass die Patientinnen von Dr. Ex ihm von meinem Interesse an ihm erzählen würden?«

Copeland deutete ein Lächeln an.

»Tja, vermutlich haben sie das getan, denn einer seiner Freunde kam zu mir und drohte mir, falls ich nicht aufhöre, seine Patientinnen auszuquetschen.«

»Was hat er Ihnen angedroht?«

»Körperliche Konsequenzen.«

»Und wie haben Sie reagiert?«

»Ich habe mit einer Schrotflinte auf ihn gezielt und ihn gebeten zu gehen.«

Copeland deutete erneut ein Lächeln an.

»Das scheint Ihren Verdacht gegen Dr. Ex zu untermauern.«

»Ich denke, er belästigt seine Patientinnen unsittlich«, sagte ich.

Copeland legte den Kopf schräg.

»Meine Klientin, Melanie Joan, hat ihn in der Therapie kennen gelernt und später geheiratet.«

»Waren sie schon miteinander intim, während sie noch in Therapie bei ihm war?«

»Ja.«

Copeland nickte.

»Und eine weitere Patientin leugnet intime Vorkommnisse so vehement, dass es absolut unglaubwürdig wirkte.«

»Erzählen Sie mir von ihr«, bat Copeland.

Ich bin eine gute Beobachterin und eine gute Berichterstatterin. Ich erzählte ihm alles im Detail.

»Sonst noch etwas?«, fragte Copeland, als ich fertig war.

»Jemand, den er therapiert hat, ist dieser Tage an einer Überdosis Drogen gestorben.«

»Eine weibliche Patientin?«

»Er hat ausschließlich weibliche Patienten.«

»Waren die Umstände ihres Todes verdächtig?«

»Es war ein unbedeutender Tod in einer Kleinstadt«, erzählte ich. »Niemand schenkte ihm viel Beachtung. Es gab keine Autopsie. Aber sie kam direkt von Dr. Ex und lag tot im Bett, als ihr Freund sie fand. Er sagt, sie nahm keine Drogen. Und es gab keinen Abschiedsbrief.«

»Warum hat sie Dr. Ex aufgesucht?«

»Ihr Frauenarzt hat sie überwiesen, weil sie depressiv war.«

»Gab es einen Grund für ihre Depressionen?«

»Sie hatte Probleme mit ihrem Freund.«

»Das ist ein guter Grund«, meinte Copeland. »Hat die Polizei in ihrem Haus Drogen gefunden?«

»Nicht dass ich wüsste. Aber ich bin nicht sicher, ob jemand nachgesehen hat. Dieser Frau hat niemand viel Beachtung geschenkt.«

»Mit Ausnahme von Dr. Ex.«

»Und das hat ihr nicht gut getan.«

Wieder dieses kleine Nicken von Copeland, das mich ermuntern sollte, weiterzuerzählen.

»Wissen Sie etwas über Drogen, die bei Vergewaltigungen zum Einsatz kommen?«, fragte ich.

Copeland hob die Augenbrauen.

»Da gibt es eine ganze Reihe: Rohypnol, GHB, Ketamin und eine neue Droge namens Burundang, eine Form von Scopolamin. Sie alle beruhigen die Person, die sie einnimmt, ob männlich oder weiblich, damit sie wenig oder gar keine Gegenwehr gegen einen körperlichen Übergriff leistet. Rohypnol wird oft als Roofies oder Roach bezeichnet, GHB – kurz für Gammahydroxybuttersäure – wird manchmal Liquid Ecstasy oder Cherry Meth genannt, Ketamin kennt man auch als Special K, und ich bin sicher, für Scopolamin gibt es ebenfalls ein halbes Dutzend Namen auf der Straße, aber ich kenne keinen von ihnen.«

»Könnte man an einer Überdosis sterben?«, fragte ich.

»Unter bestimmten Umständen«, erwiderte Copeland. »Glauben Sie, dass Dr. Ex einer oder mehreren seiner Patientinnen solche Drogen verabreicht?«

»Ja.«

»Haben Sie Beweise?«

»Keinen, der vor Gericht stichhaltig wäre«, sagte ich.

Copeland lächelte. »Weibliche Intuition?«

Ich erwiderte sein Lächeln. »Etwas in der Art.«

»Es tut mir Leid, aber ich muss den Namen von Dr. Ex jetzt erfahren.«

Ich zögerte.

»Möglicherweise verfüge ich über Wissen, das Ihnen weiterhilft«, führte Copeland aus. »Und ich würde eventuell neu entscheiden, an wen ich Patientinnen verweise.«

»Ja«, sagte ich nach einer Weile. »Sie müssen es erfahren. Sein Name ist John Melvin.«

Copeland zeigte keine Reaktion.

»Kennen Sie ihn?«, fragte ich.

Copeland machte eine kleine Bewegung mit dem Kopf, die nur anzeigte, dass er mich gehört hatte.

»Mein Gott!«, beschwerte ich mich. »Ich könnte Sie nach der Uhrzeit fragen und Sie würden sich wohl auch dann um die Antwort drücken.«

»Ärgert Sie das?«, fragte Copeland.

»Meine Güte, müssen Sie immer den Seelenklempner heraushängen?«

»Wie hätten Sie mich denn gern?«, erkundigte sich Copeland.

»Menschlicher.«

»Sie haben mich nicht aufgesucht, weil ich so menschlich bin«, entgegnete Copeland. »Als sie zu mir kamen, wiesen Sie explizit darauf hin, dass Sie keine Therapie wünschen.«

»Etwas mehr Humor, Herr Doktor.«

Copeland erwiderte nichts. Diese Technik war mir

vertraut. Ich hatte während meiner Zeit als Cop genug Verdächtige verhört. Ruhig sein. Geduld zeigen. Dann verplappert sich der Verdächtige ganz von selbst.

»Das Merkwürdige an meinen Besuchen bei Dr. Melvin ist, dass wir tatsächlich ein paar Dinge über mich herauszufinden scheinen«, erzählte ich.

Copeland nickte.

»Vermutlich ist er ein guter Seelenklempner«, meinte ich.

»Oder er hat eine gute Patientin«, sagte Copeland.

»Ich bin nicht seine Patientin. Und Ihre bin ich auch nicht. Ich ermittle in einem Fall.«

»Was für Dinge haben Sie über sich herausgefunden?«, wollte Copeland wissen.

Mein Gott, war der Mann hartnäckig! Ich holte tief Luft.

»Anscheinend will ich mit einem Mann zusammen sein, der genau wie mein Vater ist, aber ich will auch wieder nicht mit einem Mann zusammen sein, der genau wie mein Vater ist.«

Copeland lächelte.

»Mein Vater hat sich um alles gekümmert, während meine Mutter gleichzeitig so getan hat, als würde sie sich um alles kümmern. Mein Vater liebte sie bedingungslos. Wenn man meine Mutter gefragt hätte, ob sie meinen Vater liebte, hätte sie gesagt: ›Er würde alles für mich tun.‹«

»Und sie wäre davon ausgegangen, die Frage damit beantwortet zu haben«, ergänzte Copeland.

»Ja.«

»Dann wollen Sie also einen Mann, der sich um alles

kümmert; aber gleichzeitig wollen Sie eine Frau sein, die sich selbst um alles kümmert.«

»Ja.«

»Wie hat Dr. Melvin darauf reagiert?«

»In erster Linie ging es ihm um meine sexuellen Interessen.«

Falls Copelands Gesicht überhaupt jemals eine Emotion zeigte, dann war es in diesem Moment ein Ausdruck der Missbilligung.

»Finden Sie das unangemessen?«, fragte ich.

»Mich interessieren emotionale Konflikte«, erwiderte er.

Ich spürte, wie eine Woge der Erkenntnis über mich hinwegschwappte. Nie hätte ich mich für jemanden gehalten, der emotionale Konflikte hat. Copeland schwieg wieder. Ich lächelte ihn an.

»Dann habe ich genau die richtige Frau für Sie«, sagte ich.

51

Es war dunkel und ein feiner, kalter Nieselregen hüllte uns ein. Rosie machte ihren Abendspaziergang, und ich begleitete sie, um das andere Ende der Leine zu halten. Wir kamen zur Summer Street Bridge und sahen auf das schwarze Wasser im Fort Point Channel hinunter, dann drehten wir uns um und gingen zurück zu meinem Loft. Die Straße war menschenleer. Hinter der Melcher Street blieb Rosie abrupt stehen und stellte die Ohren auf. In einem dunklen Eingang eines der großen, stummen, umgebauten Lagerhäuser, die an diesem Ende der Summer Street standen, nahm ich eine Bewegung wahr. Ich knöpfte meinen Regenmantel auf. Während ich das tat, bellte Rosie einmal und drei Männer in Skimasken und dunkler Kleidung stürmten heraus. Ich ließ Rosies Leine fallen. Die drei Männer umzingelten mich, drängten mich gegen die Wand und einer von ihnen packte mich von hinten an den Armen. Der zweite presste seine Hand auf meinen Mund und der dritte hielt mir etwas vors Gesicht. Seine Hand steckte in einer Art weißem Handschuh.

Trotz des Regens trug ich hochhackige, schwarze Stiefel. Ich rammte einen Absatz auf die Zehen des Mannes hinter mir, gleichzeitig biss ich in die Hand über meinem Mund. Sie wurde weggezogen. Der Mann hinter mir grunzte vor Schmerz auf und versuchte, seinen Fuß loszureißen. Dabei lockerte er den Griff auf meine Arme ein wenig und ich konnte mit der linken Hand nach hinten fassen und sein Skrotum packen. Mit der rechten Hand fummelte ich unter meinem Regenmantel herum. Der Mann, dessen Hand ich gebissen hatte, schlug mir mit der Faust ins Gesicht. Ich taumelte, konnte aber noch meine Waffe unter meinem Mantel hervorziehen. Ich schlug sie ihm ins Gesicht, drückte den Rücken gegen die Wand, hob die Waffe und zielte auf den dritten Mann, denjenigen, der etwas in der Hand hielt.

»Fallen lassen, du Hurensohn!«, schrie ich.

Der Mann rief mit einer hohen, hysterischen Stimme: »Pistole!«, und ließ das, was er in der Hand hielt, fallen. Der Mann zu meiner Rechten schlug mir daraufhin gegen die Schläfe und ich fiel zur Seite. Vor meinen Augen flimmerten Sterne. Ich klammerte mich an der Waffe fest, feuerte auf alle drei und gleichzeitig auf keinen Bestimmten, einfach auf alles, was sich vor meinem Lauf befand. In der immer noch feuchten Dunkelheit donnerte der Schuss durch die stillen Lagerhäuser und die leere Straße. Einer der Männer rief: »Herr im Himmel!«, und die drei rannten zur Melcher Street. Ich kam wieder auf die Beine, immer noch schwindelig, und zielte auf die davonlaufenden Gestalten. Zu weit weg. An der Ecke Melcher Street verschwanden sie aus meinem Sichtfeld. Ich hörte, wie ihre Schritte immer leiser wurden.

Ich wollte sie verfolgen, musste dann aber stehen bleiben und mich gegen die Ziegelmauer lehnen. Als ich wieder etwas sicherer auf den Beinen war, suchte ich nach dem Gegenstand, den der Mann hatte fallen lassen. Ich fand ihn, ging auf der regennassen Straße in die Knie und hob ihn auf. Es war eine Spritze. Sie war zerbrochen. Sorgfältig sammelte ich die Scherben ein und verstaute sie in meiner Handtasche. Immer noch auf Händen und Knien und schummrig im Kopf, sah ich mich um. *Rosie*! Weit und breit kein Zeichen von ihr. *Mein Gott*! Ich richtete mich auf, schwankte ein wenig, fand mein Gleichgewicht wieder und torkelte die Summer Street entlang, die Waffe immer noch in der Hand. Mit der rechten Schulter stützte ich mich an den Hauswänden ab. Ich fand Rosie im Eingang unseres Hauses, die Leine um den Hals, in sich zusammengesunken wie ein Stinktier im Nebel, wie mein Vater zu sagen pflegte.

»Vielleicht hätte ich mir einen Akita kaufen sollen«, sagte ich zu ihr.

Sie wedelte mit dem Schwanz. Ich kniete mich hin und umarmte sie, die Waffe immer noch in der rechten Hand, während sie mir das Gesicht ableckte.

52

Ich saß auf dem Rand eines Schreibtisches im Dienstzimmer der Mordkommission im neuen Polizeihauptquartier, vor einem Detective namens Lee Farrell. Ich kannte ihn gut.

»Das Labor sagt, das Zeug in der abgebrochenen Spritze war ein verschreibungspflichtiges Medikament namens Xactil«, erzählte Lee. »Man stellt damit Leute vor einer Operation ruhig und manchmal wird es auch als Muskelrelaxans eingesetzt.«

»Aha«, sagte ich. »*Dieses* Xactil.«

»Auf der Straße sagen sie ›Zack‹ dazu«, erklärte Lee. »In geringer Dosis bekommt man einen netten Kick davon. Eine höhere Dosis lässt einen ohnmächtig werden und kann sogar tödlich sein …«

»Wie hoch war die Dosis in der Spritze?«

»Das lässt sich jetzt nicht mehr sagen.«

Ich schlug mit den Absätzen leise gegen den Tisch.

Lee fragte: »Weißt du, wer dich angegriffen hat?«

»Ja.«

»Sollen wir sie uns krallen?«

»Ich kann es nicht beweisen. Sie hatten Skimasken auf. Gab es Fingerabdrücke auf der Spritze?«

»Die Bruchstücke waren nicht groß genug, um Fingerabdrücke zu nehmen.«

Ich klopfte weiter mit den Absätzen gegen den Schreibtisch.

»Willst du darüber reden?«, fragte Lee. »Ich möchte deinem Vater nicht eines Tages erklären müssen, wie ich zulassen konnte, dass du ermordet wurdest.«

Ich lächelte angesichts dieser Vorstellung.

»Vermutlich würde Daddy für vernünftige Gründe nicht besonders zugänglich sein.«

»Also?«, bohrte Lee nach.

»Ich kann es dir noch nicht sagen. Ich weiß eine Menge, aber ich kann nichts davon beweisen.«

»Weibliche Intuition?«, wollte Lee wissen.

Ich schüttelte den Kopf.

»Vielleicht könnte dir die Familie deines Mannes behilflich sein«, schlug Lee vor.

Ich schüttelte erneut den Kopf, klopfte dabei stetig weiter mit den Absätzen gegen den Schreibtisch.

»Legst du mir etwa nahe, ich solle etwas Illegales tun?«

Lee zuckte mit den Schultern. »Ich will nicht, dass dir jemand wehtut. Was ist mit dem großen Bär?«

»Spike?«

»Ja.«

»Ich bin noch nicht so weit, zuzugeben, dass ich mit dieser Situation nicht allein klarkomme«, sagte ich. »Wenn ich die Arbeit tun soll, die ich tun will, dann kann ich nicht jedes Mal, wenn eine Situation zu entgleisen droht, zu einem Mann rennen und um Hilfe bitten.«

»Sunny, die Situation ist bereits entgleist. Was ist mit Phil?«

»Meinem Vater?«

»Klar. Er war ein toller Cop«, sagte Lee. »Und er hat noch nichts verlernt.«

»Lee, ich kann unmöglich zu meinem Vater gehen.«

Er nickte. »Was ist mit mir? In meiner Freizeit?«

»Danke – aber danke *nein*. Und das meine ich ernst«, beharrte ich. »Trotzdem vielen Dank.«

Lee zuckte mit den Schultern. »Es ist nicht schlimm, wenn man seine Grenzen kennt und um Hilfe bittet, sobald man Hilfe braucht. Würdest du nicht auch um Hilfe bitten, wenn du ein Klavier transportieren müsstest?«

»Das ist nicht dasselbe«, widersprach ich. »Ich bin kein Klavierspediteur.«

»Auch Klavierspediteure gehen ihrer Arbeit für gewöhnlich nicht allein nach«, sagte Lee.

Ich lächelte ihn an. »Ach, halt die Klappe!«

»Ah«, sagte Lee. »Jetzt hab ich's verstanden.«

53

Ich brachte Rosie wieder zu Richie. Wenn sie bei ihm war, fühlte ich mich sicherer.

Dann fuhr ich Melanie Joan in meinem Wagen, den eine brandneue Windschutzscheibe zierte, zu einem hässlichen weißen Klotz von Gebäude an der Soldiers Field Road. Dort fand ein Interview mit Joyce Kulhawik von Channel 4 statt. Als wir hinterher auf dem Parkplatz standen, fragte Melanie Joan: »Gibt es hier in der Nähe eine Möglichkeit, wo wir zu Mittag essen können?«

»Auf der anderen Seite des Flusses«, schlug ich vor.

»In Cambridge?«

»Klar. Wie schick und edel soll es denn sein?«

»Ach, nur ein Sandwich und einen Kaffee«, meinte Melanie Joan.

Wir aßen in einem kleinen Restaurant namens Full Moon auf der Huron Avenue, in der Nähe einer Drogerie und gegenüber einer Bank. Ich bestellte Eiersalat auf Vollkornbrot, Melanie Joan nahm Thunfisch auf Weißbrot. Wir tranken beide Kaffee.

»Es ist entzückend hier«, lobte Melanie Joan. »Genau so etwas habe ich mir vorgestellt.«

Ich nickte.

»Wir müssen reden«, sagte ich.

»Natürlich, Sunny.«

»Ich muss mehr über Sie und John Melvin erfahren.«

Ich sah, wie sich ihre Miene verschloss.

»Was könnte für Sie denn noch von Interesse sein?«

»Wie kam Ihre erste Verabredung zustande?«, wollte ich wissen.

»Das habe ich Ihnen doch gesagt. Wir haben uns während meiner Therapie kennen gelernt.«

»Ist das nicht höchst unangemessen?«

»Ach herrje, jetzt klingen Sie schon wie ein Seelenklempner«, spottete Melanie Joan.

»Wir müssen darüber reden«, beharrte ich.

Melanie Joan setzte ihre Kaffeetasse so ruckartig ab, dass sich der Kaffee über den Tisch ergoss.

»Ich will aber nicht darüber reden«, erklärte sie.

Melanie Joan versuchte, den Kaffee mit einer kleinen Papierserviette aufzuwischen, wobei etwas Flüssigkeit in ihren Schoß tropfte. Sie wollte ihren Schoß trocken tupfen, aber dabei fiel die durchweichte Serviette auseinander. Melanie Joan starrte sie eine Weile an, dann brach sie in Tränen aus. Es waren laute, haltlose Schluchzer, von der Art, bei der die Schultern zucken und man heulende Laute von sich gibt und Probleme mit dem Atmen bekommt. Ich wartete, bis sie ihre Atmung wieder unter Kontrolle hatte. Die Leute im Restaurant beobachteten uns verstohlen.

»Wann wurde zwischen Ihnen beiden aus der Therapie eine Romanze?«, fragte ich.

Melanie Joan schluchzte immer noch mit gesenktem Kopf vor sich hin. Sie sah mich nicht an, schüttelte nur den Kopf.

»Sie haben mir bereits erzählt, wie man versucht hat, Sie zu vergewaltigen.«

Sie nickte.

»Was könnte schlimmer sein als das?«

Sie schüttelte den Kopf. Ich wartete. Sie schwieg. Ich nahm einen Schluck Kaffee. Melanie Joan starrte ihre Hände an, die sie im Schoß gefaltet hielt. Sie hatte aufgehört zu weinen. Ich wartete noch eine Weile. Die Kellnerin füllte unsere Kaffeetassen auf und bemühte sich, dabei nicht Melanie Joan anzustarren.

Als die Kellnerin gegangen war, sagte ich zu Melanie Joan: »Sie sind wütend wegen der Vergewaltigung. Aber für die Romanze schämen Sie sich?«

»Es ist mir peinlich«, flüsterte Melanie Joan so leise, dass ich mich zu ihr vorbeugen musste.

»Weil Sie sich wie eine Idiotin vorkommen?«

»Ich ekele mich vor mir selbst«, wisperte sie.

Ich lehnte mich noch weiter vor.

»Ich glaube, er hat versucht, mich umzubringen.«

Sie nickte.

»Das sieht ihm ähnlich«, murmelte sie.

»Ich glaube, er hat eine junge Frau aus Groveland ermordet.«

»Durchaus möglich«, meinte Melanie Joan.

»Wenn ich es ihm nachweisen kann, dann brauchen Sie sich um ihn nie mehr Sorgen zu machen.«

Melanie Joan regte sich nicht. Sie hatte die Hände immer noch im Schoß gefaltet und hielt den Kopf gesenkt. Ihr Kaffee stand unberührt vor ihr.

»Warum muss ich … Können Sie ihn nicht ohne mich schnappen?«, fragte sie leise.

»Ich muss so viel wie möglich über ihn erfahren.«

»Ich werde niemals vor Gericht aussagen«, erklärte sie.

»Nicht einmal, wenn er dadurch weggesperrt werden könnte?«

»Ich werde niemals aussagen«, wiederholte sie.

»Na gut. Würden Sie es wenigstens mir erzählen?«

Sie antwortete nicht.

»Dadurch kann ich ihn möglicherweise schnappen.«

»Ich bin eine Berühmtheit«, sagte Melanie Joan. »Ich möchte nicht zur Witzfigur der Regenbogenpresse werden.«

»Ich werde es niemand erzählen. Versprochen!«

Melanie Joan stand abrupt auf. Sie sah mich nicht an, warf nur die feuchte, zu einem Ball zusammengerollte Papierserviette auf den Tisch.

»Wir reden im Auto«, sagte sie.

Rasch drehte sie sich um und verließ das Restaurant. Ich legte einen Zwanzigdollarschein neben die Kasse auf die Theke.

»Behalten Sie den Rest!«, rief ich in der Hoffnung, dass mich jemand hörte, und folgte Melanie Joan nach draußen.

54

Ich war zweimal verheiratet«, erzählte Melanie Joan und starrte geradeaus, während ich über die Huron Avenue fuhr. »Beide Ehen scheiterten.«

»Meine Bilanz ist auch nicht so toll«, tröstete ich sie.

»Sie waren erst einmal verheiratet.«

»Und habe mehrere gescheiterte Beziehungen hinter mir.«

»Das liegt nur daran, dass Sie Ihre erste Ehe nicht loslassen können.«

Ich zuckte mit den Schultern.

»Wollen Sie keine Kinder?«, fragte Melanie Joan.

»Doch, ich denke schon.«

»Und die Uhr fängt langsam an zu ticken.«

Ich lächelte Melanie Joan an, obwohl sie immer noch auf die Huron Avenue starrte und mein Lächeln wohl nicht mitbekam.

»Könnten wir jetzt über John Melvin reden?«, bat ich.

»Ich habe Dr. Melvin aufgesucht, weil ich hörte, er sei, gerade was Frauen in meiner Situation angeht, eine Kapazität.«

Wir hielten am Fresh Pond Parkway und warteten auf grünes Licht.

»Er war wunderbar. Ich redete, er hörte zu. Wissen Sie, wie verführerisch es ist, wenn ein Mann zuhört?«

Die Ampel schaltete um und ich bog nach links auf den Parkway.

»Hat Ihnen jemals ein Mann zugehört?«, wollte Melanie Joan wissen. »Richtig zugehört?«

»Richie hat mir zugehört«, erwiderte ich. »Aber wenn ich alles erzählt hatte, was ich erzählen wollte, dann sagte er einfach, ich solle das tun, was ich wollte.«

»Und das hat Ihnen nicht gefallen«, konstatierte Melanie Joan.

»Mag sein«, entgegnete ich. »Erzählen Sie mir mehr von John Melvin.«

»Ich teilte ihm einige meiner Fantasien mit. Er verhalf mir zu der Erkenntnis, dass ich mich ohne einen Mann vor dem Verlassensein fürchtete. Und mit einem Mann fürchtete ich das Kontrolliertwerden.«

Wir fuhren am Mount Auburn Hospital vorbei, folgten einer Schleife des Charles River und näherten uns der Soldiers Field Road.

»Ungefähr drei Monate nach der ersten Sitzung stand er eines Tages, mitten in der Sitzung, von seinem Schreibtisch auf, stellte sich hinter mich und legte mir die Hände auf die Schultern. Dann fing er an, mir die Schultern zu massieren. Vermutlich erstarrte ich daraufhin. Es kam so unerwartet. Er meinte, ich sei ganz steif und verkrampft. Ich solle mich auf die Couch legen, dann würde er mir etwas geben, um mich zu entspannen. Ich zögerte.«

Melanie Joan sprach langsam, sehr betont und formell, als ob sie eine Rede hielt.

»Er erläuterte mir, dass im Kern jeder Therapie das Vertrauensverhältnis zwischen Patient und Therapeut liege und dass ich ihm vertrauen müsse.«

Wir kamen wieder an Channel 4 vorbei und fuhren am Harvard-Stadium-Komplex entlang. Mädchen in Karoröcken spielten Hockey. Melanie Joan verlor sich immer mehr in der Geschichte, die sie erzählte. Ich verhielt mich so still, dass ich kaum atmete.

»Also legte ich mich auf die Couch und er gab mir eine Injektion.«

Sie schwieg. Ich hörte sie atmen.

»Ich konnte sehen, hören und fühlen«, fuhr sie fort.

Ich wartete ab, lauschte weiter ihrem Atem. Sie starrte durch die Windschutzscheibe. Es schien, als gebe es zu viel Luft im Wagen. Melanie Joan schien jetzt ganz in sich selbst zu ruhen.

Als sie wieder das Wort ergriff, klang ihre Stimme sanft und leise – und monoton.

»Es ist gar nicht so leicht, jemanden auszuziehen, der auf einer Couch liegt. Während er das tat, erzählte er mir, dass ich ihm erlauben durfte, mich völlig zu kontrollieren, weil ich ihm ja vertraute. Dadurch würde ich meine Ängste überwinden.«

»Und?«, fragte ich schließlich.

»Und dann zog auch er seine Kleidung aus.«

Ich wartete. Sie sagte nichts, sah mich auch nicht an.

»Und?«, fragte ich noch einmal.

Ihre Stimme zitterte.

»Und dann hat er mich gevögelt.«

Das hatte ich kommen sehen. Der Fluss zu unserer Linken, in dem sich die Sonne spiegelte, sah sauberer aus, als er in Wirklichkeit war. Ein paar Jogger liefen in gemäßigtem Tempo die Uferpromenade entlang. Man sah Hunde und Frisbeescheiben. Der Verkehr auf dem

Storrow Drive war dünn. Auf der anderen Seite des Flusses, auf dem Memorial Drive, war er noch dünner.

»Warum haben Sie das nie der Polizei erzählt?«

Sie schüttelte den Kopf.

»Es wurde regelmäßiger Bestandteil unserer Therapie«, sagte sie.

Ich verließ den Storrow Drive auf der Kenmore-Ausfahrt und hielt vor einem Hydranten an der Ecke Bay State Road. Dann drehte ich mich auf dem Sitz um und starrte sie an. Ich versuchte, freundlich zu klingen.

»Sie haben es ihn immer wieder tun lassen?«

»Es hat mir gefallen«, sagte sie.

55

Der Wagen zitterte leicht, während der Motor im Leerlauf war. Auf der anderen Straßenseite befand sich ein ehemaliges Hotel, heute ein Studentenwohnheim. Dort war Eugene O'Neill gestorben. Melanie Joan sah mir jetzt direkt in die Augen. *Also gut, ich habe es Ihnen erzählt, was werden Sie nun damit anfangen?*

»Darum fürchten Sie sich so vor ihm«, sagte ich.

Sie nickte.

»Sie haben Angst, dass Sie weich werden könnten, dass Sie ihn wieder an sich heranlassen könnten.«

Sie nickte. Ich schwieg.

»Was hat Ihnen daran gefallen?«, wollte ich wissen.

»Dieses Herr-Sklavin-Verhältnis.«

Mein Mund wurde trocken. Ich fühlte mich wieder so wie an dem Tag in Melvins Praxis, als ich weinen musste. Am liebsten hätte ich jetzt auch wieder geweint. Etwas Furchteinflößendes und Unförmiges sprang mich plötzlich aus der Dunkelheit an und zischte.

»Und dann haben Sie ihn geheiratet«, folgerte ich.

»Das habe ich.«

»Aber die Dinge änderten sich?«

»Anfangs nicht.«

»Hat er … tut mir Leid. Das muss ich nicht wissen.«

Melanie Joan lächelte freudlos.

»Wo ich schon damit angefangen habe, können Sie ruhig auch alles erfahren«, meinte sie. »Ja, auch nach unserer Eheschließung verabreichte er mir noch Injektionen.«

»Wissen Sie, um welches Mittel es sich handelte?«

»Bei dem Medikament? Um Xactil.«

Ich wusste nicht genau, was ich sie nun fragen sollte. Ich wusste, was ich erfahren wollte, aber ich war so tief auf dem Grund ihrer Psyche angelangt, dass ich nicht sicher war, ob ich ein Recht auf eine solche Frage hatte.

Schließlich begnügte ich mich mit: »Was geschah dann?«

»Das ›Zack‹ reichte nicht mehr«, erzählte Melanie Joan. »Wir fingen an … mit anderen Dingen zu experimentieren. Und nach einer Weile reichte uns auch das nicht mehr und er wollte mich an seine Freunde weiterreichen.«

Die ultimative Kontrolle.

Es fing an zu nieseln. Kein richtiger Regen, nur ein feuchter Nebel, der sich über die Windschutzscheibe legte und die Fußgänger – in erster Linie Studenten der Boston University – zu einer Gangart mit eingezogenen Schultern bewegte. Die Wagen, die an uns vorbeifuhren, hatten die Scheibenwischer eingeschaltet. Die meisten fuhren mit Licht. Ich beschloss, lieber nicht zu fragen, was diese »anderen Dinge« waren.

»Was immer wir zuvor auch getan hatten – und ich weiß, es war krank –, wir hatten es miteinander geteilt, nur wir beide. Als er mich dann mit seinen Freunden teilen wollte, fühlte ich mich entwertet.«

Ich hätte mich wohl schon viel früher entwertet gefühlt. Aber ein jeder von uns hat seine eigene Krankengeschichte.

»Diese Freunde waren Dirk Beals und Barry Clay?«

»Ja.«

Wenn sie gegen einen dieser Männer aussagte, würde ihre eigene Verrücktheit zutage kommen. Sie war berühmt genug, um zu guter Letzt als Witz in Jay Lenos' Eröffnungsmonolog zu enden.

»Und Melvin wollte zusehen?«

»Ja.«

»Ist es jemals so weit gekommen?«

»Nein. Gleich beim ersten Mal bin ich davongelaufen.«

»Er hatte Sie nicht unter Drogen gesetzt?«

»Nein, ich denke, er fühlte sich machtvoller, wenn er es einfach von mir verlangte, ganz ohne ›Zack‹.«

Der Regen lag nicht länger als feuchter Nebel auf der Windschutzscheibe. Jetzt war er dichter geworden und floss in Strömen über die Scheibe. Die Studenten rannten mehr, als dass sie gingen, hielten sich, wo immer möglich, eng an die Hauswände. Schirme tauchten auf. Kapuzen über Sweatshirts.

»Und Sie haben nie jemand davon erzählt?«, fragte ich.

»Nein. Ich hatte niemand, dem ich es hätte erzählen können.«

»Sie brauchen Hilfe«, sagte ich.

»Ich habe doch Sie.«

Ich tätschelte ihre Hände, die gefaltet in ihrem Schoß lagen.

»Sie brauchen mehr als mich.«

56

Xactil wird häufig als präoperativer Tranquilizer eingesetzt«, dozierte Dr. Copeland. »Oder bei bestimmten Eingriffen, bei denen der Patient schmerzfrei und entspannt sein muss, dennoch auf Anweisungen zu reagieren hat.«

Ich saß in seinem Büro, auf meinem Stuhl vorgebeugt, das Kinn auf die Hände gestützt.

»Ist es gefährlich?«

»Eine Überdosis wäre tödlich«, antwortete er.

»Wie groß ist der Spielraum für Irrtümer?«

»Ziemlich groß«, meinte Dr. Copeland. »Dennoch sind Überdosierungen bereits vorgekommen.«

»Wie muss ich mir das Ergebnis einer Überdosierung vorstellen?«

»Blässe, kalter Schweiß, Atemnot, Bewusstseinsverlust, Tod.«

»Wird Xactil grundsätzlich gespritzt?«, wollte ich wissen.

»Nein. Bei einer Injektion setzt die Wirkung am schnellsten ein und sie kann auch am besten dosiert werden. Aber man kann Xactil auch in Tablettenform verabreichen, als Nasenspray oder als Zäpfchen.«

»John Melvin hat mindestens einer Patientin ›Zack‹ gespritzt«, sagte ich. »Und hatte dann Sex mit ihr.«

»Wissen Sie das genau?«

»Das weiß ich genau.«

»Dann sollte ihm die Lizenz entzogen werden«, erklärte Copeland.

»Ich glaube, er hat es mit mehr als nur einer Patientin gemacht.«

»So etwas beschränkt sich nur selten auf einen Einzelfall«, meinte Copeland. »Können Sie es ihm nachweisen?«

»Für mich gibt es genug Beweise.«

»Und darüber hinaus?«

»Nein.«

»Das wird der Approbationsbehörde nicht genügen«, sagte Dr. Copeland.

»Und ich kann ihn damit auch nicht hinter Gitter bringen. Ich glaube, er hat einer Patientin eine Überdosis gespritzt.«

»Tödlich?«

»Ja.«

»Wie sehen Ihre Beweise aus?«

Ich schwieg.

»Was Sie hier sagen, bleibt unter uns«, versprach Dr. Copeland.

Ich erzählte ihm von Melanie Joan.

»Und die Patientin, die verstarb?«

Ich erzählte ihm von Sally Millwood.

»Keine Autopsie?«

»Die Mutter war dagegen«, erwiderte ich. »Obwohl man sie eventuell davon überzeugen könnte, ihre Meinung zu ändern.«

Dr. Copeland schüttelte den Kopf.

»›Zack‹ bleibt nur wenige Stunden im Körper.«

»Ich denke, er hat auch versucht, mich zu töten«, teilte ich ihm mit.

Dr. Copeland hob die Augenbrauen. Mittlerweile wusste ich, dass dies einer Aufforderung gleichkam, mehr zu erzählen. Also erzählte ich ihm von Dirk Beals und dem Überfall auf der Straße.

»Und Sie wollen ihm dennoch weiterhin auf den Fersen bleiben?«, fragte Dr. Copeland.

»Allerdings.«

»Ich kann keine nicht erhärteten Vorwürfe gegen einen Kollegen erheben, selbst wenn ich sie für wahr halte.«

»Tun Sie das denn?«

»Ja, ich denke schon, dass ich glaube, was Sie mir erzählen«, meinte Dr. Copeland.

Ich wäre beinahe rot geworden. Wir saßen eine Zeit lang schweigend beisammen. Dr. Copeland schien für unbegrenzte Zeiträume der Stille mächtig zu sein. So gesehen erinnerte er mich an Richie.

»Gibt es ein Gegenmittel?«, erkundigte ich mich.

»Ja. Dilazaplin.«

»Wie wird Dilazaplin verabreicht?«

»Normalerweise wird es injiziert. Aber es gibt, ebenso wie bei ›Zack‹, auch die Möglichkeit, es oral, nasal oder rektal zu verabreichen.«

Ich lehnte mich zurück. Copeland beobachtete mich, als ob alles, was ich tat, ein Hinweis wäre.

»Kann man es vorbeugend nehmen?«

»Damit das ›Zack‹ nicht wirkt?«

»Ja.«

»Ich glaube schon, aber wir erreichen hier die Grenzen meines pharmakologischen Wissens. Bevor ich diese Frage bejahe oder verneine, muss ich einen Spezialisten konsultieren.«

»Haben Sie jemand Bestimmtes im Sinn?«, fragte ich.

Dr. Copeland nickte.

»Das habe ich. Ich werde telefonisch mit ihm Kontakt aufnehmen.«

»Und mir dann Bescheid geben?«

»Rufen Sie mich morgen an«, meinte Copeland.

Er beugte sich auf seinem Stuhl vor und faltete die Hände auf dem Schreibtisch.

»Ich möchte Sie an etwas erinnern, was Sie zweifelsohne bereits wissen«, sagte er. »Wenn Ihre Geschichte stimmt, dann haben Sie es mit einem gefährlichen Mann zu tun.«

»Ich weiß. Aber ich habe ihm gegenüber einen großen Vorteil.«

Wieder die hochgezogenen Augenbrauen.

»Er verachtet mich, weil ich eine Frau bin, und daher wird er mich unterschätzen.«

»Solange Sie nur ihn nicht unterschätzen«, entgegnete Dr. Copeland.

Er rutschte auf seinem Stuhl umher und warf einen verstohlenen Blick auf seine Armbanduhr, womit er mir indirekt mitteilen wollte, dass die fünfzig Minuten abgelaufen waren. Ich stand auf.

»Schon merkwürdig«, sagte ich.

Dr. Copeland legte den Kopf schräg.

»Als Melanie Joan mir von dieser Kontrollsache zwischen ihr und Melvin erzählte …«

Ich schwieg. Er wartete.

»Ich … das geht mir immer noch nach.«

Er nickte mit neutralem Gesichtsausdruck.

»Wenn all das hier vorüber ist, sollte ich mich vielleicht näher damit beschäftigen.«

Dr. Copeland nickte bedächtig und deutete ein Lächeln an.

»Schon möglich«, sagte er.

Vor der Tür blieb ich zögernd einen Augenblick stehen, dann öffnete ich sie und ging hinaus.

57

Ich rief Spike vom Wagen aus an.

»Sobald ich aufgelegt habe, gehst du rüber zu Melanie Joan und bleibst bei ihr«, sagte ich.

»Okay.«

»Melanie Joan darf ihre Wohnung nicht ohne dich verlassen«, ordnete ich an. »Auch nicht für eine Minute und auch nicht in Begleitung eines anderen. Egal wer. Wenn sie ihre Wohnung verlässt, bleibst du an ihrer Seite.«

»Okay.«

»Hast du immer noch diese große, sperrige Fünfundvierziger?«

»Ein Klassiker«, sagte Spike. »Colt. Regierungswaffe.«

»Nimm sie mit.«

»Für John Melvin?«

»Und seine Freunde.«

»Ich habe John Melvin gesehen«, meinte Spike. »Für den brauche ich keine Waffe.«

»Nimm die Waffe lieber mit. Diese Kerle sind gefährlich. Sie haben mich überfallen, und ich glaube, sie haben eine Frau in Groveland umgebracht.«

»Wirst du mir davon erzählen?«, fragte Spike.

»Jetzt nicht. Ich muss erst nachdenken. Ich erzähl's dir später.«

»Es gefällt mir nicht, dass er dich überfallen hat«, erklärte Spike.

»Mir auch nicht. Wenn er Melanie Joan überfällt, darfst du ihn töten.«

»Das werde ich mir merken«, sagte Spike.

Ich legte auf und sah auf die Uhr im Armaturenbrett. In Los Angeles war es jetzt 10.10 Uhr. Ich rief Tony Gault an.

»Büro von Tony Gault.«

»Ist Tony da?«

»Mit wem spreche ich bitte?«

»Sunny Randall.«

»Tut mir Leid, Miss Randall. Mr Gault hat das Büro eben verlassen. Kann ich ihm etwas ausrichten?«

»Sehr gern«, sagte ich.

»Ich bin sicher, er ruft Sie umgehend zurück.«

»Richten Sie ihm aus, das soll er nicht tun«, bat ich. »Sagen Sie ihm, er soll sich stattdessen ins Knie ficken.«

»Entschuldigung?«

»Ins Knie«, sagte ich. »Soll er sich ficken.«

Dann legte ich auf.

Mein Kopf fühlte sich wie ein Mixer an. Ich wollte nur noch Rosie abholen und irgendwohin abtauchen. Ich rief Richie an. Sein Anrufbeantworter ging ran.

»Ich bin's«, sagte ich. »Ich hole jetzt Rosie ab.«

Richie besaß eine Eigentumswohnung in einem umgebauten Lagerhaus am Kai in der Commercial Street. Von seinem Wohnzimmer aus sah man den Hafen. Ich parkte auf dem Besucherstellplatz und klingelte. Sofort wurde die Tür geöffnet. Allerdings nicht von ihm, sondern von ihr. Ich starrte sie an. Sie starrte zurück.

»Was kann ich für Sie tun?«, fragte sie.

Sie sah großartig aus – für ein Flittchen, und sie ähnelte mir überhaupt nicht. Ihre Haare waren dicht und dunkel, ihr Gesicht oval und ihre Augen groß. Sie hatte einen breiten Mund mit winzigen Lachfältchen. Sie trug einen weißen Frotteemorgenmantel, aber ihr Haar war frisiert und ihr Make-up genau richtig.

»Ich wollte Rosie abholen«, sagte ich.

»Ach.« Sie lächelte. »Sie müssen Sunny sein. Kommen Sie herein. Ich hoffe, das ist nicht unangenehm für Sie.«

Ich trat ein und sie schloss die Tür hinter mir. Sie trug keine Schuhe.

»Ich bin Carrie LeClair«, stellte sie sich vor. »Richie ist bei der Arbeit.«

Ich nickte und streckte die Hand aus. »Sunny Randall. Wo ist mein Hund?«

»Rosie liegt auf der Couch und genießt die Aussicht.« Sie wollte mir den Weg zeigen.

»Ich weiß, wo es langgeht«, sagte ich.

Wir gingen ins Wohnzimmer. Rosie schlief auf einer großen Couch, die auf das riesige Panoramafenster mit Blick auf den grauen Hafen ging. Draußen glitten Schiffe vorbei. Sie öffnete die Augen und sah mich an. Dann setzte sie sich auf und starrte. Ihr Schwanz schlug gegen die Couch.

»Hallo, mein kleiner Augenstern!«, rief ich.

Rosie sprang von der Couch, jagte um meine Knöchel herum, dann zurück zur Couch, hinauf, hinunter, rund um meine Knöchel, quer durch das Wohnzimmer und wieder zurück. Anschließend machte sie Jagd auf ihren Schwanz. Ich setzte mich auf die Fersen und streckte die Arme aus. Rosie kam angelaufen, leckte mir kurz das Gesicht, jagte erneut ihren Schwanz und setzte sich plötzlich hin und sah mich an.

»Rosie und ich haben uns wunderbar amüsiert«, sagte Carrie.

»Wie süß«, erwiderte ich.

»Wir machen jeden Morgen einen wunderbaren Spaziergang«, erzählte das Flittchen, »immer zum Wasser. Sie erweckt jede Menge Aufmerksamkeit. Alle lieben sie.«

Das Flittchen setzte sich auf die Couch und schlug den Morgenmantel unter ihre Knie. Ihre Beine waren fabelhaft.

»Möchten Sie etwas Kaffee?«

Ich könnte sie erschießen. Die Waffe steckte in meiner Handtasche. Oder ich könnte mich erschießen. Ich hasste ihr gutes Aussehen. Ihre tollen Beine. Insbesondere hasste ich die Tatsache, dass sie nett zu sein schien.

»Nein … danke. Ich muss wieder los.«

»Tja, es war schön, Sie kennen zu lernen. Auf Wiedersehen, Rosie.«

Rosie, die hinterhältige kleine Verräterin, lief zur Couch, sprang neben das Flittchen und legte sich hin. Vielleicht sollte ich Rosie erschießen. Ich nahm ihre Leine aus meiner großen Handtasche, ging zu ihr und legte ihr das süße, rote Nylonhalsband um. Rosie sprang voller Vorfreude auf einen Spaziergang von der Couch und wedelte wie wild mit dem Schwanz. Wir gingen zur Tür. Das Flittchen stand auf, lächelte und begleitete uns. Ich öffnete die Tür.

Das Flittchen meinte: »Sie können Rosie jederzeit wieder vorbeibringen. Ich habe sie gern um mich. Wir verstehen uns prima.«

Ich stand im Flur, die Hand noch am Griff der geöffneten Tür. Ich sah das Flittchen eine Minute lang an und dachte dabei an meine Waffe.

Schließlich sagte ich: »Es ist zehn vor eins. Ziehen Sie sich verdammt noch mal endlich an.« Dann schloss ich die Tür und brachte Rosie zum Wagen. Unten angekommen, schämte sich der kleine Teil von mir, der nicht wütend und eifersüchtig war.

Ich ließ Rosie auf den Beifahrersitz springen.

»Das habe ich nicht gerade geschickt gedeichselt«, sagte ich zu ihr, schloss die Wagentür, ging ums Auto herum, stieg ein und fuhr davon.

58

Du Hündin«, sagte ich zu Rosie, als wir auf der Route 128 nach Gloucester fuhren. »Du kleine, vierbeinige Schlampe. Du legst dich wohl für jeden auf den Rücken, der dir den Bauch krault und dir einen Keks gibt.«

Rosie lag im Fußraum vor dem Beifahrersitz, die Schnauze in die Heizungsöffnung gebohrt. Ich hatte schon vor langer Zeit mit der Hand getestet, dass sie ihre Schnauze nicht weit genug hineinstecken konnte, um vom Ventilator verletzt zu werden. Rosie schien gar nicht auf mich zu achten, die kleine Verräterin.

Meine Schwester besaß ein Sommerhaus in Gloucester, in der Nähe von Wingaersheek Beach. Elizabeth nutzte das Haus außerhalb der Saison nicht oft und ehrlich gesagt auch während der Saison nicht. Sie schätzte es nur deshalb, weil sie es ihrem Exmann abgeluchst hatte, im Rahmen der Scheidungsabfindung.

Ich parkte in der leeren Auffahrt, ging mit Rosie zum Strand und ließ sie von der Leine. Sie schoss wie ein Torpedo etwa hundert Meter den Strand entlang, blieb dann stehen, starrte aufs Wasser, lief hinein und bellte es an, während es ihre Beine umspülte.

Der Tag war trübe. Es war nicht so kalt, dass man es nicht ausgehalten hätte, aber vom Meer her wehte ein kühler Wind und die Wolken hingen dunkel und tief.

Es nieselte. Ich trug einen knöchellangen, schwarzen Wollmantel mit großem Kragen. Den Kragen stellte ich auf, knöpfte den Mantel bis zum Hals zu und steckte die Hände in die Taschen. Das Wasser hatte dieselbe Farbe wie der Himmel, und irgendwo in unendlich weiter Ferne, wo es kein Oben und kein Unten mehr zu geben schien, verschmolzen Himmel und Wasser miteinander. Ich spazierte gemächlich den Strand entlang, sah zu, wie Rosie umherlief und stehen blieb, wie sie schnüffelte, sich im Kreis drehte und Löcher grub. Dann entdeckte sie ein paar Seemöwen und erstarrte bei deren Anblick. Die Möwen hüpften herum, ohne auf sie zu achten, bis Rosie sie attackierte. Da erhoben sie sich verächtlich in die Luft und flogen davon. Rosie sah ihnen nach, wütend mit dem Schwanz wedelnd.

Der gewaltige Ozean mit seiner unablässigen Bewegung hatte etwas an sich, was mir das Gefühl vermittelte, einen Blick auf die Ewigkeit zu werfen. Ich konnte seine Bewegung spüren und merkte, wie mein Geist mit der Bewegung, mit dem Geräusch, dem Geruch und dem Anblick verschmolz. Allmählich ließ ich diesen unbarmherzigen Griff los, mit dem ich mich selbst umklammert hielt.

Ich hatte das Gefühl, als seien Melanie Joan und ich ein wenig eins geworden. Auch ich fürchtete mich vor John Melvin, was mich wütend machte. Ich wusste, Melvin war ein Monster. Sicher war Melanie Joan nicht seine einzige Eroberung, und ich war überzeugt, dass er Sally Millwood mit einer Überdosis ermordet hatte. Ebenso war ich sicher, dass er und seine beiden Kumpane unter den Skimasken gesteckt hatten. Allerdings wusste ich nicht, ob sie mich umbringen oder nur betäuben wollten. Was hätten sie wohl mit mir angestellt, wenn ich bewusstlos geworden wäre? Ich verkrampfte mich innerlich. Betäubt zu werden war irgendwie furchteinflößender als ermordet zu werden. Einen angsterfüllten Moment lang sah ich mich reglos vor ihnen liegen. Ich schüttelte den Kopf. Diesen Gedanken musste ich verdrängen. Vielleicht sollte ich Richie davon erzählen. Er würde mit seinem Vater reden und bald schon würde Onkel Felix ... ich lächelte den kalten Strand an ... mir gefiel die Vorstellung, wie sich Melvin Felix Burke stellen musste ... einen Moment lang atmete ich auf ... aber nur einen Moment lang ... dann fiel mir mit einem gewissen Bedauern wieder ein, dass ich mich selbst befreien musste, wovon auch immer.

Rosie fand einen schäbigen Tennisball, den die Flut angeschwemmt hatte, und trug ihn mit dem für sie typischen wichtigtuerischen Trott zu mir. Ich warf ihn für sie und sie jagte wie verrückt hinterher.

Ich musste an Richie denken ... an Brian Kelly und Tony Gault ... an die Männer, mit denen ich geschlafen hatte ... ich mochte Männer ... mir war, als würde mich der öde Wind am menschenleeren Strand an diesem so evokativen Ozean umarmen ... ich dachte an meine Mutter und meinen Vater ...

Der Strand zog sich über viele Meilen sauber und leer hin. Weit und breit niemand außer Rosie und mir. Eine Weile blieb ich stehen und lauschte meinem Atem. Ich sah Rosie zu, die über den Strand flitzte, die Schnauze dicht über dem Sand. Ich sah lange auf das Meer hinaus, dann rief ich Rosie zu mir und wir kehrten nach Hause zurück.

59

Ich rief Dr. Copeland an. Sein Anrufdienst nahm eine Nachricht von mir auf und nach vierzig Minuten rief er mich zurück. Mit Abstand schneller als Tony Gault.

»Ich habe mit Dr. Chou gesprochen«, sagte er. »Vom Massachusetts General Hospital.«

»Und?«

»Theoretisch gibt es keinen Grund, warum Dilazaplin die Auswirkung von Xactil nicht mindern sollte, wenn man es kurz zuvor einnimmt.«

»Theoretisch?«

»Normalerweise wird es verabreicht, um die Wirkung von Xactil umzukehren, sobald diese nicht länger benötigt wird«, erklärte Dr. Copeland. »Man sah bislang keine Veranlassung, die vorbeugende Wirkung zu untersuchen.«

»Aber es sollte funktionieren?«

»Es sollte«, bestätigte Dr. Copeland.

»Wie lange wäre es wirksam?«

»Man müsste das Dilazaplin kurze Zeit vor Verabreichung des Xactil einnehmen, um die volle Wirksamkeit zu erzielen. Oder direkt danach, bevor dessen Wirkung einsetzt.«

»Was verstehen Sie unter ›kurze Zeit‹?«

»Fünf Minuten. Maximal zehn.«

»Nebenwirkungen?«

»Die übliche Dosis Dilazaplin weckt bei manchen Personen Schwindelgefühle«, informierte mich Dr. Copeland.

»Und auf welche Weise sollte man es einnehmen?«, wollte ich wissen.

»Das sollte keinen Unterschied machen.«

»Welche Dosis würde man benötigen?«

»Das hängt davon ab, wie viel ›Zack‹ verabreicht wird.«

»Genug, um jemanden bei Bewusstsein zu halten, aber bewegungslos zu machen.«

»Sind Sie dieser Jemand?«

»Was wäre, wenn?«

»Sie wiegen ungefähr sechzig Kilo?«

»Ungefähr«, gab ich zu.

»Dann bräuchte man für Sie etwa fünf Milligramm ›Zack‹. Folglich beträgt die Dosis Dilazaplin 2,5 Milligramm.«

»Und ich kann das Dilazaplin in Tablettenform einnehmen?«

»Ja, durchaus.«

Wir schwiegen einen Moment. Zwischen uns war nur die Geräuschlosigkeit der Leitung.

»Können Sie mir etwas Dilazaplin verschreiben?«, fragte ich.

»Haben Sie etwa vor, den Köder zu spielen?«, wollte Dr. Copeland wissen.

»Ja.«

»Sie wissen, wie gefährlich das ist.«

Es war keine Frage, daher antwortete ich nicht.

»Die Gefahr ist noch größer, wenn er herausfindet, dass Sunny Randall und Sonya Burke ein und dieselbe Person sind«, fuhr Dr. Copeland fort.

Ich sagte nichts.

»Sie begeben sich auf unbekanntes Terrain, Sunny.«

Ich spürte ein Prickeln. Er hatte mich beim Vornamen genannt. Warum war das prickelnd?

»Und niemand kann garantieren, dass das Gegenmittel wirklich die Wirkung des Sedativums verhindert.«

»Aber Sie denken, dass es das tun wird.«

»Ich denke schon. Es gibt jedoch nicht genug wissenschaftliche Untersuchungen, um das zu untermauern.«

»Melvin ist ein Monster«, sagte ich.

»Ich weiß«, erwiderte Dr. Copeland.

»Werden Sie mir das Dilazaplin verschreiben?«

»Ja.«

60

Ein Detective der State Police namens Meyer besuchte mich. Ich bot ihm Kaffee an, er akzeptierte und wir tranken ihn am Esstisch vor dem Erkerfenster meines Lofts. Rosie schloss sich uns an.

»Was zur Hölle ist das denn?«, rief Meyer.

»Das ist Rosie.«

»Haben Sie sie mit einer Falle gefangen?«

»Natürlich nicht.«

»Ich habe Beutelratten in meinem Obstgarten«, sagte Meyer. »Sie sieht ganz genauso aus.«

»Sie sieht ganz und gar nicht wie eine Beutelratte aus«, widersprach ich. »Sie ist eine reinrassige Miniaturzüchtung eines English Bullterriers und dazu noch ungewöhnlich attraktiv.«

Meyer zuckte mit den Schultern und kraulte Rosie hinter dem Ohr. Er trank Kaffee, nahm eine Zitronenschnitte, biss ab und kaute nachdenklich. Er war grauhaarig, glatt rasiert und an die sechzig, schien jedoch in guter körperlicher Verfassung zu sein.

»Sie sind also Phil Randalls Kleine«, sagte er.

»Eine der beiden«, bestätigte ich.

»Ich habe im Laufe der Jahre öfters mit Phil zu tun gehabt. Wie geht es ihm?«

»Er ist pensioniert. Offenbar gefällt ihm das.«

»Hat er es noch zum Captain geschafft?«, wollte Meyer wissen.

»Hat er.«

»Phil war ein prima Cop«, lobte Meyer.

»Stimmt.«

Er trank noch etwas Kaffee, schluckte und aß den Rest seiner Zitronenschnitte.

»Ich habe da eine Leiche in Concord«, fing er an.

Ich spürte, wie ich innerlich erstarrte.

»Concord?«, fragte ich.

»Ja.«

»Todesursache?«

»Der Gerichtsmediziner glaubt an Herzversagen, aber sie war erst dreiunddreißig Jahre alt. Wir wollen einfach sichergehen, dass er Recht hat.«

Meine Erstarrung breitete sich aus. Ich konnte kaum sprechen.

»Und was führt Sie zu mir?«, fragte ich vorsichtig.

»Sie waren der letzte Eintrag in ihrem Terminkalender.«

»Kim Crawford?«, fragte ich.

»Ja.«

»Autopsiebericht?«

»Ist nicht schlüssig. Herzversagen wird ausgeschlossen, aber die Beweise fehlen.«

»Drogen?«

»Kein Anzeichen.«

»Einstichstellen?«

Meyer sah mich einen Moment lang schweigend an.

»Der Gerichtsmediziner hat keine gefunden«, sagte er schließlich.

»Bitten Sie ihn, noch einmal nachzusehen.«

»Sie wissen doch etwas«, mutmaßte Meyer.

»Stimmt. Es hat mit einem Fall zu tun, an dem ich gerade arbeite.«

»Erzählen Sie mir davon.«

»Es gibt keine Fakten, die Ihnen weiterhelfen würden«, wehrte ich ab.

»Auch Eindrücke können hilfreich sein«, erwiderte er. »Vermutungen helfen. Verdächtigungen helfen. Manchmal finden wir durch all das die eigentlichen Fakten.«

»Manchmal aber auch nicht.«

»Manchmal aber auch nicht«, räumte er ein. »Ich weiß, dass Sie früher selbst ein Cop waren.«

Ich hob die Augenbrauen, wie es Dr. Copeland zu tun pflegte.

»Ich habe Ihren Vater angerufen, bevor ich zu Ihnen kam.«

»Ich bin sicher, dass Sie es nur gut gemeint haben, aber ich ziehe es vor, als Sunny Randall behandelt zu werden, nicht als Phil Randalls Tochter.«

Meyer wirkte müde. Er deutete ein Lächeln an.

»Es ging nicht um Sie«, sagte er. »Es ging um Phil.«

»Natürlich. Ich nehme es zurück.«

»Gut«, meinte Meyer. »Erzählen Sie mir von Ihrem Fall.«

»Die Sache ist die, dass ich undercover an einem Verdächtigen dran bin. Sehr nahe dran. Wenn er die Wahrheit über mich herausfindet, verlieren wir ihn.«

Meyer nickte.

»Und ich habe eine Klientin, deren Ruf schwer geschädigt wird, wenn wir mit dieser Angelegenheit nicht richtig umgehen.«

Meyer nickte erneut.

»Tja, für gewöhnlich plaudere ich grundsätzlich alles aus, was man mir anvertraut«, sagte er, »aber da Sie Phil Randalls Tochter sind, werde ich es diesmal für mich behalten.«

Ich nickte.

»In Ordnung«, sagte ich.

»Und?«, drängte Meyer. »Erzählen Sie es mir jetzt?«

Also gut.

»Die haben in Groveland keine Autopsie durchgeführt?«

»Nein. Sie hat wohl früher Drogen genommen. Als ihr Freund sie fand, war sie vielleicht noch am Leben oder gerade erst verstorben und wies noch Symptome einer Überdosis auf.«

»Und dieses Xacta-wie-auch-immer hinterlässt keine Spuren?«

»Xactil«, korrigierte ich. »Haben Sie nie davon gehört?«

»Nein. Ich kenne Roofies, G-Juice, Special K. Aber Xactil ist mir fremd.«

»Was ganz Modernes«, tröstete ich. »Hinterlässt absolut keine Spuren.«

»Und Sie glauben, dieser Doktor könnte es Kim Crawford gespritzt haben?«

»Sie hätte als Zeugin gegen ihn aussagen können«, spekulierte ich. »Falls ich ihn je vor Gericht bekomme.«

»Ob der Hund ihn gekannt hat?«, fragte Meyer.

»Keine Ahnung. Warum?«

»Er hat dem Kollegen, der auf den Notruf reagierte, beinahe den Arm abgebissen. Wollte niemand an sie heranlassen. Man musste schließlich jemanden von der Hundestaffel holen, der ihn betäubt hat.«

»Wo ist der Hund jetzt?«

»Beim Exmann.«

»Dieses Ekelpaket.«

Meyer zuckte mit den Schultern.

»Der Hund war froh, ihn zu sehen«, meinte er.

»Bei einem Sturm ist jeder Hafen eine Erleichterung.«

»Soll ich ihn überprüfen?«

»Nein. Ich denke, er ist nicht mehr als ein Arschloch.«

»Von denen laufen eine Menge herum«, sagte Meyer.

»Falls Kim den Doktor hereingelassen und ihn begrüßt hat, hätte der Hund ihm nichts getan«, erklärte ich.

»Wollen Sie mir den Namen des Doktors nicht verraten?«, fragte Meyer nach einer Weile.

Ich wollte die Cops noch nicht hinzuziehen. Meyer erledigte seinen Job höchstwahrscheinlich ganz gut, aber die Sache war zu heikel. Wenn es Melvin mit der Angst bekam, würde er sich wie eine Auster verschließen und ich könnte ihn nie überführen. Und ich wollte diesen Hurensohn kriegen, für all das, was er Frauen angetan hatte, und dafür, dass er mir Angst eingejagt hatte. Es gefiel mir nicht, Angst zu haben.

»Noch nicht«, sagte ich daher.

Meyer sah mich eine Zeit lang an.

»Und Sie haben nichts, wofür wir ihn einbuchten könnten?«

»Nur meine Intuition«, erwiderte ich. »Gewisse Umstände, Dinge, die mir Leute anvertraut haben und die sie in der Öffentlichkeit nicht wiederholen würden. Die Art und Weise, wie er mit mir umgeht. Aber absolut nichts, wofür Sie einen Haftbefehl erwirken könnten. Nichts.«

Meyer stand auf, ging zu meiner Küchentheke und schenkte sich noch etwas Kaffee ein. Dann kam er zurück, setzte sich und rührte Zucker und fettarme Milch in die Tasse. Rosie blieb neben seinem Stuhl sitzen, aber sie drehte den Kopf und beobachtete ihn. Man konnte ja nie wissen, ob nicht aus heiterem Himmel etwas zu fressen auftauchte.

»Ich muss es allein tun«, sagte ich.

Meyer nippte an seinem Kaffee.

»Tja«, meinte er, »da Sie Phil Randalls Tochter sind, dürfen Sie sich gewisse Freiheiten herausnehmen.«

»Danke.«

»Aber nicht alle«, warnte Meyer.

61

Am nächsten Morgen rief ich Richie an.

»Bist du allein?«, fragte ich.

»Ja. Carrie ist nicht da.«

»Darf ich vorbeikommen?«

»Klar.«

Auf dem Weg zum Auto sah ich im Briefkasten nach und nahm meine Post heraus. Längsseits gefaltet, damit er in den Kasten passte, war ein weiterer brauner Umschlag. Darin wieder ein Foto. Noch eine nackte Frau, die auf einer Couch lag. Vielleicht war es dieselbe Frau. Wieder hatte sie mein Gesicht, aber diesmal hatte jemand mit einem roten Magic Marker einen Schlitz quer über ihren Hals gemalt. Es war plump. Aber mein Magen verkrampfte sich.

Ich steckte den Umschlag in meine Tasche und ging mit Rosie zum Parkplatz. Ich hatte das Gefühl, angestarrt zu werden. Wir stiegen ein. Ich startete den Motor. Dann fuhren wir ohne Zwischenfall zu Richie. Als wir eintraten, nahm Richie Rosie hoch, küsste sie auf die Schnauze und rubbelte ihr den Bauch, während wir in sein Wohnzimmer gingen. Als er sie absetzte, sprang sie auf die Couch, setzte sich auf ihren Schwanz und sah uns beide erwartungsvoll an. Ich nahm das Foto aus meiner Handtasche und reichte es Richie. Er betrachtete es lange Zeit. Dann legte er es auf den Couchtisch. Mir war, als wären die Fältchen um seinen Mund etwas tiefer geworden.

»Ich kenne das Gesicht«, sagte er. »Den Körper kenne ich nicht.«

»Mein Kopf ist natürlich nur draufgeklebt.«

»Genau.«

»Ich brauche deine Hilfe«, sagte ich.

»Ehrlich?«

»Ich habe Angst.«

»Gut zu wissen«, meinte Richie.

»Dass ich Angst habe?«

»Dass du es zugeben kannst.«

»Daran arbeite ich gerade. Und? Wirst du mir helfen?«

»Natürlich.«

Richies Schweigen war tröstlich.

»Du weißt ja von Melanie Joan Hall und ihrem Exmann«, fing ich an.

»Nur das, was du mir erzählt hast.«

»Ich glaube, er hat zwei Frauen getötet. Ich glaube, er betäubt und vergewaltigt seine Patientinnen regelmäßig.«

Richies Gesichtsausdruck veränderte sich nicht, während ich ihm alles erzählte, was ich wusste. Sein Blick ruhte auf mir, während ich sprach – beinahe greifbar, als ob ich ihn auch spüren könnte, wenn ich den Kopf wegdrehte.

»Dann kannst du also nichts davon beweisen?«, fragte er, als ich fertig war.

»Nein.«

»Warum erzählst du den Cops nicht einfach, was du denkst, und wartest ab, ob sie nicht etwas herausfinden?«

»Ich fürchte, sie könnten versagen. Dann wäre er gewarnt.«

Richie nickte.

»Ich könnte dafür sorgen, dass dieses Problem ganz rasch verschwindet«, sagte er.

»Nein.«

»Manchmal ist das Falsche aus den richtigen Gründen gar keine so üble Sache«, meinte Richie.

»Ich will nicht, dass deine Gangsterfamilie meine Probleme löst«, erklärte ich.

»Weil du etwas gegen Gangster hast? Oder weil dir die Kerle Angst gemacht haben und du dich selbst rächen willst?«

»Vielleicht von beidem etwas«, räumte ich ein.

»Aber von mir würdest du Hilfe annehmen?«

»Ja.«

»Weil ich kein Gangster bin?«

»Genau.«

»Und?«, fragte Richie weiter.

»Und weil ich dir vertraue.«

»Warum vertraust du mir?«

Ich ließ mir für die Antwort Zeit.

»Weil ich glaube, dass du mich liebst«, sagte ich.

Ich achtete auf meinen Atem. Rosie saß erwartungsvoll auf der Couch und beobachtete uns. Richie nickte.

»Ich habe Kaffee gemacht«, sagte er. »Willst du welchen?«

»Ja. Fettarme Milch und zwei Stück Süßstoff, wenn du hast.«

»Ich weiß«, sagte Richie.

Er verließ das Wohnzimmer. Ich blieb einen Augenblick stehen und sah ihm nach. Ich hatte das Gefühl, auf dem dünnen Grat emotionalen Gleichgewichts zu ruhen. Dann setzte ich mich auf die Couch und legte den Arm um Rosie. Kurz darauf kam Richie mit zwei großen, weißen Kaffeetassen zurück. Seine behielt er in der Hand, meine stellte er vor mir auf dem Couchtisch ab, neben der Fotomontage von der Nackten mit meinem Gesicht. Dann setzte er sich auf die Couch neben Rosie. Er legte ebenfalls einen Arm um sie und berührte dabei meine Hand.

»Und?«, sagte er. »Was wollen wir tun?«

62

Jeden vierten Sonntag im Monat laden Emma und Phil Randall ihre beiden Töchter zum Abendessen ein. Sie wohnen immer noch in dem rechteckigen, weißen Kolonialhaus mit den sechs Zimmern, das mein Vater 1959 in einer nicht sehr schicken Straße für siebzehntausend Dollar gekauft hat. Er und meine Mutter hatten im ersten Stock in dem bescheidenen Schlafzimmer nach vorn hinaus geschlafen, meine Schwester Elizabeth und ich in den beiden anderen, ziemlich kleinen Schlafzimmern. Elizabeth hatte als Ältere von uns beiden das Zimmer mit den zwei Fenstern bekommen. Es war der vierte Sonntag und wir tranken Cocktails im Wohnzimmer. Meine Eltern verstanden unter einem Cocktail einen Jim Beam Bourbon auf Eis. Bei meinem Vater zeigte er keine Wirkung, aber meine Mutter war nach dem ersten Glas angetrunken. Elizabeth und ich tranken Wein.

»Ich habe Bridge mit den Mädels gespielt«, erzählte meine Mutter. »Ich habe zwei Sans-Atouts geboten und gewonnen. Und da sagt Florence Goddard zu mir: ›Emma, ich habe noch nie erlebt, dass jemand beim Bridge mehr aus einer Hand machen konnte als du.‹«

Ich spiele kein Bridge und wusste nicht, was es heißt, zwei Sans-Atouts zu bieten.

»Du bist ein wahres Wunder«, sagte mein Vater völlig ohne Ironie.

Elizabeth wusste offenbar, was zwei Sans-Atouts bedeutete. Oder sie tat wenigstens so, als ob.

»Das ist gar nicht so schwer, Mutter«, sagte sie.

»Doch, ist es«, widersprach meine Mutter.

Mit jedem Milliliter Bourbon, der in sie hineinfloss, nahm ihre Gewissheit in Bezug auf alles zu.

»Vor allem, wenn man mit so einer Partnerin spielen muss wie ich.«

»Sei doch nachsichtig, Emma«, warf mein Vater ein. »Man kann nicht erwarten, dass alle so gut spielen wie du.«

»Ich weiß«, sagte meine Mutter, »ich weiß. Und Millie ist wirklich ein Schatz.«

Hielt er sie wirklich für eine gute Kartenspielerin? Oder gehörte das zu dem Täuschungsspiel meiner Familie, dass meine Mutter keine Idiotin war?

»Ich habe dieser Tage nicht mehr viel Zeit zum Kartenspielen«, sagte Elizabeth und lächelte Daddy an. »Wo ich doch wieder Verabredungen habe.«

»Und das viele Tennis«, spottete ich.

»Wenn du einen besseren Anwalt gehabt hättest«, meinte Elizabeth, »dann hättest du auch Zeit zum Tennisspielen.«

»Ich wollte keine Alimente«, sagte ich.

»Ich begreife immer noch nicht, was mit deiner Ehe passiert ist, Elizabeth«, fing meine Mutter an. »Das begreife ich bei euch beiden nicht. Warum seid ihr nicht zu mir gekommen und habt mit mir darüber geredet? Ich bin sicher, wir hätten die Sache regeln können.«

Ich sah, wie Daddy lächelte.

»Emma«, sagte er, »soll ich mal nach dem Hühnchen sehen?«

»Ach, zum Teufel mit dem Hühnchen!«, rief sie.

Daddy lächelte wieder, stand auf und ging in Richtung Küche. Ich wäre ihm am liebsten gefolgt.

»Phil«, bat meine Mutter, »bring mir noch einen kleinen Drink mit.«

Daddy nahm ihr im Vorübergehen das Glas ab. Wirklich schade, dass er den Drink nicht mit etwas Wasser abschwächen konnte, aber Bourbon auf Eis lässt sich irgendwie schwer verwässern.

»Nicht zu viel Eis!«, rief meine Mutter.

Ich hatte immer den Verdacht, dass sie absichtlich Bourbon auf Eis trank, weil man ihn nicht verwässern konnte. Sie sah Daddy nach, während er den Drink holte.

»Was geht da drin vor sich, Phil?«, rief sie.

Ich wusste, dass Daddy den Herd so einstellte, dass das Hühnchen nicht verbrutzelte. Meine Mutter war keine gute Köchin und in Wirklichkeit war mein Vater für einen Großteil der Essenszubereitung verantwortlich. Aber wir hielten alle das Bild aufrecht, dass meine Mutter die Küche unter sich hatte. Ich bin mir nicht einmal sicher, ob ihr klar war, dass es nicht so war.

Mein Vater kehrte mit ihrem Drink und einer Flasche Weißwein zurück, aus der er mein Glas und das von Elizabeth auffüllte.

»Wie viele Drinks hattest du schon?«, fragte meine Mutter.

»Mutter«, schmollte Elizabeth, »es ist mein zweites.«

»Es ist nicht gut, wenn junge Leute so viel trinken«, erklärte meine Mutter. »Alte Knochen wie die meinen brauchen etwas Schmierung, aber ihr jungen Leute …« Sie schüttelte den Kopf. »Wie viele Drinks hattest du, Sunny?«

»Ich habe den Überblick verloren«, scherzte ich.

»Ja, ja, du hältst dich für so schlau«, erwiderte sie. »Phil, wie viel hat Sunny getrunken?«

»Eineinviertel Gläser«, sagte Daddy, »seit sie hier angekommen ist. Aber wir wissen nicht, was sie getan hat, bevor sie herkam.«

Das Gesicht meiner Mutter verzog sich schmerzlich. Diesen Blick kannte ich schon mein ganzes Leben lang. Er besagte, dass sie Angst hatte.

»Tja«, sagte sie, »die beiden sind in einem äußerst schwierigen Alter.«

»Mutter, ich bin achtunddreißig«, protestierte Elizabeth.

Elizabeth hatte nie gelernt, einfach mitzuspielen.

»Ein schwieriges Alter«, wiederholte Mutter. »Ein verletzliches Alter.«

Sie trank ein gutes Drittel ihres Bourbons. Zu diesem Zeitpunkt wünschte ich mir immer, dass mein Vater ihr eine Ohrfeige geben und sie zu Bett schicken würde. Und ich war jedes Mal enttäuscht, dass er es nicht tat.

Elizabeth und meine Mutter stritten eine Weile darüber, was man unter einem schwierigen Alter zu verstehen habe. Ich beobachtete meinen Vater. Er schien bei uns zu sein, aber was gesagt wurde, zeigte bei ihm keine Wirkung. Er war freundlich und höflich und nett und innerlich wahrscheinlich weit weg, an dem Ort, an dem er schon immer lebte.

Nach einer Weile aßen wir zu Abend. Das Hühnchen war in Ordnung. Aber die gebackenen Kartoffeln waren zu lange im Ofen gewesen und eingeschrumpelt und das aufgetaute Wintergemüse war innen noch kalt.

63

Ich weiß wirklich nicht, was mit meinem Vater nicht stimmt«, sagte ich.

Ich saß in meinem Sonya-Burke-Outfit in der Praxis, die Beine sittsam nebeneinander gestellt.

»In welcher Beziehung?«, erkundigte sich Dr. Melvin.

Heute trug er einen perfekt geschneiderten, blauen Anzug mit einem leuchtend weißen Hemd, rubinbesetzte Manschetten und eine Krawatte mit schwarz-rotgoldenem Paisleymuster.

»Er … er bietet ihr niemals Paroli.«

»Ihrer Mutter?«

»Genau.«

»Warum wollen Sie, dass er das tut?«

Ich dachte kurz darüber nach. Während der Therapiesitzungen versuchte ich so zu tun, als wüsste ich nichts über Melvin. Ich versuchte, die Situation in die Richtung zu lenken, in der ich sie haben wollte, und dabei auch noch echte Probleme aus meiner realen Lebenssituation anzusprechen. Er war gut. Ich fürchtete, wenn ich nicht authentisch wäre, würde er mich überführen.

»Um mich zu beschützen.«

Melvin lächelte und nickte.

»Vor Ihrer Mutter«, sagte er.

Ich nickte.

»Und wenn er das täte?«, hakte Melvin nach.

»Wie? Wenn er *was* täte?«

»Wenn er sich gemeinsam mit Ihnen gegen Ihre Mutter verbünden würde. Wenn Sie und er in Ihrer Familie das Paar würden …?«

Wir schwiegen, während ich in meiner Psyche kramte oder es wenigstens auf eine Weise versuchte, die diesen Melvin dorthin bringen würde, wo ich ihn haben wollte. Melvin saß schweigend da und sah mich freundlich an, aber mit einem Hauch von Ich-weiß-es-und-Sie-nicht im Gesicht. Das war für einen Seelenklempner höchstwahrscheinlich tabu, und es war auch das erste Mal, dass ich überhaupt etwas in seinem Gesicht lesen konnte.

»Ach Scheiße«, sagte ich nach einer Weile. »Es ist wieder diese Ödipussache, nicht?«

Melvin lächelte und sein Gesichtsausdruck verstärkte sich.

»Als Kind waren Sie nicht bereit, Ihre Mutter in der Familie zu ersetzen«, erklärte Melvin, »der Gedanke hätte Sie entsetzt.«

»Und symbolisch gesehen entsetzt er mich immer noch?«, fragte ich.

Melvin hob die Augenbrauen. Wir schwiegen. Ich nickte ganz langsam mit dem Kopf.

»Ja«, sagte ich, »das ist es. Das ist es, oder nicht?«

»Vielleicht gibt es kein eindeutiges *es*«, lenkte Melvin ein, »aber zweifelsohne ist es ein Aspekt Ihrer Pathologie.«

»Pathologie?«

»Ein Fachwort«, meinte Melvin. »Das braucht Sie nicht zu beunruhigen.«

»Pathologie«, wiederholte ich. »Ich bin pathologisch.«

»Die meisten Menschen, die mich aufsuchen, sind das«, tröstete er mich.

Ich schwieg eine Weile.

Dann sagte ich: »Was machen wir dagegen?«

Ich benutzte dieses »wir« ganz bewusst. Ich wollte sehen, ob er darauf ansprang. Er lehnte sich etwa dreißig Sekunden auf seinem Stuhl zurück und betrachtete mich. Es war ein Blick, der mir das Gefühl vermittelte, nackt vor ihm zu sitzen, während er meine Vorzüge einschätzte.

»Wie sehr vertrauen Sie mir?«, fragte er.

Ich wollte nicht zu eifrig erscheinen. Daher zögerte ich, dachte darüber nach.

»Wie sehr?«, wiederholte ich.

Er nickte ernst.

»Ich vertraue Ihnen vollständig.«

Er lächelte, stand auf, trat hinter meinen Stuhl und legte die Hände auf meine Schultern.

»Sie sind sehr verspannt«, sagte er und massierte mir die Schultern und den Hals. Ich spürte, wie sich mein Magen verkrampfte.

»Entspannen Sie sich«, sagte er leise.

Ich atmete behutsam, war mir dabei der Verspannung in meinen Schultern bewusst und überlegte, wie ich sie entspannen konnte.

»Schon besser«, sagte er. »Fühlen Sie sich auch besser?«

»Ja.«

»Wir brauchen etwas mehr Zeit«, sagte Melvin.

Ich nickte und konzentrierte mich auf meine Entspannung.

»Heute habe ich einen vollen Terminkalender, aber ich könnte Sie am Donnerstagabend empfangen.«

»Am Abend?«, fragte ich.

»Ja. Ich halte mir die Donnerstagabende stets offen«, sagte er. »Nicht alles lässt sich in einem festen Raster von fünfzig Minuten klären.«

Ich nickte. Die schlichte Sonya. Vertrauensselig, entspannt, sicher in der Gegenwart ihres Arztes.

»Haben Sie Zeit?«, fragte er. »Ich bin mir ziemlich sicher, dass ich Sie einen großen Schritt weiterbringen kann.«

»Ja«, erwiderte ich leise, »ja, ich habe Zeit.«

»Gut. Um 19.30 Uhr. Gehen Sie einfach ins Wartezimmer.«

»Und Sie kommen dann aus Ihrem Büro«, sagte ich, »und holen mich.«

»Genau«, erwiderte er. »Wie immer.«

»Ist gut.«

Mir fiel eine Zeile aus einem Lied ein, das mein Vater früher immer gehört hatte, wenn wir mit dem Auto unterwegs waren: *Ich fahr zum Angeln und fang mir eine Forelle*. Ich glaube, es stammte aus der Titelmelodie eines Films. Mel Thorme war der Sänger. Beinahe hätte ich gelächelt.

Ich fahr zum Angeln und fang mir eine Forelle.

64

Nachdem ich Dr. Melvin verlassen hatte, fuhr ich direkt zu Melanie Joans Eigentumswohnung. Unterwegs rief ich Richie an.

»Donnerstagabend«, sagte ich.

»Ist gut.«

»Ich komme heute Abend vorbei, dann besprechen wir das.«

»Ist gut.«

»Geht es Rosie gut?«, erkundigte ich mich.

»Es geht ihr prächtig.«

In der vorangegangenen Nacht hatte es ein wenig geschneit, höchstens zwei Zentimeter, aber es reichte, um alles in Weiß zu tauchen.

»Gefällt ihr der Schnee?«, wollte ich wissen.

»Ja.«

Richie redete nie sehr viel. Ich überließ meinem Wagen dem Portier von Melanie Joan und kündigte mich von der Lobby aus bei ihr an. Sie stand schon in der Tür, als ich aus dem Aufzug trat. Sie trug eine blaue Trainingshose und ein braunes T-Shirt mit einem Harvard-Aufdruck. Ihre Haare waren frisiert und sie war geschminkt.

»Ist Spike da?«, fragte ich, als wir in ihrer Wohnung waren.

»Nein. Heute bin ich den ganzen Tag zu Hause und korrigiere Fahnenabzüge.«

»Gut. Wir müssen nämlich reden.«

»Über das, was ich Ihnen gesagt habe?«, fragte Melanie Joan. »Darüber kann ich nicht reden.«

»Sie müssen mir mehr erzählen. Die Details.«

»Das will ich nicht.«

Ich stand auf, ging quer durch ihr gewaltiges Wohnzimmer und starrte auf den Copley Square. Dann drehte ich mich um und starrte sie an.

»Hören Sie zu«, fing ich an. »Wir können ihn hinter Gitter bringen. Ihn für immer aus Ihrem Leben verbannen. Aber Sie müssen mit mir reden.«

Melanie Joan sah an mir vorbei aus dem Fenster. Sie schüttelte den Kopf.

»Doch«, sagte ich, »Sie werden mit mir reden. Er hat aus Ihrem Leben einen Scherbenhaufen gemacht. Er hat versucht, mir wehzutun. Wahrscheinlich hat er auch zwei Frauen ermordet. Wir haben die Möglichkeit, diesen Hurensohn in den Knast zu bringen. Und wir werden diese Möglichkeit nutzen.«

Ihr Blick wanderte aus der Ferne zu mir. Wir sahen einander einen Augenblick lang an, dann stand sie auf und ging in ihr Schlafzimmer. Würde sie die Tür hinter sich absperren? Nein. Sie kehrte fast sofort mit einer kleinen, braunen, verschreibungspflichtigen Tablettenflasche zurück.

»Ativan«, sagte sie.

Sie ging zum Kühlschrank, nahm eine Flasche Volvic heraus, schüttelte zwei Tabletten auf ihre Handfläche und schluckte sie mit etwas Wasser.

»Ist Ativan ein Beruhigungsmittel?«, fragte ich.

»Ja.«

Wir gingen zurück ins Wohnzimmer und setzten uns.

»Warten Sie einen Moment, bis das Ativan einsetzt«, bat Melanie Joan. Trotz ihres sorgfältig geschminkten Gesichts wirkte sie sehr bleich. »Wie geht es Rosie?«

»Ihr geht es gut. Ich habe sie für eine Weile bei meinem Exmann untergebracht.«

»Damit Sie an meinem Fall arbeiten können?«

»Ja.«

»Sorgen Sie sich um Rosies Sicherheit?«

»Nicht solange sie bei meinem Exmann ist.«

»Spike meinte, er wolle nach seinem Restaurant sehen«, erzählte Melanie Joan. »Aber ehrlich gesagt scheint er nicht sehr besorgt darum zu sein.«

»Spike macht sich generell nur wenig Sorgen«, sagte ich.

»Er ist ziemlich außergewöhnlich.«

»Ziemlich«, gab ich ihr Recht.

»Aber ein sehr guter Gesellschafter.«

»Sehr«, bestätigte ich.

Mir war selbst nicht sehr nach reden. Wir schwiegen uns eine Zeit lang an. Melanie Joans Gesicht wurde allmählich weicher. Ich konnte nicht genau sagen, wodurch dieser Eindruck entstand. Es lag wohl an den Augen.

»Wie war es, als er Sie das erste Mal vergewaltigte?«

»Ich betrachte es eigentlich nicht als Vergewaltigung.«

»Dann das erste Mal, als er Ihnen eine betäubende Substanz spritzte und dann Sex mit Ihnen hatte.«

»Bei Ihnen klingt das so furchtbar.«

»Es ist ja auch furchtbar«, erwiderte ich.

Sie nickte.

»Das erste Mal«, hakte ich nach. »Wo ist es passiert?«

»In seiner Praxis.«

»Warum haben Sie sich dort am Abend eingefunden?«

»Er meinte, er bräuchte bei mir mehr Zeit. Er sagte, manchmal könne man in einem starren Fünfzigminutenraster nicht alles klären.«

Wenn es funktioniert, behalte es bei.

»Und als alle drei versuchten, Sie zu vergewaltigen?«

»Das war auch in seiner Praxis.«

»Wo in seiner Praxis?«, fragte ich.

»Wo?«

»Auf der Couch, auf dem Boden, auf dem Schreibtisch? Wo?«

»Auf der Couch.«

»Hatten Sie eine Handtasche dabei?«

»Eine Handtasche?«

»Hatten Sie eine dabei?«

»Das nehme ich an. Ich habe immer eine Handtasche dabei, Sie nicht auch?«

»Was haben Sie mit der Tasche gemacht?«

»Keine Ahnung.«

»Erinnern Sie sich.«

Melanie Joan senkte den Kopf und bewegte ihn langsam von links nach rechts. Das sollte wohl *nein* bedeuten.

»Erzählen Sie mir von diesem Abend«, bat ich. »Schritt für Schritt.«

Melanie Joan starrte auf den Boden, der Kopf schwang leicht hin und her.

»Er massierte mir den Hals und die Schultern. Er meinte, ich sei verkrampft und müsse mich entspannen. Er fragte: ›Vertrauen Sie mir?‹, und ich sagte: ›Ja.‹ Er sagte, ich solle mich auf die Couch legen, er würde mir etwas zur Entspannung geben. Er meinte, die Therapie würde nicht funktionieren, wenn ich ›verkrampft‹ sei.«

»Und dann hatte er das erste Mal Sex mit Ihnen?«

»Ja.«

»Fahren Sie fort.«

»Also sagte ich: ›Ist gut‹, und legte mich auf die Couch. Ich erinnere mich, dass es sich seltsam anfühlte, sich auf die Couch zu legen.« Sie schwieg kurz und warf den Kopf in den Nacken, dann schaukelte sie ihn wieder hin und her. »Ich erinnere mich, dass ich mich ganz sittsam hinlegte und meinen Rock über die Knie zog.«

»Was haben Sie mit Ihrer Handtasche gemacht?«

Sie schwieg eine Weile.

Dann sagte sie: »Die habe ich auf den Boden gelegt. Auf den Boden neben der Couch. Und dann gab er mir die Spritze. Ich entspannte mich und er … er tastete mich ab.«

Ich wartete. Sie sagte nichts.

»Und?«, bohrte ich.

»Und dann zog er mich aus. Die untere Hälfte. Mein Top ließ er an. Und dann …« Sie zuckte mit den Schultern. »Dann hat er es getan.«

»Und Sie waren sich dessen bewusst?«

»Ja.«

»Aber Sie konnten sich nicht bewegen?«

»Nein. Ich fühlte mich so entspannt. Ich konnte nur daliegen.«

»Konnten Sie sprechen?«

»Ich weiß es nicht. Ich habe es nicht versucht.«

»Hat er sich ausgezogen?«

»Ja.«

»Ganz?«

»Ja. Mein Gott, warum fragen Sie solche Sachen? Sie verhalten sich wie ein Voyeur.«

»Ich muss es wissen«, sagte ich.

»Ich kann nicht mehr.«

»Wir sind fast durch«, versprach ich. »Was geschah, als alles vorbei war?«

»Er zog seine Sachen wieder an, ging zu seinem Schreibtisch, setzte sich und sah mich an.«

»Hat er etwas gesagt?«

»Nicht sofort. Nach einer Weile konnte ich mich wieder bewegen. Ich stand auf und zog mich ebenfalls an. Dann sagte er, es sei richtig gewesen, ihm zu vertrauen. Eine solche Erfahrung mit einem Mann, dem ich völlig vertraute, würde mich einen großen Schritt in Richtung Heilung weiterbringen.«

»Wie lange dauerte es, bis die Wirkung der Spritze einsetzte?«

»Vielleicht fünf Minuten.«

Sie stand auf, ging zum anderen Ende des Wohnzimmers, kehrte zurück und stellte sich vor mich.

»Ich kann nicht mehr. Ich werde nichts mehr sagen.«

»Schon gut«, meinte ich. »Das brauchen Sie auch gar nicht.«

65

Wir saßen an dem runden Glastisch in Richies Küche, während Rosie auf der Couch im Wohnzimmer schlief.

»Was ist, wenn das Dilazaplin nicht wirkt?«, fragte Richie.

»Man hat mir versichert, dass es wirken wird.«

»Ja gut, bei Xactil. Was ist, wenn er dir etwas anderes verabreicht?«

»Dann stürmst du herein und rettest mich.«

»Und woher weiß ich, ob du gerettet werden musst oder nicht?«

»Das gehört zu den Dingen, die wir jetzt herausfinden müssen«, sagte ich.

Richie nickte und lehnte sich zurück, die Hände im Nacken verschränkt. Seine Arme waren sehr muskulös. Das war mir nicht neu. Warum fiel es mir gerade jetzt auf? Warum dachte ich darüber nach, warum es mir auffiel? Vielleicht sollte ich einen Psychiater konsultieren.

»Ich muss die Raumaufteilung kennen«, sagte Richie.

»Wir gehen es gemeinsam durch. Es hilft mir, wenn ich es visualisiere.«

»Dann visualisiere«, sagte Richie.

»Tut mir Leid, in letzter Zeit war ich sehr viel mit Seelenklempnern zusammen.«

»Schon bald wird es einer weniger sein«, versprach Richie.

»Das hoffe ich.«

Wir standen auf und gingen ins Wohnzimmer. Rosie schnarchte. Sie öffnete ihre Augen gerade lange genug, um zu sehen, dass wir keinen Aktivitäten mit einem Ball oder einem Keks nachgingen, dann schloss sie die Augen wieder und schnarchte weiter.

»Sein Haus geht zur Straße. Ein großes viktorianisches Gebäude mit einer Veranda.«

»Zwei Stockwerke?«

»Zwei plus ein Dachgeschoss. Möglicherweise gibt es da oben noch weitere Zimmer. Die Praxis liegt nach hinten. Es gibt einen Weg ...« Wir schritten durch das Wohnzimmer. Ich ging rechts am Couchtisch vorbei und öffnete eine imaginäre Tür. »Ich gehe jetzt hinein.«

»Die Tür ist nicht abgeschlossen?«, fragte Richie.

»Nein. Es gibt ein kleines Wartezimmer und eine Treppe. Der Praxisraum liegt im ersten Stock.«

»Woher weißt du, wann du hochkommen sollst?«

»Er tritt ans Kopfende der Treppe und sagt ›Kommen Sie‹ oder etwas in der Art.«

»Kann er von da oben das ganze Wartezimmer überblicken?«

»Nein. Dort kann man von der Treppe aus nicht gesehen werden.«

»Also gut«, meinte Richie, »dann sagt er also ›Kommen Sie‹ und du steigst die Treppe hoch.«

»Die Treppe hat einen Absatz.« Ich ging zurück durch das Wohnzimmer und zeigte mit der rechten

Handfläche die Richtungen an. »Am Treppenkopf ist ein Flur, da geht man rechts« – ich tat es – »und betritt seine Praxis.« Ich machte zwei Schritte und blieb stehen. »Er hält die Tür für mich auf und schließt sie hinter mir. Sein Schreibtisch steht ungefähr da« – ich zeigte nach schräg rechts –, »dann setzt er sich und ich sitze ihm gegenüber auf einem Stuhl. Die Couch befindet sich hinter mir.«

»Wie verläuft das Zimmer?«, fragte Richie.

»Wie meinst du das?«

»Ist das Zimmer mehr oder weniger eine Verlängerung des Flurs oder ist es wie der Querbalken bei einem T?«

»Wie bei einem T«, sagte ich.

»Beschreib mir den Flur.«

Ich schloss die Augen und gestikulierte. »Er verläuft zur Linken. Eine Tür am Ende des Flurs, eine Tür links von der Treppe, eine Tür direkt gegenüber.«

»Richie zog einen Bic-Stift und einen gelben Schreibblock mit blauen Linien aus einer Schublade.

»Zeichne es mir auf«, bat er.

Ich setzte mich wieder an den Tisch und fertigte eine Skizze an. »Die Zeichnung ist ziemlich mies«, meinte ich.

»Allerdings«, gab Richie mir Recht. »Wo befindet sich die Couch?«

»Gleich links, wenn man eintritt.«

Ich zeigte mit dem Stift auf die Stelle.

»Und was ist in diesem Zimmer?«, fragte Richie.

Er sprach von dem Raum direkt gegenüber der Treppe.

»Keine Ahnung«, erwiderte ich.

»Hat die Tür ein Schloss?«

Ich machte die Augen zu. Nach kurzem Nachdenken verneinte ich.

»Was ist mit dem Rest des Hauses?«

»Keine Ahnung.«

»Wohnt da jemand?«

»Ist mir nicht aufgefallen.«

»Ich wäre ruhiger, wenn du eine Waffe tragen würdest«, meinte Richie. »Oder ein Abhörgerät. Oder beides.«

»Du wärest ruhiger, wenn du neben mir in der Praxis sitzen könntest. Und ich auch«, sagte ich, »aber ich muss diesen Kerl so weit gehen lassen, dass wir ihn in der Hand haben, und ich fürchte, er würde es merken, wenn ich eines von beiden bei mir trüge.«

»Du willst zulassen, dass er dich abtastet?«

»Ich werde zulassen, dass er sich selbst belastet«, erklärte ich. »Ich gehe so weit, wie ich es aushalte.«

Richie atmete langsam aus und rieb sich die breiten Hände.

»Ich auch«, sagte er.

66

Rosie blieb bei Richie. Ich fuhr nach Hause, schlief aber nicht sehr viel. Mittwochmorgen kam Meyer, der State Cop, gleich nach dem Frühstück vorbei.

»Wo ist Ihr Hund?«, fragte er.

»Im Urlaub.«

Er nickte. »Der Gerichtsmediziner hat sich Kim Crawfords Leiche noch einmal vorgenommen, mit einem Vergrößerungsglas.«

»Und?«

»Sie hatten Recht. Es gibt eine kleine Einstichstelle.«

»Wo?«, fragte ich.

Er sah mich nicht an.

»In ihrem …« Er schwieg, suchte nach dem passenden Begriff.

»Versteckt unter ihrem Schamhaar«, sagte er.

»War sie angezogen, als Sie sie fanden?«

Meyer schüttelte den Kopf.

»Sie lag im Bett. Nackt. Nur vom Laken zugedeckt.«

»Und der Hund?«

»Lag neben dem Bett mit dem Kopf auf ihrer Hüfte.«

»Anzeichen für sexuellen Verkehr vor ihrem Tod?«, fragte ich.

»Nein.«

»Dieser Hurensohn!«

Meyer sah mich mit erhobenen Augenbrauen fragend an. Diese Technik schien sich auszubreiten.

»Er ging zu ihr und überzeugte sie davon, dass sie Sex haben würden. Doch als sie ihre Kleider ausgezogen hatte und auf dem Bett lag, stieß er mit einer Spritze zu.«

»Anstatt«, ergänzte Meyer.

»Genau. Dann stand er auf, zog sich wieder an, tätschelte dem Hund wahrscheinlich noch den Kopf und ging. Bald darauf war sie tot.«

»Vielleicht hat er auch gewartet, um ganz sicher zu sein«, meinte Meyer.

»In dem Fall stand er auf, zog sich an, setzte sich und sah ihr beim Sterben zu, bevor er den Hund tätschelte und ging.«

»Wir können nicht beweisen, dass sie sich nicht selbst gespritzt hat.«

»Würden Sie sich da unten eine Spritze setzen?«

»Grundgütiger, nein!«

»Ich auch nicht«, sagte ich.

Meyer beugte sich auf meinem Sofa vor, stützte sich mit den Ellbogen auf den Schenkeln ab und faltete die Hände. In dieser Haltung musste er den Kopf in den Nacken legen, wenn er mich ansehen wollte.

»Dann haben wir es also nicht mit einem möglichen Herzinfarkt zu tun, sondern mit einem möglichen Mord«, konstatierte er.

Ich nickte.

»Bei einem möglichen Mord kann ich Ihnen nicht viel Freiraum lassen«, erklärte Meyer.

»Ich weiß.«

»Wie heißt der Arzt?«

»Geben Sie mir noch einen einzigen Tag Freiraum«, bat ich. »Ich wette, der Bericht des Gerichtsmediziners wurde noch gar nicht offiziell eingereicht.«

»Noch einen Tag?«

»Bis Freitag«, sagte ich. »Am Freitag gebe ich Ihnen alles, was ich habe.«

»Das sind aber zwei Tage«, entgegnete er.

»Heute zählt nicht«, sagte ich. »Geben Sie mir einfach nur den Donnerstag.«

Meyers gefaltete Hände zuckten zwischen seinen Schenkeln. Sein Kopf bewegte sich im selben Rhythmus. Er sog an der Unterlippe. Dann lächelte er.

»Also gut«, sagte er. »Sie geben mir am Freitag alles, was Sie haben.«

»Versprochen.«

»Klar.«

Er zog eine Visitenkarte aus seiner Hemdtasche und reichte sie mir.

»Falls sich etwas ergibt, rufen Sie mich an. Falls jemand Handschellen angelegt werden sollen, dann will *ich* das tun.«

»Ich rufe Sie ganz bestimmt als Ersten an.«

»Und sagen Sie Ihrem Alten Herrn viele Grüße von Normy Meyer.«

67

Ich fuhr zum South End, um Spike zu besuchen.

»Willst du eine heiße Schokolade?«, fragte Spike.

»Heiße Schokolade?«

»Ja. Ich mache sie selbst.«

»Ich habe noch nie selbst gemachte heiße Schokolade getrunken.«

»Dann wird es aber Zeit«, meinte Spike.

Ich saß am Küchentisch in Spikes Eigentumswohnung, während er Schokolade im Wasserbad zum Schmelzen brachte.

»Wenn du selbst gemacht sagst, dann meinst du auch selbst gemacht«, scherzte ich.

»Ich hatte genug von Nestlé Quik.«

»Das Rezept meiner Mutter.«

Spike nickte und rührte die Schokolade vorsichtig mit einem Holzlöffel um.

»Mal abgesehen von der heißen Schokolade und der Chance, meinen Körperbau zu bewundern und dir zu wünschen, dass ich hetero wäre – was hat dich auf die andere Seite des Kanals getrieben?«, wollte Spike wissen.

»Ich könnte dich zum Hetero machen«, behauptete ich.

»Nur in deinen Träumen. Also, was willst du?«

»Ich brauche jemanden, der sich um Rosie kümmert. Falls mir etwas zustößt.«

»Käme da nicht eher Richie in Frage?«

»Falls mir und Richie etwas zustößt.«

Spike rührte weiter um, drehte jedoch den Kopf und starrte mich an.

»Du willst diesem verdammten Doktor das Handwerk legen, stimmt's?«

Ich nickte.

»Und Richie wird dir dabei helfen.«

Ich nickte.

»Und es ist gefährlich.«

»Unter Umständen«, räumte ich ein.

Spike nickte nachdenklich. »Wenn ich etwas Gefährliches vorhätte, dann würde ich mir auch Richie als Partner aussuchen.«

»Klar.«

»Natürlich nehme ich Rosie«, sagte Spike. »Sie liebt mich. Und ich liebe sie. Sie würde es gut bei mir haben.«

»Sie würde ihre Mommy vermissen.«

»Eine Zeit lang, aber sie würde sich dran gewöhnen.«

»Ja.«

»Kann ich dir bei diesem gefährlichen Unterfangen helfen?«, fragte Spike.

»Nein, danke. Aber du musst bei Melanie Joan bleiben. Morgen den ganzen Tag, einschließlich morgen Abend, und auch Freitag, bis du von mir hörst.«

»Dann geht es also am Donnerstag über die Bühne«, spekulierte Spike.

»Ja.«

»Und wenn ich nichts von dir höre?«

»Rosie ist in Richies Wohnung. Ich gebe dir die Adresse und einen Schlüssel.«

»Okay.«

»Und sag Richies Vaters, was immer auch passiert sein mag, John Melvin ist daran schuld.«

Spike wendete sich wieder seiner heißen Schokolade zu und goss einen dünnen Strom Milch aus einem Kännchen in den inneren Topf, während er unablässig weiter mit dem Holzlöffel umrührte.

»Das wäre dann das Ende von John Melvin«, meinte er beim Rühren.

»Man darf nicht zulassen, dass er einfach so weitermacht.«

»Ich wette, du könntest diese Vereinbarung mit Desmond Burke treffen, ohne dafür deinen Hintern zu riskieren.«

»Nein.«

»Die Tochter eines Cops.«

»Es ist mehr als nur das.«

»Ich weiß«, sagte Spike, »ich weiß.«

68

Mit Mühe stand ich den restlichen Mittwoch und den ganzen Donnerstag durch. Am frühen Donnerstagabend fuhr ich in der Dämmerung zu Richies Eigentumswohnung. Es regnete leicht, und die letzten Reste des Schnees, der zuvor gefallen war, wurden weggespült. Alles funkelte: die Scheinwerfer auf den nassen Straßen, die roten Rücklichter, die Feuchtigkeit auf den roten Backsteinhäusern. Je näher der Termin rückte, desto stiller wurde ich. Mein ganzes Selbst war still. Mein Atem ging leicht. Mein Herz schlug leise. Mein Geist war fast leer.

Als ich ankam, stellte ich meinen Koffer ab und Richie und ich nahmen Rosie mit auf einen langen Spaziergang am Ufer. Rosie trottete wichtigtuerisch vor uns her. Der Regen fiel nicht stark genug, um sie zu entmutigen. Anfangs schwiegen wir.

»Bist du ganz sicher, dass du das durchziehen willst?«, fragte Richie nach einer Weile.

Er trug eine Lederjacke und eine schwarze Mütze der Chicago White Sox. Der Regen fiel ausdauernd. Wir kamen am Lewis Wharf vorbei.

»Ich muss es tun«, sagte ich.

Ich war ebenfalls in Schwarz, hatte den Kragen meines Trenchcoats hochgeschlagen, trug Jeans und Stiefel und einen Filzhut mit breitem Rand, damit meine Haare nicht nass wurden.

»Keine Waffe, kein Abhörgerät?«, fragte Richie.

»Nein.«

Am Ufer stand ein großer, breiter, reich verzierter Stuhl, an zwei aufrechten Granitfelsen befestigt. Rosie blieb stehen, um einen der Felsen einer genauen Inspektion zu unterziehen. Sie schnüffelte sich einmal um den ganzen Granit herum.

»Wenn ich auf eine verschlossene Tür treffe, trete ich sie ein«, sagte Richie.

»Genau.«

»Ich werde keinerlei Risiken eingehen, was dich betrifft.«

»Ich weiß. Ich will ihn überführen, aber ich will dafür weder vergewaltigt noch ermordet oder gar beides werden.«

Rosie schien zufrieden mit dem, was sie über den Granitfelsen erfahren hatte, und lief flott weiter.

»Vielleicht sind seine Freunde anwesend«, sagte ich.

»Ich könnte mir denken, dass meine Ausbildung härter war als ihre«, erwiderte Richie.

Wir schwiegen wieder. Als wir zum Marriott kamen, drehten wir um und gingen zurück zu Richies Wohnung.

»Vergiss aber nicht: Das sind kranke und gefährliche Menschen«, warnte ich ihn.

»Ich weiß.«

Mittlerweile war es dunkel. Aus dem Nieselregen war ein Schauer geworden, der Rosie nicht gefiel. Sie sah ängstlich zu mir zurück, dann lief sie etwas schneller.

»Ich habe meinem Onkel Felix gesagt, dass es Melvin war, falls uns was passieren sollte«, erzählte Richie.

Ich lächelte. Richie sah mich im Lichterglanz der Stadt an.

»Warum lächelst du?«, fragte er.

»Ich habe Spike gebeten, deinem Vater dasselbe auszurichten.«

»Was hat er darauf erwidert?«

»Er meinte, wir könnten wahrscheinlich dafür sorgen, dass deine Familie etwas unternimmt, auch ohne ein Risiko einzugehen.«

»Könnten wir«, bestätigte Richie.

»Ich kann das nicht.«

»Ich weiß.«

Rosie lief jetzt so flink sie nur konnte, denn mittlerweile schüttete es. Sie wuselte so schnell nach Hause, wie sie mich hinter sich herziehen konnte.

»Ich denke nicht, dass ich das ohne dich schaffen würde«, sagte ich.

»Gut, dass du es nicht musst«, meinte Richie.

»Es ist eine Erleichterung, dir zu sagen, dass ich Hilfe brauche«, räumte ich ein.

»Es ist auch eine Erleichterung, das zu hören«, meinte Richie.

69

Wir saßen in meinem Wagen. Es war 19.20 Uhr. Wir waren etwas früher gekommen, damit wir die Nachbarschaft von Melvins Praxis abfahren konnten. Ich trug wieder mein Sonya-Burke-Outfit. An diesem Abend hatte ich mich für einen Karorock und eine sittsame, weiße Bluse entschieden. Ich nahm einen Kaugummi aus meiner Handtasche, riss ein Stück ab und fing an zu kauen.

»Da ist der Porsche«, sagte ich.

»Bist du sicher?«

»Ich erinnere mich an das Kennzeichen.«

»Dann soll es also eine Gruppenvergewaltigung werden.«

Um 19.25 Uhr blieb ich hinter einer Ecke stehen, außer Sichtweite von Melvins Haus. Richie und ich sahen uns einen Augenblick lang an. Wir waren es oft durchgegangen. Es gab nichts mehr zu sagen. Richie streckte die Hand aus. Ich nahm sie und wir hielten uns einen Augenblick fest. Dann stieg er aus und ich fuhr um die Ecke und parkte vor Melvins Praxis. Ich nahm den Kaugummi aus dem Mund, wickelte ihn um meine Dilazaplin-Tablette und versteckte ihn in meiner Wange.

Als ich ins Wartezimmer ging, achtete ich darauf, dass die Tür offen blieb, indem ich etwas Klebestreifen über den Riegel klebte. So konnte er nicht einrasten. Das Licht im Innern machte die Dunkelheit draußen noch unnachgiebiger. In der Ecke stand eine Maschine, die ein weißes Rauschen von sich gab. Einige Exemplare des *New Yorker* lagen auf dem kleinen Lesetisch zwischen den beiden Stühlen. Ich sah sie mir nicht an. Ich setzte mich, die Handtasche im Schoß, die Knie zusammengepresst und die Knöchel gekreuzt, wie eine Schauspielerin, die sich in ihre Figur hineindenkt. Dabei atmete ich langsam und tief, versuchte, meine Schultern zu entspannen. Das Rauschen der Maschine unterstrich die Stille. Ich konzentrierte mich, sagte mir selbst Richies Namen vor: *Richie Burke*, *Richie Burke*, *Richie Burke*. Wie immer hörte ich keine Schritte, er stand einfach plötzlich am Kopfende der Treppe.

»Kommen Sie hoch!«, rief er, wie er es immer tat.

Ich stieg die Treppe hoch, gelangte an den Treppenabsatz, dann ans Kopfende. Er stand neben der Tür, winkte mich durch, trat nach mir ein und schloss hinter sich die Tür. Verriegelte er sie auch? Ich ging zu dem Stuhl, auf den ich mich immer setzte. Melvin nahm wie immer an seinem Schreibtisch Platz. Er lehnte sich zurück und lächelte mich an.

»Soll ich etwas sagen?«, fragte ich. »Wie in einer normalen Sitzung?«

»Für gewöhnlich reden Sie und ich höre zu«, erwiderte Melvin.

Sein Lächeln intensivierte sich. Er war so ein attraktiver Mann. Es war beruhigend, wenn er lächelte.

»Doch heute werde ich kurz etwas sagen«, fuhr er fort.

Ich nickte. »Natürlich.«

»Wir beide, Sie und ich, haben herausgefunden – und da haben Sie übrigens ganz Beeindruckendes geleistet –, dass der erste Mann in Ihrem Leben wie bei den meisten Frauen Ihr Vater war.«

Ich nickte. Meine Handtasche im Schoß, die Hände gefaltet, die Knie zusammengepresst und die Knöchel gekreuzt, beugte ich mich ein wenig vor. Ich schaute ihn gefesselt an.

»Normalerweise hält die starke Präsenz der Mutter eine Frau davon ab, sich die Fantasien bezüglich ihres Vaters klar zu machen. Nämlich dass sie ihn besitzen möchte. Was natürlich im wirklichen Leben entsetzlich wäre.«

Ich nickte fünf Mal, um zu zeigen, dass ich völlig verstanden hatte.

»In Ihrem ganz speziellen Fall machte die Unzulänglichkeit Ihrer Mutter, die Sie deutlich wahrnahmen und die Ihr Vater, wie Sie aus Beobachtung wussten, ebenfalls wahrnahm, die tatsächliche Aneignung Ihres Vaters auf erschreckende Weise möglich.«

»Aber nicht in Wirklichkeit«, entgegnete ich.

»Nein, nicht als phänomenologische Tatsache, aber als überaus reale Möglichkeit für Ihr Unterbewusstsein.«

Ich nickte nochmals. Die Erkenntnis dämmerte.

»Während Sie sich also die Fürsorge und Liebe Ihres Vaters wünschten und sie brauchten, lernten Sie, ihn auf Distanz zu halten, und erfanden Wege, das zu tun.«

»Und diese Art von Abweisung und Zuneigung übertrug ich auf meine Beziehung zu allen Männern.«

»Ganz genau.« Melvin lehnte sich zurück, während ich darüber nachdachte.

»Ja«, meinte ich, »ja, das stimmt. Ich weiß, dass es so ist. Ich weiß es nicht nur vom Kopf her, sondern ...«

»Auch vom Bauch«, warf Melvin ein.

»Ja.«

»Gut.«

Wir schwiegen einen Augenblick, dann beugte er sich auf seinem Stuhl nach vorn, stützte sich mit den Ellbogen auf den Armlehnen ab und faltete die Hände.

»Um dieses Muster aufzubrechen, müssen Sie lernen, einem Mann völlig zu vertrauen«, sagte er. »Vertrauen Sie mir?«

»Ja.«

»Völlig?«

»Ja.«

»Gut«, meinte er. »Ich möchte, dass Sie sich jetzt für mich auf die Couch legen.«

Ich starrte ihn so lange an, wie es mir richtig schien, dann stand ich wortlos auf, ging zur Couch, stellte meine Handtasche auf den Boden und legte mich hin. *Richie Burke, Richie Burke, Richie Burke.*

»Gut«, sagte er. »Würden Sie sich jetzt für mich ausziehen?«

»Ausziehen?«

»Ja.«

Ich sah an die Decke. Sie war mit einem Muster aus sich wiederholenden Wirbeln tapeziert.

»Äh ... ganz?«, fragte ich.

»Ja.«

»Ich ... Doktor ... warum soll ich mich ausziehen?«

»Sie müssen mir vertrauen«, forderte er.

»Das ist mir peinlich.«

»Ich weiß«, meinte er, »das ist auch verständlich. Ich gebe Ihnen etwas, um sich zu entspannen.«

»Entspannen?«

»Ja. Sie werden wach sein und alles mitbekommen, was passiert, aber ruhiger sein. Und Sie werden leichter auf die Therapie reagieren.«

»Sie halten das wirklich für notwendig?«

»Wenn Sie dazu in der Lage sind, können wir diesen Kreislauf der Ambivalenz ein für alle Mal aufbrechen«, erklärte er. »Heute Nacht!«

Ich schwieg eine Weile, betrachtete die Wirbel an der Decke. Dann holte ich tief Luft.

»Na gut«, sagte ich. »Wenn Sie meinen.«

»Das meine ich.«

»Na gut.«

Er stand auf und ich hörte, wie er durch den Raum ging. Währenddessen pulte ich mit der Zunge die Dilazaplin-Tablette aus ihrer Kaugummihülle.

»Reichen Sie mir Ihren Arm«, bat er. Ich tat es.

Er tauchte einen Wattebausch in Alkohol.

»Es wird nicht wehtun«, beruhigte er mich. »Nur ein winziger Stich.«

Ich spürte den Stich der Spritze und schluckte die Tablette. Melvins Stimme wurde tiefer.

»So ist es gut, liegen Sie einfach still da. Bald werden Sie spüren, wie sich die Entspannung in Ihrem Körper ausbreitet.«

Ich lag reglos. Ich fühlte mich ein wenig zittrig in der Brust – wahrscheinlich die Anspannung. Ansonsten spürte ich nichts. Er stand neben mir und beobachtete mich wortlos. Ich ließ die Augenlider schwer werden und sah ihn durch die schmalen Schlitze an. Dann sah ich, wie er sich mit der Zungenspitze über die Unterlippe fuhr.

»Wie fühlen Sie sich?«, fragte er.

Ich gab mir Mühe, langsam und mit schwerer Zunge zu sprechen.

»Ich fühle mich schläfrig.«

»Gut. Das war zu erwarten. Heben Sie bitte Ihren rechten Arm für mich.«

Ich dachte an das, was ich über Xactil und seine Wirkung gelernt hatte. Es war genug Zeit verstrichen. Ich ruckelte leicht an meinem Arm, ließ ihn dann aber reglos liegen.

»Kann nicht«, lallte ich.

»Sehr gut«, sagte Melvin.

Seine Stimme war so weich und wohlig wie Karamellsoße. Durch meine Augenschlitze wirkte sein Gesicht ein wenig feucht auf mich. Vielleicht lag Schweiß auf seiner Oberlippe. Er trat einen Augenblick an seinen Schreibtisch, dann ging die Praxistür auf und zwei Männer kamen herein. Ich wusste, es würden Dirk Beals und Barry Clay sein. Sie waren es.

»Ist sie so weit?«, fragte Beals.

»Ja.«

Clay trat an mich heran und sah auf mich herab. »Wie geht es dir, Schätzchen?«

Ich öffnete die Augen, sah zu ihm auf und sagte nichts.

»Sie kann uns hören«, meinte Clay.

Melvin erwiderte: »Natürlich.«

»Und sehen.«

»Ja.«

»Aber sie kann sich nicht bewegen«, sagte Beals.

»Das stimmt«, antwortete Melvin.

Die drei stellten sich um die Couch herum und lächelten auf mich herab. Ich sah zu ihnen auf und bewegte mich nicht. Melvins Gesicht war eindeutig feucht. Ich konnte alle drei Männer atmen hören.

Melvin sagte: »Wir haben einen besonderen Genuss für dich, Sonya.« Seine Stimme klang heiser.

»Lehn dich zurück«, sagte Beals, »entspann dich und genieß den Flug.«

Die drei Männer lachten und zogen sich aus. Sie legten alle Kleidungsstücke ab. Melvin faltete seine Sachen ordentlich und legte sie auf den Schreibtisch, die anderen beiden ließen sie einfach dort liegen, wo sie hinfielen. Nackt stellten sich die drei im Halbkreis um die Couch, so dass ich sie sehen konnte. Ohne Kleidung schauten sie auch nicht besser aus.

»Drei weise Männer aus dem Morgenland«, scherzte Clay, »reich beladen mit Geschenken.«

Ich wollte mich nicht bewegen und war mir daher nicht einmal sicher, ob ich es überhaupt konnte. Aber ich fühlte mich absolut wach, darum hatte ich noch Hoffnung. Ich fragte mich, ob Richie in der Nähe war. Ich wusste, wenn ich nach Ablauf von fünfzig Minuten nicht auftauchte, würde er mich retten. Ich war seit etwa zwanzig Minuten in der Praxis. In den nächsten dreißig Minuten konnte noch viel passieren. Die drei Männer stellten sich, wie es schien, in einer Phalanx um mich herum auf. In ihrer Verderbtheit lag etwas Gemeinschaftliches, als ob sie einander halfen, das Abenteuer zu genießen. Alle für einen und einer für alle.

»Jetzt sind Sie an der Reihe, Sonya«, verkündete Melvin.

Ich lenkte meinen Blick auf ihn, dann zu den anderen. Er nahm den Saum meiner Bluse und zog sie über meine Hüfte. Sein Gesicht war jetzt rot und schweißbedeckt. Die anderen Männer waren ebenfalls rot. Sie waren allesamt erregt. Ich spürte meine Anspannung in jeder Nervenfaser. Meine Beine fühlten sich steif an. Ebenso meine Schultern und mein Hals. Meine Brust war verkrampft. Ich hatte Probleme mit dem Atmen.

»Schöne Beine«, lobte Clay.

»Wie ein Frühlingsmorgen«, meinte Beals.

»Man möchte sie ohne alles sehen.«

»Aber hallo«, versicherte Clay.

Beide Männer kicherten.

»Es ist an der Zeit«, sagte Melvin. Seine Stimme klang jetzt ganz rau. »Zeit, sich frei zu machen, Sonya.«

»Zeit, gefickt zu werden, Sonya«, ergänzte Beals.

Melvin sah seine beiden Kumpels an. Und lächelte.

»Meine Herren«, sagte er. »Bitte schön.«

Er trat zurück und sah zu. Es erinnerte an eine Choreographie. Sie hatten das schon zuvor getan. Clay und Beals standen jetzt zu beiden Seiten der Couch. Jeder legte einen Daumen unter den Bund meiner Nylonstrumpfhose. An diesem Punkt stieß ich an meine Grenzen. Ich rammte meinen Ellbogen in die Gegend, in der ich Beals' Schritt vermutete, und rollte mich von der Couch auf die Seite, auf der meine Handtasche lag.

So laut ich konnte, brüllte ich: »Richie!« Ich zog meine Waffe aus der Tasche, hielt sie mit beiden Händen fest und zielte auf Melvin. Ich spürte, wie ich zitterte.

Beals krümmte sich schmerzverzerrt nach vorn. Clay und Melvin standen wie in einem Standbild festgefroren. Die Tür zu Melvins Praxis wurde aufgestoßen und Richie kam mit einer Waffe in der Rechten und einer kleinen Videokamera in der Linken hereingestürmt. Er sah mich einige lange Sekunden an, dann hob er die Videokamera hoch und filmte die drei Männer, die nackt vor ihm standen.

»Sie da drüben«, rief er Beals zu, »schauen Sie in die Kamera!«

Beals blieb weiter nach vorn gekrümmt. Richie steckte die Waffe in sein Halfter, trat vorsichtig hinter mich und packte Beals an den Haaren. Er riss Beals' Kopf hoch und filmte zehn Sekunden lang sein Gesicht in Nahaufnahme. Dann ließ er ihn los und trat wieder vor mich.

»Alles in Ordnung?«, fragte er.

»Es geht mir gut«, sagte ich.

»Sind sie weit gekommen?«

»Sie haben meinen Rock hochgezogen.«

Richie nickte. »Welcher ist Melvin?«

»Der distinguiert aussehende Herr am Schreibtisch mit dem lächerlichen, kümmerlichen Penis.«

Richie legte die Videokamera auf die Couch neben mir und ging quer durch den Raum zu Melvin. Er blieb so nah vor ihm stehen, dass ihre Körper sich beinahe berührten. Er starrte ihm einen Moment in die Augen. Melvin erwiderte den Blick.

»Sie verstehen nicht«, begann Melvin. »Das ist eine Therapie ...«

Richie hieb ihm mit der Linken punktgenau aufs Kinn. Es war ein kurzer Haken, aber Melvin fiel rücklings über den Schreibtisch und rutschte gegen den Schreibtischstuhl, der daraufhin quer durch den Raum rollte. Melvin landete in Seitenlage auf dem Boden. Ich spürte eine große Erleichterung in meinen Eingeweiden, als ob ich ihn mit eigener Hand geschlagen hätte. Richie ging zur Tür, lehnte sich gegen den Türknauf und rieb sich die Fingerknöchel, die beiden anderen Männer fest im Blick. Melvin, der nackt auf dem Boden lag, bot einen jämmerlichen Anblick. Er wimmerte.

»Ich gebe Ihnen Geld«, flehte Beals. »Ich habe viel Geld.«

Richie starrte ihn an.

»Ich habe viel Geld«, wiederholte Beals.

Mit gepresster Stimme sagte Clay: »Ich auch. Ich gebe Ihnen auch Geld, lassen Sie uns nur gehen.«

Richie sah mich an. »Willst du ihr Geld?«

»Nein.«

»Ich sage als Zeuge aus«, erklärte Beals. »Ich weiß alles über John. Ich kann es Ihnen erzählen.«

»Er hat das alles arrangiert«, bestätigte Clay.

»Das Schiff scheint unterzugehen«, meinte Richie.

»Zumindest gehen die Ratten von Bord«, ergänzte ich.

»Ich kann Ihnen alles erzählen«, wiederholte Beals.

Immer noch die Waffe in der Hand, ging ich zu Melvins Schreibtisch, nahm den Hörer ab und wählte eine Nummer, die ich extra für diesen Augenblick auswendig gelernt hatte.

»Sie hatten Ihre Chance«, schmetterte ich Beals ab.

Beim zweiten Klingeln wurde abgenommen. »Mordkommission.«

»Geben Sie mir Detective Meyer«, bat ich, »Norman Meyer.«

70

Ich würde heute Nacht gern hier bleiben«, sagte ich zu Richie in seiner Wohnung, nachdem wir genug Zeit damit verbracht hatten, Rosie zu begrüßen, und sie sich wieder auf der Couch niedergelassen hatte.

»Klar«, sagte er.

»Ist das ein Problem für Carrie?«

»Ich habe das mit Carrie erst mal auf Eis gelegt, solange diese Sache hier lief.«

Wir standen vor seinem großen Panoramafenster mit Blick auf den Hafen. Ein Polizeiboot mit Blaulicht am Bug glitt lautlos über das schwarze Wasser.

»Warum?«

»Weil du Hilfe gebraucht hast.«

»Ich möchte nicht mit dir schlafen«, stellte ich klar.

»Es gibt ein Gästezimmer.«

»Das heißt aber nicht, dass ich nie wieder mit dir schlafen will.«

»Ich weiß«, meinte Richie. »Wie fühlst du dich?«

»Verletzlich … beschmutzt … ängstlich … wütend.«

»Habe ich mir gedacht.«

»Am liebsten würde ich mich in mich selbst einrollen. Wie ein Gürteltier.«

»Verstehe.«

Ein Tanker schob seine fünf Stockwerk hohe Masse

lautlos durch den Hafen in Richtung der Entladestellen am Mystic River.

»Als ich da drin war, nach der Injektion, da wusste ich nicht, ob ich mich wirklich würde bewegen können. Ich musste doch stillhalten, um mitzuspielen, und ich wusste nicht, ob ich, wenn ich nicht länger mitspielen wollte …«

»Ich bin direkt nach dir reingekommen«, sagte Richie. »Ich habe in dem kleinen Raum oben an der Treppe gewartet. Mit dem Ohr an der Wand.«

»Konntest du etwas hören?«

»Ich habe dich brüllen gehört«, sagte Richie.

Mich schauderte. »Und wenn du mich nicht gehört hättest?«

»Dann wäre ich achtundzwanzig Minuten später hereingestürmt.«

Wir schwiegen beide. Der Tanker fuhr langsam. Er war weit weg und still, glitt wie etwas Riesiges und Furchteinflößendes über das beinahe regungslose Wasser. Richie legte den Arm um meine Schultern.

»Du magst zwar wie Meg Ryan aussehen«, sagte er, »aber du bist zäher als mein Onkel Felix.«

Ich spürte, wie ich zitterte, als ob mir kalt wäre. Mir war kalt.

»Setz dich zu Rosie und mir auf die Couch«, bat ich.

»Klar.«

Ich setzte mich und nahm Rosie auf meinen Schoß. Richies Schulter berührte meine. Er legte den Arm um mich und ich schmiegte mich an Rosie. Eine Zeit lang sprachen wir nicht.

»Ohne dich hätte ich es nicht geschafft«, sagte ich schließlich.

»Aber natürlich hättest du das. Du hattest ja schon deine Waffe gezogen und die Kerle fest im Griff, als ich hereinkam. Ich habe nur noch ein paar Bilder von ihnen gemacht.«

»Und Dr. Melvin geschlagen.«

»Und Dr. Melvin geschlagen«, bestätigte Richie.

»Ich weiß nicht, ob ich dich brauchte, um sie zu überwältigen. Vielleicht nicht. Aber als ich da drin auf der Couch lag und er mir diese Spritze in den Arm jagte, da konnte ich nur an dich denken. Die ganze Zeit habe ich deinen Namen aufgesagt. Richie Burke. Wie ein Mantra.«

»Rückendeckung ist was Feines«, meinte Richie.

»Ich hätte da nicht hineingehen können, wenn ich nicht gewusst hätte, dass du in der Nähe bist.«

»Das war auch nicht nötig.«

»Wie meinst du das?«

»Vielleicht hättest du es ja gekonnt, wenn es nötig gewesen wäre.«

»Ich hatte große Angst«, gab ich zu.

»Ich auch«, sagte Richie.

»Um mich?«

»Ich wusste nicht, was ich vorfinden würde.«

»Aber hattest du Angst um mich?«, fragte ich. »Speziell um mich?«

Richie nickte bedächtig in dem halbdunklen Raum. »Dass ich dich enttäuschen könnte«, sagte er. »Ich hatte Angst, dich zu enttäuschen.«

71

Spike saß auf dem Boden in Melanie Joans Wohnung und warf einen Ball für Rosie. Rosie jagte ihm quer durch das große Wohnzimmer nach, rutschte daran vorbei, packte ihn, trottete zurück und ließ ihn vor Spike fallen. Spike warf den Ball erneut.

»Was geschieht jetzt?«, fragte Melanie Joan.

»Tja«, sagte ich, »sie haben versucht, mich mit Chemie gefügig zu machen.«

»Auch wenn Sie im Grunde gar nicht hilflos waren?«

»Ihre Absicht bestand darin, mich gegen meinen Willen festzuhalten. Das ist illegal. Sie haben sich vor mir entblößt. Das ist illegal. Mir wurde gegen meinen Willen ein Medikament injiziert. Das ist illegal.«

»Aber was ist mit den Morden? Wie wollen Sie ihnen die Morde nachweisen? Oder dass sie versucht haben, Sie umzubringen?«

»Die Cops und der Staatsanwalt werden versuchen, einen von ihnen zum Umfallen zu bewegen.«

»Zum Umfallen?«

»Ihm einen Deal anbieten, damit er gegen die anderen beiden aussagt.«

»Wird das funktionieren?«

»Sie scheinen mir keine besonders harten Jungs zu sein«, meinte ich.

»Werden Sie John einen Deal anbieten?«

»Nein.«

»Dann muss er also ins Gefängnis.«

»Wenn Beals und Clay ihn verpfeifen?«, meinte ich. »Dann wird er so lange im Knast versauern, dass Sie sich wegen ihm keine Sorgen mehr zu machen brauchen.«

»Wird er auf Kaution freikommen?«

»Das bezweifle ich. Ein Stalker, der eines Doppelmordes verdächtigt wird. Aber wir bleiben bei Ihnen, bis wir sicher sein können.«

Vom Fußboden rief Spike: »Dann sind meine Tage hier wohl gezählt?«

»Stimmt«, sagte ich.

»Heißt das, ich muss bald schon nicht mehr diese verdammten Bälle für diesen verdammten Hund werfen?«

»Pst, sie kann dich hören!«, schimpfte ich.

»Und so geht es unbarmherzig weiter«, seufzte Spike.

Er ließ den Ball wieder über den Teppich rollen.

»Ich kann auch allein sein«, sagte Melanie Joan.

»Wann immer Sie wollen.«

Melanie Joan runzelte die Stirn. »Ich bin mir nicht sicher, ob ich es überhaupt will.«

»Es gibt nichts mehr, wovor Sie Angst haben müssten«, sagte ich.

»Ich weiß. Ich hatte nur schon so furchtbar lange Angst ...«

»Dass Sie sie jetzt nicht loswerden.«

»Genau.«

»Das werden Sie mit der Zeit.«

»Sehe ich Sie morgen?«, fragte Melanie Joan. »Oder Spike?«

»Natürlich«, meinte ich. »Wir sind Freunde geworden, oder?«

»Ja.«

»Und Freunde besuchen sich.«

Melanie Joan sagte: »Spike?«

»Solange Sie mich nicht anfassen«, antwortete er.

Melanie Joan lächelte.

»Eine knallharte Bedingung«, scherzte sie.

»Ich weiß«, sagte Spike.

Rosie ließ den Ball vor ihm fallen. Er warf ihn nicht. Sie nahm den Ball in die Schnauze und ließ ihn erneut fallen.

»Mein Gott!«, sagte Spike und ließ den Ball erneut über den Teppich rollen.

»Ich habe ganz schreckliche Angst«, gab Melanie Joan zu.

»Vielleicht sollten Sie mit einem Psychiater reden«, schlug ich vor.

»Dadurch habe ich meine Angst ja bekommen.«

»Stellen Sie sich einfach vor, dass Sie sich auf diese Weise am besten rächen können.«

72

Ich saß in Dr. Copelands Büro.

»Und dann zeigten mir diese drei, die im Halbkreis kichernd um mich herumstanden, ihre Piephähne«, erzählte ich.

Copeland nickte.

Ich fuhr fort: »Ich hätte das an ihrer Stelle nicht können … nicht gekonnt … was immer. Ich hätte mich jedenfalls nie so vor meinen Freunden verhalten können …«

»Vielleicht war das gerade der Punkt«, meinte Copeland.

»Gemeinsam sind wir stark?«

»Möglicherweise war es für sie ein Weg, einander ihre Sexualität einzugestehen.«

»Sie meinen, sie wollten sich im Grunde nur ihre Piephähne zeigen? Und ich musste einfach als Vorwand herhalten?«

»Das ist ein wenig schlicht ausgedrückt«, entgegnete Copeland. »Die meisten Handlungen haben mehr als nur einen Beweggrund. Aber manchmal teilen sich Männer mit unterdrückten homosexuellen Neigungen dieselbe Frau. Es ist eine Möglichkeit sexueller Erfüllung aus zweiter Hand.«

»Dann wäre es also, als hätten die drei gewissermaßen miteinander Sex gehabt, wenn sie mich gevögelt hätten?«

»Zumindest symbolisch«, bestätigte Copeland.

Ich dachte darüber nach. Copeland wartete ruhig ab.

»Was ist mit seiner Praxis?«, fragte ich.

»Muss er denn nicht ins Gefängnis?«, wollte Copeland wissen.

»Doch, da bin ich sicher. Aber falls er früher entlassen wird, als er sollte, kann er dann seine Praxis für Psychiatrie wieder eröffnen?«

»Ich denke, wir können dafür sorgen, dass das nicht geschieht«, versicherte Copeland.

»Gut.«

Wir schwiegen. Und wieder zeigte sich Copeland geduldig. Er hatte alle Zeit der Welt. Wenn wir es dieses Mal nicht ansprachen, dann nächstes Mal. Falls es ein nächstes Mal gab.

»Ohne Richies Hilfe hätte ich das, was ich getan habe, nicht tun können«, gestand ich ein.

Copeland nickte.

»Das Band zwischen Ihnen ist sehr stark«, sagte er.

»Ja, das ist es.«

»Ich weiß nicht, wohin es führen wird, aber Sie beide haben offensichtlich immer noch einen Draht zueinander.«

Das hatte ich immer schon vermutet. Nun hatte ich es quasi mit Brief und Siegel. Ich saß schweigend da und betrachtete mir diese Bestätigung aus jeder Perspektive. Es war eine große, attraktive Bestätigung. Ich nickte, mehr für mich als für Copeland.

»Melanie Joan hat Probleme«, sagte ich.

Copeland legte den Kopf schräg.

»Wenn ich sie dazu bewegen kann, zu Ihnen zu kommen, werden Sie sie dann empfangen?«

»Ja«, sagte er, »wenn sie kommen will, soll sie mich anrufen.«

»Ich bin nicht sicher, ob ich sie dazu bewegen kann. Vielleicht kann ich sie einfach vorbeibringen?«

»Wenn Sie nicht den Wunsch verspürt, mich anzurufen, dann wird sie wohl kaum zu einem Gespräch bereit sein«, entgegnete Copeland.

»Höre ich da ein Klischee heraus?«

Er deutete ein Lächeln an. Ich fühlte Triumphgefühle aufsteigen.

»Das hören Sie. Wenn Melanie Joan nicht selbst Hilfe will, kann sie keine bekommen.«

»Und der Anruf bei Ihnen wäre das erste Zeichen für ihren Wunsch nach Hilfe.«

»Richtig.«

»Schon verstanden«, sagte ich. »Soll ich ihr wenigstens gut zureden?«

»Haben Sie das nicht bereits getan?«

»Doch.«

»Dann weiß sie ja, was Sie denken.«

»Es liegt also an ihr.«

»Genau«, bestätigte Copeland.

»Was ist, wenn sie nicht kommt?«

»Wenn sie es wirklich nötig hat, wird sie es tun.«

Ich nickte bedächtig. Alles, was er sagte, schien so vernünftig und weckte den Gedanken: Warum habe ich nicht selbst daran gedacht? Andererseits traf das auch auf Melvin zu, als ich noch Sonya Burke war.

»Wissen Sie, was komisch ist?«, fragte ich.

Er legte den Kopf schräg, hob die Augenbrauen und wartete.

»Als ich Dr. Melvin aufsuchte, wusste ich ja, dass er ein Vergewaltiger und wahrscheinlich ein Mörder ist. Trotzdem hat er mir geholfen, mir Dinge über mich selbst klar zu machen.«

»Dass er korrupt ist, macht ihn noch nicht inkompetent«, sagte Copeland.

»Nein. Aber …«

»Sie sind schnell und intuitiv«, meinte Copeland. »Sie haben einen sehr wachen Verstand.«

»Ich wollte eigentlich nicht darüber sprechen, als ich das erste Mal zu Ihnen kam«, sagte ich. »Ich dachte, ich erzähle Ihnen nur, was mit Melvin geschieht, und finde heraus, ob Sie Melanie Joan helfen können.«

»Ich bin sicher, das waren einige Ihrer Beweggründe«, sagte Copeland.

»Wir haben schon einmal darüber gesprochen.«

»Ja.«

»Es hat mit meinem Vater und meiner Mutter zu tun.«

Copeland lächelte – Gott segne ihn! – und sagte: »Wie ungewöhnlich.«

Dann rutschte er auf seinem Stuhl herum und sah auf seine Uhr.

»Ist es schon wieder so weit?«, fragte ich.

»Ich fürchte, ja«, erwiderte Copeland.

»Bin ich nächste Woche um diese Zeit für einen Termin vorgemerkt?«

»Ja.«

»Vielleicht sollte ich vorbeikommen«, meinte ich.

»Vielleicht sollten Sie das.«

»Und dann reden wir«, sagte ich.

Draußen war es recht warm für Januar. Die dünne Schneedecke war in der Wintersonne geschmolzen. In den Bäumen sah man Eichhörnchen. Ich blickte zum Himmel. Er war wolkenlos.

Auf dem Heimweg hörte ich meinen Anrufbeantworter über das Autotelefon ab.

Sie haben eine neue Nachricht.

»Sunny, ich bin's, Tony Gault. Ich bin in der Stadt, im Four Seasons, und ich weiß nicht, was ich mit mir anfangen soll. Hast du vielleicht einen Vorschlag?«

Ich hörte mir die Nachricht noch einmal an und lächelte. Er war alles andere als verlässlich. Aber es war spaßig mit ihm gewesen. Zeit, auszubrechen. Zeit, einem Impuls nachzugeben. Zeit, Tony eine zweite Chance zu geben. Und wenn nichts daraus werden sollte … Na ja, was sollte falsch daran sein, einfach etwas Spaß zu haben?

Ein neuer Fall für Sunny Randall

Die stadtbekannte Feministin Mary Lou Goddard vor einem geheimnisvollen Verfolger zu beschützen – nicht wirklich ein Traumauftrag für die Privatdetektivin Sunny Randall. Schon gar nicht, da die Frau eine Zicke ist, Sunnys Bullterrier Rosie nicht mag und offensichtlich mehr über ihren Verfolger weiß, als sie zugibt. Als dieser irrtümlich Goddards Sekretärin und kurz darauf sich selbst erschießt, ist für die Polizei der Fall erledigt. Doch nicht für Sunny Randall ...

Robert B. Parker
Doppelter Verrat
Roman
Deutsche Erstausgabe

ULLSTEIN TASCHENBUCH

UB69